younger

Pamela Redmond Satran

younger

Tradução de
ANA PAULA COSTA

1ª edição

EDITORA RECORD
RIO DE JANEIRO • SÃO PAULO
2015

CIP-BRASIL. CATALOGAÇÃO NA FONTE
SINDICATO NACIONAL DOS EDITORES DE LIVROS, RJ

Satran, Pamela Redmond
S267y   Younger / Pamela Redmond Satran; tradução de
Ana Paula Costa. – 1ª ed. – Rio de Janeiro: Record, 2015.

Tradução de: Younger
ISBN 978-85-01-10376-5

1. Ficção americana. I. Costa, Ana Paula. II. Título.

                           CDD: 813
15-19511   CDU: 821.111(73)-3

TÍTULO ORIGINAL:
Younger

Copyright © 2005 by Pamela Redmond Satran

Texto revisado segundo o novo Acordo Ortográfico da Língua Portuguesa.

Todos os direitos reservados. Proibida a reprodução, no todo ou em parte, através de quaisquer meios. Os direitos morais da autora foram assegurados.

Direitos exclusivos de publicação em língua portuguesa somente para o Brasil adquiridos pela
EDITORA RECORD LTDA.
Rua Argentina, 171 - Rio de Janeiro, RJ - 20921-380 - Tel.: 2585-2000,
que se reserva a propriedade literária desta tradução.

Impresso no Brasil

ISBN 978-85-01-10376-5

Seja um leitor preferencial Record.
Cadastre-se e receba informações sobre nossos
lançamentos e nossas promoções.

EDITORA AFILIADA

Atendimento e venda direta ao leitor:
mdireto@record.com.br ou (21) 2585-2002.

À minha filha,
Rory Satran

Agradecimentos

Sou muito grata por ter em minha equipe duas das mais brilhantes e generosas mulheres do mercado editorial, minha agente Deborah Schneider e a editora Amy Pierpont. Também na Downtown Press, obrigada a Louise Burke, Megan McKeever, Hillary Schupf, Anne Dowling e Danielle Rehfeld; e na Gelfman Schneider, a Cathy Gleason e Britt Carlson. Por uma mudança-chave no enredo que surpreendeu todos nós, agradeço à inspirada Leslie Rexach. Tenho muita sorte por ter grandes amigos que também são excelentes escritores e me dão muito apoio: Rita DiMatteo, Alice Elliott Dark, Benilde Little e Christina Baker Kline. Agradeço ao Virginia Center for the Creative Arts e à Geraldine Dodge Foundation pelas duas semanas mais maravilhosas da minha vida como escritora, durante a qual eu escrevi a maior parte da primeira versão deste livro. Pelas observações sobre a vida nos primeiros anos dos 40, meus sinceros agradecimentos e beijos às adoráveis filhas de minha prima, Kimberly e Katie Kavanagh, e para meus fabulosos — ok, maravilhosos — filhos Rory, Joe e Owen Satran. E agradeço, sempre, a você, Dick.

Capítulo 1

Por pouco não peguei a balsa.

Eu estava assustada. E ansiosa. E me sentia totalmente deslocada no meio daquela multidão de jovens que se dirigia à entrada da embarcação com destino a Nova York.

Não apenas Nova York, mas Nova York na noite de Ano-Novo. Apenas pensar nisso já fazia minhas mãos suarem e meus pés formigarem, da mesma forma como aconteceu quando subi até o último andar do Empire State e tentei olhar para baixo. Nas inesquecíveis palavras da minha filha Diana, aquilo fez meu pintinho doer.

Eu teria dado meia-volta e dirigido de volta para a segurança da minha casa no subúrbio — *de qualquer forma, eu veria a Bola caindo melhor pela TV!* — mas não podia deixar Maggie esperando por mim no congelante píer em Manhattan. Maggie, minha mais antiga e ainda melhor amiga, não gostava de telefones celulares. Também não era muito fã de computadores, carros, nem de ficar em Nova Jersey na noite de Ano-Novo, ou melhor, ficar em Nova Jersey em qualquer situação. Maggie, que, aos 16 anos, contou para os pais ultracatólicos que era lésbica e que ganhava a vida como artista, nunca foi de fazer as coisas da maneira mais fácil. Por isso eu não tinha como cancelar o encontro, e não me restava alternativa a não ser continuar marchando em direção ao inferno que se anunciava.

Pelo menos eu era a primeira na fila da próxima balsa. Fazia muito frio aquela noite, mas me mantive firme na intenção de garantir o primeiro lugar, segurando na cancela para não deixar ninguém passar na minha frente. Eu sabia bem que aquela garotada do subúrbio, andando de um lado para o outro nas docas comigo, tinha se diplomado em furar fila no jardim de infância.

E então algo estranho aconteceu. Quanto mais eu ficava lá, guardando meu lugar, mais eu queria ir para a cidade — não só por Maggie, mas por mim também. Olhando além das águas escuras para as luzes de Manhattan brilhando ao longe, comecei a pensar que Maggie estava certa, e que ir a Manhattan na noite de Ano-Novo era exatamente do que eu precisava. Você precisa de um agito, dizia ela. Faça algo que você nunca tenha feito. Agir da maneira que eu sempre agi — a mais cautelosa e teoricamente mais segura — não foi o que me colocou na confusão que estou agora? Sim, e ninguém queria que aquilo mudasse mais do que eu.

Quando eles abriram o portão para a balsa, saí correndo. Estava determinada a ser a primeira a subir as escadas, a chegar antes de todos no lugar na frente do deque externo, de onde eu veria Nova York crescer à minha frente. Podia ouvir todos eles nos meus calcanhares enquanto corria, mas fui a primeira a cruzar a porta e chegar à frente da embarcação, agarrando e segurando a barra de metal com força enquanto recuperava a respiração. A engrenagem da balsa soou, o cheiro de diesel encobriu a salinidade do porto, mas eu continuava a sugar o ar profundamente para dentro dos pulmões ao nos afastarmos das docas. Aqui estou, pensei. Viva e seguindo em frente, em uma noite na qual tudo pode acontecer.

Foi só então que percebi que eu era a única pessoa do lado de fora. Todos os outros estavam apertados na cabine envidraçada, a respiração coletiva embaçando as janelas. Aparentemente, fui a única a não temer um pouco de frio, um pouco de vento e um pouco de respingos gelados — ok, na verdade, *um monte* de respingos gelados — enquanto a embarcação balançava como um touro mecânico pelas ondas. Valeu a pena, levando em consideração que eu não fui lançada nas águas escuras, pela incrível vista verde brilhante da Estátua da Liberdade e dos arranha-céus cintilantes à frente.

Enquanto eu segurava a grade com ainda mais força, me parabenizando pela impressionante bravura, a embarcação foi parando e pareceu perder a força no meio do porto, o motor ficando em ponto morto. Quando comecei a me perguntar se estávamos prestes a afundar ou a seguir em direção ao mar aberto sob o comando de um capitão desertor fugindo da lei, a embarcação voltou a navegar. Navegar e dar a volta. Estávamos voltando para Nova Jersey? Talvez o capitão e eu partilhássemos dos mesmos receios sobre a noite do Ano-Novo em Manhattan.

Mas não. Assim que o barco deu a volta, começou a se mover em direção à cidade novamente. Eu não tinha mais a espetacular vista de Manhattan, e sim a do grande relógio e do porto destruído de Hoboken e a sombria Nova Jersey ao fundo. Frustrada, olhei para trás, para a cabine brilhante e minúscula, que agora tinha uma vista melhor de Nova York, mas estava tão cheia que seria impossível me enfiar ali. Eu estava presa no frio olhando para Nova Jersey, sozinha. A história da minha vida.

Meia hora depois, eu andava pelas ruas do Soho de braços dados com Maggie, amaldiçoando a vaidade que me fez calçar sapatos de salto alto e fantasiando roubar de Maggie suas botas verdes com cadarço, aparentemente confortáveis. Maggie caminhava com passos decididos ao meu lado, vestindo calças jeans com corte para botas, um casaco acolchoado tão grande quanto um saco de dormir, um gorro com estampa de leopardo, com a proteção de ouvidos para baixo, e um laço de veludo amarrado embaixo do queixo.

— Já estamos chegando? — perguntei, os sapatos apertando meus dedinhos.

— Por aqui — disse ela, me puxando com força para longe da multidão que andava pela calçada da West Broadway e me levando para uma rua próxima vazia e escura. — Vai ser mais rápido por aqui.

Parei, olhando alarmada para a rua deserta.

— Vamos ser estupradas.

— Sem essa de gatinho assustado — riu Maggie, me empurrando para a frente.

Era fácil para ela dizer aquilo. Maggie tinha se mudado para o Lower East Side quando tinha 18 anos, época em que o restaurante judeu Ratner's ainda servia blintzes e viciados em crack acampavam na escada do prédio dela. Agora que Maggie era dona do prédio, todo o andar superior fora convertido em um estúdio onde ela morava e trabalhava em suas esculturas; mulheres gigantes em poses de salto e rodopio, moldadas com arame e tule. Todos aqueles anos vivendo em Nova York por conta própria tinham deixado Maggie mais dura; eu, por outro lado, ainda era a delicada mãe do subúrbio, protegida pelo dinheiro do meu marido, ou, deveria dizer, o ex-dinheiro do prestes-a-se-tornar-meu-ex-marido.

Meu coração martelava em meus ouvidos enquanto Maggie me arrastava pela rua escura, diminuindo um pouco o ritmo apenas quando me concentrei no único feixe de luz do quarteirão todo, que, por alguma estranha razão, era rosa. Quando chegamos em frente à fachada de onde a luz emanava, entendemos o motivo: na vitrine havia um letreiro de néon cor-de-rosa no qual se lia "Madame Aurora". O brilho se intensificava ainda mais com a cortina de contas de vidro cor-de-rosa e laranja que cobria a vitrine, filtrando a luz que vinha do interior da loja. Por detrás das contas, conseguíamos ver apenas uma mulher, que só poderia ser a própria Madame Aurora, com um turbante dourado torto cobrindo o cabelo grisalho, a fumaça do cigarro que pendia em seus lábios formando círculos no ar. De repente, ela nos encarou e acenou para que entrássemos. Um cartaz escrito à mão colado na vitrine dizia "Desejos de Ano-Novo, $25".

— Vamos entrar — disse para Maggie. Sempre fui suscetível a qualquer coisa que tivesse a ver com desejos e previsão do futuro, e a combinação dos dois era irresistível. Além disso, queria escapar do frio e descansar meus pés, mesmo que por alguns minutos.

Maggie fez sua cara de "Você só pode estar completamente maluca".

— Vamos — repeti. — Vai ser divertido.

— Saborear um jantar fabuloso é divertido — contrapôs Maggie. — Beijar alguém que você está a fim é divertido. Gastar uma fortuna com um adivinho de mentira *não* é.

— Ah, vamos — falei com uma voz bajuladora, do mesmo jeito que faço quando ligo para ela para ler uma previsão de horóscopo particularmente boa, ou para sugerir que ela vá comigo fazer pedido a uma estrela. — Você que disse que eu deveria começar a me arriscar mais.

Maggie hesitou, mas foi o tempo suficiente para que eu tomasse coragem de passar na sua frente e abrir a porta da Madame Aurora, sem dar a ela nenhuma opção a não ser me seguir.

Estava quente dentro da sala, e enfumaçado. Balancei as mãos na frente de meu rosto em uma tentativa de demonstrar a Madame Aurora meu desconforto, mas aparentemente isso apenas a provocou, fazendo com que desse uma profunda tragada em seu cigarro e soprasse uma pequena nuvem de fumaça bem na direção do meu rosto.

Receosa, olhei para Maggie, que apenas deu de ombros e se recusou a me encarar. Tinha sido eu a nos meter ali; não seria ela a nos tirar.

— Então, querida — disse Madame, finalmente afastando o cigarro da boca. — Qual é o seu desejo?

Qual era o meu *desejo*? Não estava esperando que ela jogasse a grande pergunta assim de primeira. Imaginei que teríamos algumas preliminares, que ela passasse alguns minutos lendo minhas mãos, embaralhando as cartas de tarô, esse tipo de coisa.

— Bem — falei, tentando ganhar tempo. — Só tenho direito a um?

Madame Aurora encolheu os ombros.

— Você pode pedir quantos quiser, por 25 dólares cada.

E não era honesto, como todo mundo sabe, ter mais desejos.

De novo, tentei encontrar os olhos de Maggie. Mais uma vez, ela foi teimosa e desviou o olhar. Fechei os olhos e tentei me concentrar.

O que eu mais queria na vida, mais do que qualquer outra coisa? Que minha filha Diana voltasse da África? Claro que eu queria aquilo, mas já estava programado que ela voltaria para casa naquele mês, então parecia um desperdício de desejo.

Arrumar um emprego? Claro. Estava tão determinada a me sustentar sozinha quando meu marido me deixou que só negociei a propriedade de nossa casa em troca de uma pensão a longo prazo. Depois, passei meio ano me humilhando em entrevistas em editoras. Nenhuma delas, aparentemente, queria contratar uma mulher de 44 anos que tinha passado precisamente quatro meses trabalhando antes de se tornar mãe em tempo integral. Tentei argumentar que dediquei os últimos vinte anos lendo tudo o que me caísse nas mãos, e que sabia melhor do que ninguém o que as mulheres de classe média do subúrbio — mulheres exatamente como eu, que eram o principal mercado comprador de romances — gostavam de ler.

Mas ninguém parecia se importar com minha experiência nas trincheiras da leitura. Tudo o que pareciam ver era uma dona de casa de meia-idade com um velho diploma em Língua Inglesa e um currículo engordado com "trabalhos" como coorganizadora da feira do livro da escola de ensino fundamental da filha. Eu não estava qualificada para um cargo de editor, e, embora sempre tivesse dito que não teria problemas em começar como assistente, nunca fui considerada para trabalhos de iniciantes. Jamais falaram isso, mas eles achavam que eu era velha demais.

— Eu queria ser mais jovem — disse.

Pelas expressões no rosto de Madame Aurora e Maggie, eu devo ter falado aquilo alto.

A Madame começou a rir.

— Por que você quer ser mais jovem? — perguntou ela.
— Toda aquela preocupação de com quem deve se casar, o que fazer da vida. Isso é para as novinhas!

Maggie a interrompeu.

— O que você está dizendo? Que quer voltar para toda aquela incerteza? Agora que você finalmente tem a chance de ter sua vida de volta?

Não dava para acreditar que elas estavam se unindo contra mim.

— É que se eu fosse mais jovem poderia fazer algumas coisas de uma forma um pouco diferente — tentei explicar. — Pense no que eu mais quero, levar minha carreira mais a sério...

Mas Maggie já estava balançando a cabeça.

— Você é quem você é, Alice — afirmou ela. — Conheço você desde que temos 6 anos, e, mesmo naquela época, você sempre colocava as outras pessoas em primeiro lugar. Antes de sair para brincar, você tinha que se certificar de que todos os seus bichinhos de pelúcia estavam confortáveis. Quando estávamos no primeiro ano do ensino médio, e todo mundo só tinha tempo para tentar parecer descolado, foi você quem se voluntariou para empurrar a cadeira de rodas daquela menina deficiente por todo lado. E assim que você teve Diana, ela era, acima de todas as outras coisas, o que mais importava para você.

Eu tinha que admitir, ela estava certa. Posso ter deixado meu trabalho na Gentility Press porque precisei, quando tive um sangramento e quase perdi o bebê. Mas depois que Diana nasceu, fiquei em casa porque eu quis. E, conforme ela ia crescendo, dizia para mim mesma que não podia voltar a trabalhar porque aquele era o ano em que eu engravidaria novamente, mas a verdade é que a própria Diana era todo o foco que eu precisava na minha vida.

Então agora eu queria desfazer aquilo? Agora eu desejava voltar no tempo e colocar a minha filha em uma creche, me tornar uma mãe que trabalha, ou mesmo não ter tido Diana?

Esse simples pensamento foi o suficiente para que eu sentisse um arrepio na espinha, como se apenas um lampejo daquela ideia pudesse amaldiçoar minha filha, todos os anos que me dediquei a ser mãe, a coisa mais importante na minha vida. Jamais poderia desejar que ela não existisse, ou que qualquer um dos momentos que passei com ela desaparecesse.

Mas ainda assim, e eu? Ter dedicado todos aqueles momentos à minha filha me desqualificava de reivindicar uma vida para mim mesma para sempre? O verdadeiro motivo para ter desejado ser diferente no passado era que assim eu poderia ser diferente agora: mais durona, mais ousada, capaz de pegar o mundo pelo pescoço e curvá-lo de acordo com minha vontade.

— Então o que vai ser? — perguntou Madame Aurora.

— Quero ser mais corajosa — pedi. — E se der para fazer algo com a minha celulite também...

Maggie revirou os olhos e ficou de pé.

— Isso é ridículo — comentou, pegando o meu braço. — Anda, Alice. Vamos sair daqui.

— Mas eu não ganhei meu desejo — reclamei.

— E eu não ganhei meu dinheiro — disse Madame Aurora.

— Que pena — exclamou Maggie. — Vamos sair daqui.

Agora Maggie estava andando realmente rápido. Tentei pedir que diminuísse o ritmo, mas, em vez de me ouvir, ela continuou seguindo em frente, esperando que eu a acompanhasse. Por fim, parei onde estava e, então, ela teve de voltar e falar comigo.

— Maggie, me dá suas botas — falei.

Ela me olhou confusa.

— Se você espera que eu ande tanto e tão rápido, vai ter que trocar de sapato comigo.

Maggie olhou para os meus pés e soltou uma gargalhada.

— Você precisa de mais ajuda do que eu imaginava — comentou.

— Do que você está falando?

— Você vai ver.

Ela já estava desamarrando as botas verdes.

— Aonde nós vamos?

Sempre confiei em Maggie como minha guia em Nova York, seguindo-a sem fazer perguntas, como uma garotinha, onde quer que ela quisesse me levar. Hoje à noite, por exemplo, achei que ela tinha dito que iríamos a um novo restaurante badalado. Mas agora, enquanto calçava suas botas, e parei para olhar em volta, para os prédios baixos de tijolos e para a vizinhança definitivamente não tão badalada assim, eu comecei a duvidar do que tinha prometido.

— Estamos indo para a minha casa — disse ela.

— Por quê?

— Você vai ver.

Mesmo usando sapatos de salto, ela andava mais rápido que eu, mas pelo menos meus pés não doíam mais. E assim que passamos para a terra de ninguém que separava Little Italy da vizinhança de Maggie, comecei a relaxar. Os quarteirões em torno de seu prédio costumavam ser assustadores, mas melhoraram consideravelmente nos últimos anos. Naquela noite, as ruas estavam repletas de pessoas, e todos os restaurantes badalados e bares estavam lotados. Todos os lugares pareciam bons para mim — estava faminta, percebi — mas Maggie não seria dissuadida.

— Vamos depois — disse ela.

— Depois do *quê*?

Ela deu um sorriso enigmático e repetiu a frase que estava se tornando seu mantra:

— Você vai ver.

Eram cinco lances de escada até o loft de Maggie. Eu costumava achar assustador, mas agora era moleza, graças às muitas horas que passei no aparelho de transport no ano passado. Dediquei minha vida inteira à arte de curtir a preguiça no sofá, mas comecei a me exercitar nesse terrível último ano, pois foi a única coisa que passou pela minha cabeça que certamente faria com que eu me sentisse bem. E depois de uma vida inteira fazendo dieta, descobri que os quilos desapareciam sem que eu fizesse absolutamente nada — nada além de malhar por uma ou duas horas por dia. Umas duas vezes, eu até senti a tal onda que você supostamente sente quando malha, embora eu continue preferindo um cosmopolitan.

Para quem vinha do subúrbio, onde ter móveis da rede Pottery Barn era considerado o máximo da decoração de sala de estar, o loft de Maggie era sempre um choque. Era basicamente uma única sala gigantesca que ocupava todo o andar superior do prédio, com janelas nos quatro lados e uma tenda de seda vermelha brilhante montada no meio dos mil metros de espaço livre — o armário. As únicas peças de mobília eram uma enorme cama com cabeceira de ferro, também vermelho vivo, e uma exagerada chaise de veludo roxo que fornecia o único lugar para se sentar, a menos que se considerasse o chão de madeira cheio de manchas de tinta. Eu não considerava.

— Ok — disse Maggie, assim que deu três voltas com a chave na fechadura depois que entramos. — Me deixe dar uma olhada em você.

Mas eu estava distraída demais pelo que havia mudado no loft dela para permanecer imóvel. Suas esculturas, todas as mulheres de tela de arame de quase 3 metros de altura, com seios tamanho extra extra extra extra grande e saias de balé tão cheias e cintilantes quanto uma cerejeira florida, tinham sido empurradas para um canto, onde se misturavam como detentos em um tipo de prisão para obras de arte. Agora um bloco de concreto tão grande quanto uma geladeira ocupava o centro da área de trabalho de Maggie.

— O que é isso? — perguntei.

— Algo novo que estou testando em meu trabalho — respondeu ela jovialmente. — Vamos, tire o casaco. Quero ver o que está vestindo.

Agora eu podia finalmente prestar atenção. Maggie querendo examinar minhas roupas nunca era um bom sinal. Desde quando passamos a nos vestir sozinhas, ela sempre tentou fazer uma transformação em mim, e eu sempre resisti. Não me entenda mal, eu acho que Maggie tem um estilo fantástico, mas fantástico para *ela*, não para mim. Seu cabelo ficou branco quando ela ainda tinha 20 e poucos anos, e a cada ano parece ficar mais curto e bagunçado, preso em tufos por toda a sua cabeça. Conforme o cabelo fica mais masculinizado, seus brincos tornam-se mais femininos, ornados e numerosos. A atração desta noite eram brincos chandelier de pedras verdes. Maggie, cujo corpo ainda era tão esbelto e flexível como o de uma adolescente, também devia ter a alma de uma mulher francesa. Minha amiga tinha talento para juntar uma bizarra pilha de roupas —

hoje era um jeans desbotado que ela tinha desde a época da escola com uma blusa antiga de seda creme com detalhes em renda e um longo cachecol de veludo verde-acinzentado em volta do pescoço — que sempre conseguiam parecer invejavelmente perfeitas.

Ela deu uma volta em torno de mim, esfregando o queixo e balançando a cabeça. Finalmente, ela se aproximou e segurou o suéter bege que eu estava vestindo, que ficava grande em mim.

— Onde você arranjou isso? — perguntou ela.

— Era do Gary — admiti. Uma das muitas peças que ele deixou para trás quando me trocou, exatamente há um ano, por sua higienista dental. Roupas que eu continuei usando porque, durante muito tempo, achei que ele fosse voltar. E continuei guardando porque, ao menos pelos meses seguintes, ele ainda estava pagando a hipoteca da casa onde suas roupas e eu vivíamos.

— É um trapo — disse Maggie. — E essa saia?

Eu estava realmente satisfeita com a escolha da saia. Bege como o suéter, ela era ajustada nos quadris e ia até acima do joelho, bem mais sensual do que as calças de brim e de moletom que usei nas últimas duas décadas.

— É da Diana — revelei com orgulho. — Não acredito que serviu em mim.

— Óbvio que serve em você — exclamou Maggie. — Você parece um esqueleto. Vem aqui.

Ela me girou e tentou me empurrar para a frente.

— Onde está me levando?

— Quero que olhe para você mesma.

Ela me empurrou até o outro lado do loft até que ficássemos paradas em frente a um espelho oval com uma moldura dourada em arabescos, igual ao que a Madrasta Má tinha em *Branca de Neve*.

— Espelho, espelho meu — eu disse, rindo, tentando fazer com que Maggie entrasse na brincadeira. Mas ela apenas me olhou com a expressão impassível por detrás de meu ombro, recusando-se até a dar um leve sorriso.

— Isso é sério — disse ela, olhando para o espelho. — Quero que me fale o que está vendo.

Fazia muito tempo desde que olhara em um espelho com algum entusiasmo. Algumas vezes, principalmente quando Diana era pequena, ficava dias sem dar ao menos uma olhada no meu reflexo. E então, ao longo dos anos, conforme eu engordava, meu cabelo começava a ficar grisalho e as linhas de expressão começavam a aparecer em torno dos meus olhos, descobri que me sentia mais feliz se simplesmente não olhasse no espelho. Nos olhos da minha mente, eu seria para sempre uma mulher adulta com idade neutra — 30 e poucos anos — com peso neutro mas feminino — em torno dos 60 quilos — e me pareceria aceitável não ser estonteante nem sexy ou não chamar atenção. Sempre ficava perplexa quando vislumbrava meu reflexo em uma vitrine ou na porta de um carro e era obrigada a ver que eu estava consideravelmente mais velha e mais gorda do que eu pensava.

Mas agora, forçada a confrontar a minha imagem, e realmente vê-la pela primeira vez no ano em que minha vida virou de cabeça para baixo, tive a reação oposta. Ergui o queixo e virei a cabeça para o lado; sem pensar, fiquei ereta e sorri.

— Isso mesmo — encorajou Maggie. Ela pegou a parte de trás do meu gigantesco suéter, puxando o tecido de forma que ficasse ajustado em meu novo corpo sarado. — O que você vê?

— Eu vejo... — falei, tentando pensar em como dizer isso. Era eu ali, me encarando no espelho, mas era algum tipo de versão minha antes da filha, antes do marido, antes de todos aqueles anos que embaçaram minha visão. — ... a mim mesma — disse finalmente, sem muita convicção.

— Sim! — gritou Maggie. — É você. É a Alice que eu conheci e amei todos esses anos, que estava enterrada sob uma camada de gordura e infelicidade.

— Eu não era infeliz — falei com reprovação.

— Tá bom — disse Maggie. — Como você poderia não ser infeliz? Seu marido nunca estava por perto, sua filha estava crescendo e estava prestes a sair de casa, sua mãe estava definhando, você não tinha nada para fazer...

Fiquei magoada.

— Eu tinha que cuidar da casa — justifiquei. — Tinha que cuidar da minha mãe. E o fato de Diana ser teoricamente uma adulta e estar na faculdade não significava que ela não precisava mais de mim.

— Eu sei — suavizou Maggie. — Eu não quero desmerecer tudo o que você fez. O que eu estou tentando fazer você enxergar é como parece mais leve agora. Como parece mais jovem.

— Mais jovem? — repeti, me concentrando novamente em meu reflexo.

— Parte é o peso — avaliou Maggie de forma meditativa, encarando minha imagem no espelho —, mas tem mais alguma coisa, um peso que parece ter sido tirado de você. Além disso, você sempre pareceu ser bem mais nova do que realmente era. Lembra quando estávamos no último ano do ensino médio e você era a única que ainda conseguia entrar no cinema pagando meia? E mesmo quando você tinha 30 e poucos, bem depois de ter tido a Diana, e continuavam pedindo sua identidade nos bares?

— Não creio que vão pedir minha identidade agora.

— Talvez não, mas você pode parecer muito mais jovem do que é. Muito mais jovem do que quer.

— Como assim?

— Se a gente pintar o seu cabelo, aplicar um pouco de maquiagem, escolher roupas que se ajustem a você, pelo amor de Deus, você poderia parecer ter 20 e poucos anos — explodiu Maggie. — Por isso tirei você daquele salão de vodu! Só nós mesmas temos o poder de transformar nossos sonhos em realidade.

Sorri maliciosamente para Maggie. Normalmente, ela era sempre a primeira a rebater o que chamava de "babaquice de poder-do-pensamento-positivo". Eu era a que fazia pedidos para estrelas e velas de aniversário, como a Cinderela no filme da Disney que assisti pelo menos umas duzentas vezes com Diana aninhada ao meu lado, "se você sonhar com algo mais de uma vez, com certeza vai se tornar realidade". Mas agora, em vez de sorrir de volta, Maggie apenas me encarou com um olhar de absoluta convicção.

— Então você acha — falei finalmente — que eu tenho o poder de rejuvenescer apenas desejando ficar mais jovem?

— Não *apenas* desejando — respondeu ela. — Vamos precisar da ajuda de uma tintura para cabelo. Vamos começar.

Já fazia um tempo que eu estava sentada na chaise roxa, mastigando ruidosamente uma fatia de pizza fria que seria o meu jantar, com um saco de lixo amarrado em cima de uma gororoba química em meu cabelo, quando Maggie me falou sobre seu sonho. Ela queria ter um bebê.

— Você está brincando — exclamei, tentando não ficar boquiaberta.

Ela pareceu insultada. Tão insultada que ficou claro que aquilo podia ser qualquer coisa menos uma piada. É só que conheço Maggie desde sempre, e ela nunca demonstrou o menor interesse em crianças ou em ser mãe. Enquanto eu embalava minhas bonecas e colocava meus bichinhos de pelúcia para dormir, Maggie estava agachada no chão, testando uma nova técnica de pintar com os dedos. Enquanto eu zelosamente trabalhava como baby-sitter para ganhar um dinheiro extra, Maggie cortava grama, ajudava pessoas a limpar seus sótãos — qualquer coisa para fugir do trabalho de ajudar a cuidar de seus sete irmãos e irmãs mais novos. Ela sempre dizia que tinha trocado fraldas suficientes para o resto da vida.

E aqui estava ela, com 44 anos, mudando de ideia do nada.

— O que aconteceu? — perguntei.

— Não aconteceu nada. Acho que finalmente percebi que fui uma garota por tempo demais. Estou pronta para crescer e ser mãe agora.

— Mas um bebê... — falei.

Morando no subúrbio, eu estava cercada de mães e bebês o tempo todo — as crianças na casa atrás da minha berravam dia e noite; as jovens mães no supermercado lutando para manter seus filhos pequenos, que não paravam de se contorcer, no carrinho de compras. Depois de todos aqueles anos desejando e sonhando ter outro filho, olhando mulheres grávidas e mães com bebês com certa inveja, finalmente passei para outro estágio no qual achava que bebês, assim como filhotes de tigres ou ursos, eram adoráveis, mas assustadores, mais bem apreciados à distância. Pelo vidro.

Eu me esforcei para encontrar uma maneira de transmitir meus receios para Maggie sem ser direta e falar que achava que ter um bebê com essa idade, depois de uma vida adulta inteira de independência, era a pior ideia que ela tinha desde que havia raspado a cabeça.

Peguei a mão de Maggie, áspera como a de um carpinteiro após anos retorcendo arame.

— Sabe — comecei, com a voz mais gentil que pude invocar —, um bebê dá muito trabalho, principalmente quando se é sozinha. Acordar no meio da noite, carregar o carrinho para cima e para baixo nas escadas, as fraldas, o choro...

— Eu cresci com tudo isso, lembra? — disse ela rispidamente, tirando sua mão da minha.

— Exatamente — confirmei. — Mas você ajudava a sua mãe naquela época; não ficava tudo em cima de você. Você mora numa vizinhança onde quase ninguém tem crianças, nenhum dos seus amigos tem filhos, sua vida não está de forma alguma preparada para isso. E não é só ter o bebê: tem a busca pela creche, os pagamentos de mensalidade, a adolescência. Quando a criança for para a faculdade, você já vai estar aposentada.

— Então é isso, não é? — indagou Maggie friamente. — Você acha que estou velha demais.

— Você está velha demais! — explodi. — Nós duas estamos velhas.

— Achei que você, entre todas as pessoas, seria a que entenderia minha vontade de ter um filho — disse Maggie, segurando as lágrimas —, depois do que você passou para ter Diana, depois de todos os anos tentando ter outro bebê.

Respirei fundo, lembrando o quão forte meu desejo tinha sido. Mas também lembrei que um bebê, apenas a tentativa de ter um bebê, pode tomar conta da sua vida completamente; que ser mãe pode ser exaustivo mesmo quando se é vinte anos mais jovem do que Maggie e eu somos agora.

— Eu entendo — falei para ela, tentando segurar sua mão novamente. — Mas às vezes você chega a um momento da vida no qual simplesmente tem que deixar alguma coisa para trás. Quando é simplesmente tarde demais.

Sabia que aquilo era cruel, como Diana diria. Mas eu e Maggie tínhamos jurado, quando estávamos no quarto ano, que sempre diríamos a Verdade Verdadeira uma para outra, mesmo quando soubéssemos que a outra não queria ouvi-la. Ela tinha me dito, quando me casei com Gary quatro meses após conhecê-lo na calçada do Palácio de Buckingham no dia do casamento da princesa Diana e do príncipe Charles, que eu era louca de me casar tão nova. Quando fiquei grávida alguns meses depois, igual à princesa Diana, Maggie não fez questão de esconder o quanto estava horrorizada, principalmente quando fui obrigada a largar meu emprego.

Embora Maggie adore minha filha, sempre esteve distante, mandando exagerados vestidos de babado de Paris e levando-a, uma vez ao ano, a uma galeria de arte e a algum restaurante totalmente inadequado, no qual ela ficaria espantada se Diana engasgasse com uma enguia. E desde o dia em que saí do hospital e levei Diana para casa, ela me perguntava quando eu voltaria a trabalhar.

Agora ela me encarava, com um olhar que eu conhecia bem. O olhar que fazia quando ia dizer algo que sabia que eu não ia gostar.

— Você quer dizer que está tarde para você voltar ao mercado editorial? — perguntou ela. — Que está tarde para você ter uma carreira?

Agora eu estava lutando para não chorar. E foi a vez de Maggie apertar meu braço.

— Eu realmente não acredito nisso — disse ela. — *Não* acho que está muito tarde para você. Esse é exatamente o meu ponto. Não somos uma dupla de velhas senhoras que devem recolher acampamento e mudar para um asilo. Ainda há muito tempo para nós duas. De verdade.

Maggie não deixou que eu me olhasse no espelho de novo até ela terminar. Lavou meu cabelo e o secou com secador, ficou horas me maquiando, afivelou-me em uma roupa de baixo bem exagerada, e me enfiou em jeans apertados. Era como ser adolescente de novo, trocando roupas e fazendo mudanças uma na outra.

— Por que você tem todas essas coisas de mulherzinha? — perguntei.

— Sou lésbica — respondeu ela. — Não um homem. — Ela borrifou perfume no meu pescoço e me analisou. — Ok — disse, acenando com a cabeça afirmativamente. — Acho que você está pronta.

Mais uma vez, ela me empurrou pelo loft até o espelho.

Juro, eu não me reconheci quando olhei. Cheguei a girar para olhar atrás de mim, pensando que alguém pudesse ter entrado no apartamento quando eu não estava olhando.

Uma mulher loura. Sexy. E muito, muito jovem.

— Não acredito — exclamei, piscando com força.

— Daria 22 anos para você — gritou ela triunfante, abrindo um sorriso.

Eu não conseguia parar de olhar. Maggie realizara, em seu sentido mais essencial, meu desejo — meu desejo não apenas de ser mais jovem, mas de voltar no tempo e me reinventar como uma pessoa diferente. A mulher no espelho parecia comigo, de alguma forma, mas era uma versão diferente de mim que nunca existira na vida real. Quando eu realmente tinha 22 anos, estava terminando meus estudos sobre Jane Austen e as irmãs Brontës em Mount Holyoke, meu cabelo vivia preso em um rabo de cavalo, meu corpo estava sempre enrolado em diversas camadas de roupas enormes de moletom e meus óculos grossos constantemente escorregavam por meu nariz sem maquiagem. Quando eu tinha 24 anos, era mãe de uma criança pequena, ainda usava o rabo de cavalo, os óculos e as roupas de moletom, exceto que elas eram ainda maiores e cheiravam ligeiramente a vômito. Aos 28, às vezes eu fazia o Grande Esforço e vestia leggings e um volumoso suéter para coordenar a venda de doces no jardim de infância.

Eu certamente nunca tinha tido essa aparência: em forma e loura, usando batom e expondo o colo, parecendo inteligente e um pouco safada.

— Quem é ela? — sussurrei.

Mas Maggie, que estava ocupada checando o relógio, não me ouviu.

— É quase meia-noite — disse ela. — Hora de levar a nova você para um teste.

Capítulo 2

O bar na esquina da casa de Maggie estava completamente lotado, com várias pessoas aglomeradas na calçada, mas a mulher alta e elegante, barrando todo mundo na porta, acenou para que Maggie e eu entrássemos.

— Ela tem uma quedinha por mim — gritou Maggie no meu ouvido.

— Espero que a minha presença não dê a impressão de que você é comprometida.

— Ela sabe que você é hétero.

Lancei um olhar irônico para Maggie.

— Como ela poderia saber isso?

— Ela é vidente — respondeu Maggie, com o rosto impassível. E então complementou. — Brincadeira, querida. Você poderia usar botas de motociclista e uma camiseta da Melissa Etheridge e ainda assim pareceria hétero. Tem a ver na verdade com a vibe.

Com destreza, Maggie começou a nos guiar em direção ao bar, esticando o pescoço para examinar o salão enquanto abríamos espaço para passar pelas pessoas.

— Quem você quer?

— Quem eu quero?

Devo ter soado mais alarmada do que estava, pois Maggie caiu na gargalhada.

— Beijar — gritou ela. — Está vendo alguém que você gostaria de beijar à meia-noite?

Passei tanto tempo casada que não conseguia me lembrar de sequer cogitar essa pergunta. No último Ano-Novo, eu ainda estava com Gary, no jantar anual de réveillon na casa de nossos amigos Marty e Kathy e, como sempre, Gary foi a primeira pessoa com quem eu falei. Não fazia a menor ideia de que 12 horas depois ele me diria que queria o divórcio; nunca, em um trilhão de anos, imaginaria que na noite do Ano-Novo seguinte, eu estaria inspecionando a multidão em um restaurante em Manhattan em busca de um estranho para beijar.

E então eu o vi. Ele estava parado no bar, meio que ouvindo um ruivo magro falando no banco ao lado dele, porém mais focado em olhar ao redor do salão, um sorriso discreto nos lábios. Seu cabelo era longo e escuro, a pele, pálida. Parecia ter estatura média e peso normal, mas tinha ombros extraordinariamente largos. Largos o suficiente para se cavalgar. Seus olhos pareciam estar bailando, como se ele tivesse acabado de se lembrar de uma piada muito boa e estivesse ansioso para contar a alguém.

E esse foi o momento em que ele se virou, como se eu tivesse berrado que ele poderia contar a piada para mim, e então olhou diretamente nos meus olhos. Seu rosto se abriu em um largo sorriso, não me dando outra opção a não ser sorrir de volta. Era como se fôssemos velhos amigos, ex-namorados que se separaram da forma mais amigável possível, reconhecendo um ao outro na multidão.

Então o ruivo disse algo de forma mais insistente, e meu alvo desviou o olhar.

— Eu beijaria ele — revelei a Maggie.

— Quem?

— No bar — falei. — Perto do ruivo. Aquele com o cabelo moderno.

Ele me olhou novamente e Maggie começou a me cutucar para ir para a frente. Então, ao mesmo tempo, alguém gritou e duas televisões instaladas acima do bar foram ligadas. Era a Bola da Times Square, com um relógio na tela mostrando os minutos que faltavam para o novo ano: pouco menos de cinco.

— Perfeito — gritou Maggie no meu ouvido enquanto me impelia para a frente junto com ela. — Ele é um bebê!

Parei.

— O que você quer dizer com isso? — Agora estava tentando observá-lo sem que ele me visse. Eu não o tinha exatamente categorizado como um homem de meia-idade, mas também não parecia um universitário.

— Com certeza tem uns 20 e poucos anos — sentenciou Maggie, me cutucando nas costas.

— Eu diria 30 e poucos. — Olhei com reprovação.

— Sem chance. Anda. Temos que saber se você passou no teste.

Ir em frente? Ou correr gritando para o lado de fora? Maggie tomou a decisão por mim ao me dar um empurrão, praticamente para os braços do Sr. Olhos Bailantes.

— Ah — falei, meu seio esmagado na camisa engomada de algodão dele, o aroma de sabonete em seu pescoço enchendo minhas narinas. — Desculpe. Minha amiga...

— Tudo bem — disse ele. — Estava aqui imaginando se eu seria capaz de chegar perto o bastante para falar com você. Você parece tão familiar. A gente se conhece de algum lugar?

A não ser que você tenha frequentado a academia Lady Fitness perto da minha casa em Nova Jersey, quis dizer. Ou participado de encontros no Homewood Garden Club.

Ou seja, seria impossível ele me conhecer de algum lugar, pois eu nunca *estive* em lugar algum — ao menos o eu que estava diante dele.

— Dez — começou a entoar a multidão. — Nove, oito...

— Ah, não — exclamei.

— Não? — Ele pareceu surpreso.

— É que...

Eu podia sentir Maggie alguns centímetros atrás de mim, esperando nosso beijo, como um cafetão com um pagamento de carro atrasado. E eu queria beijá-lo, mas estava com medo.

— Cinco, quatro...

Com medo de beijar alguém novo, quero dizer beijar alguém *realmente* novo, pela primeira vez em 23 anos. Com medo de não lembrar como se faz. Com medo porque agora que eu estava tão perto, era óbvio que esse cara provavelmente era uma criancinha quando fiz isso pela última vez. Com medo de eu não me importar.

Gente gritando. Gente comemorando. Eu o encarei, me sentindo como um coelho que ficou cara a cara com a raposa. E também um pouquinho como a raposa. Ele retribuiu o olhar, seus olhos brilhavam com aquela piada novamente.

E então percebi algo que, na minha ansiedade de ir para a cidade, na minha concentração em pedir o desejo certo e durante o processo de transformação feito pela Maggie, tinha me escapado. O ano havia acabado. Este momento marcava o fim do pior ano de toda a minha vida — o ano em que meu marido me deixou, que minha mãe morreu e que minha única filha se mudou para o outro lado do mundo. Estava acabado agora, e parecia tão irrefutável como uma lei do universo que o ano que começava só poderia ser melhor.

Fui preenchida por um sentimento de alegria e alívio tão grande que deixei escapar um enorme suspiro e sorri para ele. E isso foi todo o encorajamento que ele precisava para se inclinar e encostar seus lábios nos meus. E o melhor, eles combinaram de forma perfeita, seu lábio superior arqueado se encaixando exatamente no espaço entre os meus lábios, e seu lábio inferior pousando habilmente abaixo do meu. Ele tinha gosto de açúcar; eu podia sentir até os grãozinhos.

Quando finalmente nos separamos, disse a primeira coisa que me veio à cabeça.

— Obrigada.

Ele explodiu em uma gargalhada.

— De nada, mas, tenho que dizer, exigiu muito esforço.

Senti meu rosto ficando vermelho.

— É só que... — comecei — Só queria dizer que...

— Tudo bem — disse ele gentilmente, levando um dedo a meus lábios. E então fez um movimento como se estivesse prestes a me beijar novamente.

— Não! — exclamei, recuando.

— Não? — Ele parecia confuso.

— Não estou a fim de um relacionamento.

Ele riu novamente.

— Também não estou a fim de um relacionamento — disse ele.

— Não está?

— Não. Acabei de terminar um noivado.

— Terminou... — indaguei — agora?

Ele sorriu. Ele era bom em fazer contato visual, o que era agradável, mas, na minha experiência, pouco comum em um homem.

— Bom, em junho — disse ele. — Percebi que não queria me casar, não agora pelo menos. Não estou com pressa em me jogar em vida de hipoteca, coisas de bebê.

— Isso é ótimo — falei.

À nossa volta, as pessoas festejavam e abraçavam umas às outras.

O homem de cabelo escuro inclinado bem perto de mim me deixava nervosa, me olhando fixamente com aqueles olhos castanhos.

— Você está falando sério? Porque a maior parte das garotas que conheço pula fora quando eu conto. Elas perdem totalmente o interesse.

— Não, acho que é realmente inteligente — falei. — Esse é o momento em que você pode ser livre, experimentar, fazer qualquer coisa que queira fazer, e você deve aproveitar isso. Não tenha pressa de se acomodar.

Foi exatamente o que eu disse para minha filha Diana, que levou meu conselho tão a sério que se mudou para um lugar a 8 mil quilômetros longe de mim. Ele estava falando comigo novamente, mas fiquei tão perdida em meus pensamentos sobre Diana que não prestei atenção no que dizia. A única palavra que ouvi foi "Williamsburg", mas ele obviamente esperava por uma resposta.

— Todas aquelas fantasias esquisitas — falei, lembrando-me da viagem de Diana no oitavo ano.

Ele me olhou de forma estranha.

— Conheço uma boate legal lá que deve estar mais tranquila que esse bar. Você não gostaria de ir para lá?

Não dava para acreditar.

— Viajar até a Virgínia? — perguntei. — Hoje à noite?

Ele abriu um sorriso e balançou a cabeça.

— Quis dizer Williamsburg no Brooklyn. Eu moro lá.

— Ahhhh — falei, de repente me sentindo tão por fora quanto estaria se estivesse usando um avental de linho e uma touca vitoriana.

— E aí? Quer ir?

Se eu queria ir? Bem, lógico que eu iria querer ir se fosse realmente a pessoa que eu aparentava ser. Mas, na verdade, eu poderia também ser a mãe desse cara. No entanto, não tive coragem de dizer isso e arruinar seu ano, que tinha acabado de começar.

Onde estava Maggie quando eu precisava dela? Até o beijo à meia-noite senti que ela estava pairando sob meu ombro. Mas ela não estava à vista. Afinal, consegui localizá-la do outro lado perto da porta, sussurrando no ouvido da amável garota da entrada. Ela obviamente não seria de nenhuma ajuda.

— Achei que você não quisesse começar um relacionamento — comentei.

— Isso não é um relacionamento — respondeu ele. — É apenas uma... apenas uma...

— Uma ficada? — perguntei. — Porque eu também não estou interessada nisso.

Não estava, estava?

— Não — disse ele. — Quero dizer, se a gente quiser passar a noite juntos...

Seus ombros afundaram, e ele encarou o chão. E então sorriu para mim novamente.

— Escuta — disse ele. — Eu gostei de você. Só isso. Gostaria de te conhecer melhor.

— Acho que você não vai gostar do que vai descobrir — falei hesitante.

Ele se aproximou um pouquinho, o suficiente para me deixar pouco à vontade.

— Por que você não deixa que eu decida isso?

Podia sentir alguma coisa palpitando em meu peito de novo, perigosamente perto do coração. Quando desviei de seu olhar, mirei em seus lábios, e quando tirei meus olhos dos lábios dele, eles se fixaram em seus ombros, os quais eram muito fáceis de imaginar nus. Um ano sem sexo, um ano durante o qual finalmente me tornei uma grande amiga do vibrador que Maggie me dera fazia tempos, tinha levado minha vida de fantasia às alturas. Agora que eu tinha me tornado uma especialista em ter um orgasmo estimulado eletronicamente sempre que quisesse — algo que eu nunca conquistara com um ser humano real — achei que poderia ter um ali mesmo.

Senti a mão dele em meu quadril. Seu quadril gentilmente pressionando o meu.

Mas então o grande relógio de aço acima do bar soou — meia-noite e quinze —, trazendo-me de volta à realidade.

Lembrei-me de algo que alguns caras tinham me dito, algo que sempre quis falar para alguém, tirando o fato de que ninguém acreditaria. Agora, porém, senti que isso poderia sim ser verdade.

— Acredite em mim — falei, repentinamente me sentindo mais descolada do que em toda a minha vida. — Você vai se meter em confusão.

Em vez de fazê-lo recuar, minha advertência pareceu apenas aumentar seu interesse. Pensando bem, sempre tivera o mesmo efeito em mim também.

— Me dá o seu telefone — pediu ele.

— Eu não vou te dar o meu número.

— Apenas me dê o seu aparelho.

Ele estendeu a mão. Eu tinha enfiado o telefone no bolso da frente do jeans apertado que Maggie me fizera vestir, e podia senti-lo pressionando minha coxa. Com relutância, tirei-o do bolso e o entreguei a ele.

— Uau — disse ele quando abriu o celular. — Você tem Tetris.

Aquilo soou como uma doença. Uma doença do telefone celular.

Ele deve ter percebido a expressão confusa em meu rosto pois começou a se explicar.

— É um dos jogos de video game mais antigos. É isso o que eu faço. Sou designer de jogos. Bom, estou estudando para isso pelo menos.

— Ah — exclamei, me sentindo ainda mais alarmada do que já estava. — Você ainda está na... faculdade?

— Estou indo fazer um curso de design de jogos em Tóquio na primavera — contou. — Mas, na verdade, já tenho um MBA. Além de não me casar, decidi que não queria um emprego no mundo corporativo. E você?

— Eu?

— O que você faz?

— Ahhhh — disse, pensando se lavar roupas, limpar a casa e tirar louça da lavadora valiam a pena ser mencionados. — Não estou fazendo nada em especial no momento.

— Você ainda está na faculdade?

— Ah, não — respondi. — Eu me formei faz tempo.

Continuei afirmando para mim mesma que enquanto eu não dissesse a ele uma mentira direta, não estava fazendo nada de errado.

— Então você estava... viajando?

Bom, aquilo se não era exatamente uma verdade, estava próximo disso.

— Estive fora.

— Tipo na França?

— Algum lugar assim.

Bom, falei para mim mesma, deve ter *alguém* no mundo que acredita que Nova Jersey é tipo a França.

Ele começou a pressionar as teclas do meu telefone.

— O que você está fazendo?

— Estou colocando meu número na agenda do seu celular — explicou ele. — A propósito, eu me chamo Josh.

— Alice — disse.

— Ali?

— Não. Alice.

— Ok, Alice, escolha um número entre um e 31.

O primeiro número que passou pela minha cabeça foi o que eu achava que era a idade dele.

— Vinte e cinco — disse.

— Não dá para você escolher um número menor? — suspirou.

Ai, Deus, tomara que não.

— Não — disse a ele.

— Tudo bem. — Ele apertou mais algumas teclas. — Temos um encontro no dia 25 de janeiro.

— Temos?

— Sim. Programei o alarme do seu teletone para te lembrar. Vamos tomar um drinque no... fale o nome de um bar.

— E se eu não quiser tomar um drinque com você?

— Você tem 25 dias para pensar a respeito. Se você decidir que não quer ir, podemos cancelar. Agora escolha um bar.

O único bar em que consegui pensar foi o famoso Gilberto's, bem na esquina do escritório do meu único e antiquíssimo empregador, Gentility Press. Essa tinha sido a última vez em que tive um verdadeiro motivo para tomar um drinque na cidade. Tive um momento de pânico pensando se o Gilberto's ainda existia, mas Josh me dissera que sabia exatamente onde ficava, e anotou o nome e endereço em meu telefone antes de me devolvê-lo.

— Não sei como usar o alarme do telefone — alertei-o.

— Você não precisa fazer nada — disse ele. — Dia 25, às quatro da tarde, você irá ouvir o alarme tocar, e o telefone vai mostrar tudo o que você precisa saber. Eu te vejo lá.

Capítulo 3

O toque do meu celular me arrancou de um sono profundo. Ainda confusa com a noite passada e na luz pouco familiar da casa de Maggie, a primeira coisa em que pensei foi que o alarme do meu encontro com Josh estava disparando. Sonhei com ele, algo vagamente erótico que ia se esvanecendo conforme o telefone insistia em tocar.

Por fim, consegui me levantar — meu pescoço rígido por ter dormido na chaise roxa — e encontrar o telefone ainda alojado no jeans que tinha usado, amarrotado no chão. Depois que eu disse alô, só ouvia estalidos na linha, mais estalidos e silêncio. Estava prestes a desligar quando, finalmente, ouvi a voz baixa e distante da minha filha Diana.

— Mãe — disse ela. — Mamãe? É você?

— Sou eu, querida — respondi, àquela altura completamente desperta.

Diana não conseguia ligar muito. O telefone mais próximo ficava a uma caminhada de 16 quilômetros da aldeia na qual trabalhava como voluntária do Corpo da Paz. Ao contrário da crença popular, ainda existem alguns lugares — pense em muitos lugares — nos quais telefones celulares e internet não funcionam.

— Não parecia você — disse Diana.

Passei a mão em meu cabelo, me lembrando de todas as coisas que aconteceram na noite passada, na transformação operada por Maggie, no encontro no bar. Levantei-me da chaise, andei até o espelho oval e me olhei. Sem a maquiagem, eu parecia mais com a velha Alice. Mas a nova cor mais clara e o corte assimétrico que Maggie fizera no meu cabelo tinham feito maravilhas. Mesmo nesse estado natural da manhã, eu parecia uma mulher mais jovem.

Mas não uma jovem mulher que minha filha jamais encontraria. Assim como os dias em que fumei maconha e as poucas aventuras sexuais semianônimas e bêbada, isso era algo que eu nunca contaria à Diana.

— Sou eu — assegurei a ela. — Você está bem?

— Tudo bem, mãe — disse, com uma rispidez na voz que indicava saber que eu não devia ficar perguntando se estava tudo bem. Claro que estava tudo bem. Ela é adulta e não precisa que eu tome conta dela.

— Ótimo — respondi. — Você vai passar o dia na cidade?

Houve um silêncio tão longo que achei que talvez tivéssemos perdido a conexão, mas então Diana disse:

— Não, na verdade vim passar uns dias no Marrocos com alguns outros voluntários. Achei que tivesse contado para você.

Era como se ela tivesse me dado um tapa na cara. Com certeza não tinha me contado, e eu sabia que ela sabia disso. Queria que Diana tivesse voltado para casa no Natal, mas ela se enfureceu comigo, falando que como seu período de trabalho estava quase terminando, não havia a menor possibilidade de ela deixar a aldeia, e que o fato de ser feriado nos Estados Unidos não significava nada onde ela estava, que toda aquela miséria e carência não tinha feriado, e continuou falando até eu me desculpar por ser tão egoísta por ter oferecido para comprar uma passagem para casa.

Não comece uma discussão com ela, disse a mim mesma. Não vale a pena, ela estará em casa logo, nada disso vai importar.

— Não lembrava — respondi. — Quando foi?

— Você não se lembra de nada do que eu falo — disse ela. — Não sei nem por que eu ligo.

Ai, senhor. O ano passado inteiro foi assim, desde que o pai dela e eu nos separamos. Mesmo tendo sido ele quem saiu de casa, era comigo que Diana estava furiosa, talvez porque eu representasse a segurança, talvez por eu ser a pessoa mais próxima dela, a que não a abandonaria. Janeiro passado, duas semanas depois de Gary sair de casa, Diana anunciou que em vez de voltar para a Universidade de Nova York para terminar o último ano, ela havia ingressado no Corpo da Paz e estava indo assumir um posto de um ano na África. Agora, depois de uma vida inteira de amor e intimidade — Diana não tivera nem mesmo a fase adolescente impertinente —, ela me ligava para começar uma briga a 10 mil quilômetros de distância.

— Estou feliz que tenha ligado — tranquilizei-a. — Não vejo a hora de te encontrar de novo.

Mais silêncio. Supus que ela precisasse de alguns minutos para encontrar algo errado no que eu acabara de falar.

— Bom, você vai ter que esperar mais um pouco — disse Diana por fim. — Decidi estender por mais alguns meses minha estada aqui.

Fiquei sem ar. Tinha sido capaz de deixar tudo em suspenso — meu medo, minha ansiedade, minha vontade desesperada de estar perto dela, física e emocionalmente, de novo — ao falar para mim mesma que ela estaria de volta em janeiro. E agora todos aqueles sentimentos que eu havia represado corriam em mim, e deixei escapar um grito muito mais alto do que pretendia. Do outro lado da sala, na cama de ferro vermelho, os olhos de Maggie se arregalaram, e do outro lado da linha Diana estava protestando.

— Como ousa reagir assim? — questionou ela. — Tenho minha própria vida para viver. Só porque tudo o que você quer é ficar dentro daquela casa em Nova Jersey não significa que isso sirva para mim.

Senti meu corpo enrijecer. Maggie agora estava sentada na cama, me encarando do outro lado do cômodo com uma expressão preocupada no rosto. Ela levantou as mãos e os ombros como se perguntasse "o que está acontecendo?", então me virei de costas para ela evitando explodir em lágrimas.

— Mãe? — perguntou Diana. — Você ainda está aí?

— Estou.

— Sei que você não fica lá o tempo todo. Você tem seu clube de jardinagem ou sei lá o quê. Mas agora que estou aqui, quero ficar um pouco mais. Você consegue entender, não?

É claro que eu conseguia entender. O que eu não podia entender era por que ela tinha que ser tão cruel comigo.

— Diana — falei —, se você quer ficar, é claro que deve ficar. Só estou um pouco desapontada, só isso.

— Viu, esse é o problema — disse ela. — Não acho que você tenha o direito de ficar desapontada. Em vez de ficar sentada me esperando, é hora de você retomar a sua vida.

Agora eu mal podia respirar. E, com certeza, não podia falar.

— Escuta — continuou ela. — Essa ligação está custando a você, ou ao papai ou sei lá quem, um milhão de dólares. Ainda não sei quanto tempo mais vou ficar, no mínimo mais uns dois meses. Espero que você não se importe.

— Hummm-hummm — consegui dizer.

— Legal. Ligo novamente assim que der. Eu te amo.

Estava prestes a dizer que a amava também quando a linha ficou muda. Fiquei ali parada para respirar um momento e, então, me virei para encarar Maggie e foi necessário apenas um olhar para que ela saltasse da cama, cruzasse a sala e me envolvesse em seus braços. Não consegui me segurar e chorei em seu ombro. Não era a decisão de Diana de ficar que me deixava tão arrasada. Sim, estava decepcionada, mas poderia certamente sobreviver mais alguns meses, por quanto tempo ela decidisse ficar longe. O que era intolerável era o quanto tínhamos nos distanciado em todas as coisas, e o quanto parecia impossível para mim alcançá-la.

— Vai ficar tudo bem. — Maggie me confortava, dando tapinhas em minhas costas. Ela me abraçou e me tranquilizou quando contei o que tinha acontecido, o que Diana dissera, como eu me sentia.

Finalmente, quando me acalmei, ela se afastou um pouco e me forçou a olhar em seus olhos.

— Sabe — disse ela —, talvez isso seja uma bênção disfarçada.

— Como assim?

— O que você começou ontem — respondeu Maggie. — Isso deu uma chance de você olhar além.

— Com aquele cara? — indaguei. — Não estou realmente...

— Não estou falando sobre aquele cara — interrompeu Maggie —, embora ele pudesse ser parte disso. O que quero dizer é que você pode se sentir mais jovem. Você pode arriscar e ver no que dá.

— Você quer dizer ver quantos caras de 25 anos eu consigo engabelar para me beijar?

— Se você vai fingir que é mais nova — disse Maggie —, precisa parar de dizer palavras como *engabelar*.

— O que tem de errado com *engabelar*?

— É antiquado. É o *galanteador* de amanhã.

— Espere um minuto — falei. — Quem disse que eu quero fingir que sou mais jovem?

— Preste atenção — disse Maggie. — O que aconteceu no bar ontem não foi por acaso. Desde que fiz a transformação, você está fantástica. E agora Diana liga para dizer que não voltará para casa tão cedo. Essa é a sua chance! Nada pode impedi-la de sair por aí se inscrevendo para algumas vagas de emprego, e, por que não, talvez até sair com alguns caras...

— Isso é ultrajante.

— Por que ultrajante? Foi você mesma quem disse que desejava ser mais jovem. Você tem que arrumar um emprego, queira você ou não.

— Eu quero — assegurei a ela.

— Ok, então. Será mais fácil achar um sendo uma mulher de 28 do que uma de 44 anos.

— Não gosto de mentir — confessei. — Posso estar usando roupas apertadas e quilos de maquiagem, mas ainda sou eu mesma. Por que tenho que ter uma idade específica?

— Exatamente — disse Maggie. — Por que você tem que dizer que tem 44 ou 28 ou sei lá que idade? Você não precisa dizer a verdade nem mentir.

— Certo — concordei.

— Se você parece mais jovem, as pessoas vão supor que você é jovem, e por que não permitir que acreditem nisso?

Continuei concordando, mas nós estávamos voltando ao cerne do problema.

— Quer dizer — continuou Maggie, me guiando até a minúscula cozinha, onde começou a preparar café em uma chaleirinha —, quando você vai a uma entrevista de emprego e conta que tem 44 anos, isso faz as pessoas imaginarem uma série de coisas sobre você que não são necessariamente verdade, certo? Que você é velha demais para um trabalho de iniciante?

Tinha de admitir que ela estava certa.

— Mas se eles acreditarem que você tem 20 e poucos anos — continuou Maggie — estarão mais dispostos a pensar o que você quer que eles pensem: que você está ávida para aprender, que está disposta a aceitar uma vaga de iniciante, que não tem nenhum problema em trabalhar para um jovem gerente de departamento pretensioso.

— Mas eu não tenho mais 20 e poucos anos.

— Mas eles não precisam saber disso — afirmou Maggie.

— Na verdade, não é permitido que eles perguntem. Lei de Discriminação.

— Você não lembra o que a irmã Miriam Gervase nos ensinou? — perguntei. — É o pecado da omissão.

— Não pergunte, não responda.

— Pecado, pecado. Pecado, pecado.

— Ah, para com isso, Alice. Você deixou de ser católica quando casou sob uma chupá.

Ela me pegou. Apesar dos meus contínuos anos de educação em escola católica, desisti da igreja quando fui para a faculdade e renunciei completamente ao meu status com o papa quando me casei com um judeu. E embora Gary tivesse redescoberto sua fé depois que Diana nasceu e até tentado que eu me convertesse para que nossa filha fosse considerada totalmente judia, eu resisti. Não podia dizer que acreditava que Jesus era Deus. Mas também não podia me forçar a dizer que não acreditava.

Ao longo do último ano, eu até tentei voltar para a igreja, sentindo a necessidade de um apoio espiritual, buscando algum sentimento de comunhão. O problema foi que a congregação protestante que visitei parecia uma igreja de brinquedo, com pastores que eram não apenas casados, mas também mulheres — mães! —, um santuário de paredes vazias, destituído de mistério e poder supremo. Mesmo não me sentindo unitarista, congregacionista ou presbiteriana, eu também não podia reivindicar meu catolicismo, pois a igreja negava tudo aquilo que tinha acontecido de mais importante em minha vida: meu casamento, a legitimidade de minha filha e até mesmo meu divórcio.

Percebi agora que ali estava o que realmente me incomodava na ideia de Maggie de eu fingir que era mais jovem. Não eram somente as mentiras e as implicações éticas que me perturbavam, mas a ideia de que, ao apagar todos aqueles anos da minha idade, eu estaria também eliminando as pessoas e tudo o que eu amava.

— Então eu devo fingir que minha filha nunca existiu? — questionei, me recostando na chaise e passando a colcha de cetim vermelha em torno de meus ombros. — Que eu nunca fui casada, que nunca morei na minha casa?

— Você não tem que fingir nada — respondeu Maggie. — Não é como se você voltasse para casa e para Diana e Gary toda noite levando uma vida dupla. Na verdade, você não precisa nem mesmo voltar para Nova Jersey e fingir qualquer coisa para seus antigos amigos e vizinhos. Você pode sublocar sua casa por alguns meses e ficar aqui comigo...

— Peraí, peraí — interrompi. — Achei que você tivesse dito que só conseguia viver sozinha.

Maggie teve alguns relacionamentos ao longo dos anos, mas nunca permitiu que qualquer uma de suas namoradas fosse morar com ela. Não gostava nem mesmo de dividir quarto de hotel quando viajava.

— Isso é algo que vou ter que mudar — disse ela, abrindo um grande sorriso —, agora que vou me tornar mãe.

— E você vai praticar comigo?

— Pode ser bom para nós duas.

Deus sabe o quanto Maggie se beneficiaria em aprender a dividir seu espaço e sua vida com outro ser humano antes de uma criança hipotética chegar ao mundo dela. E, pensando bem, talvez eu pudesse aproveitar aquilo também.

— Então você acha que eu devo me tornar uma pessoa totalmente diferente? — perguntei a ela.

— Pense nisso como uma atuação. Você leva adiante o quanto puder. Compre roupas novas, veja se consegue um emprego, e deixe acabar quando estiver acabado.

— E se eu conseguir um emprego? Essa tal atuação vai ser a minha vida real?

— Achei que você tivesse dito que se fosse mais jovem assumiria mais riscos e seria mais egoísta — disse Maggie enquanto coava o café. — Viu, eu sabia que você não seria capaz.

— Eu sou capaz.

— Então seja — disse Maggie. — Vá em frente. Eu desafio você.

Capítulo 4

Eu estava na fila com outras jovens mulheres — quero dizer, genuinamente jovens mulheres —, todas segurando currículos e esperando sua vez para conversar com o dono, com cara de bebê, do supostamente mais descolado novo restaurante de Manhattan, o Ici. Éramos umas cinquenta mulheres, todas disputando a cobiçada vaga de garçonete e, pelo que eu podia ver, não tinha a menor chance.

Podia estar loura, magra, e até passar com sucesso por alguém mais jovem — ninguém tinha sequer me olhado duas vezes. Mas aquelas mulheres vinham de um planeta diferente do meu, de algum lugar no qual seios enormes e quadris de menino coexistiam no mesmo corpo, no qual os dentes eram brancos como papel e os pés ficavam tão confortáveis em saltos de 7 centímetros quanto se estivessem descalços.

Eu, uma reles mortal, posso ter me sentado lá no chão de concreto coberto de poeira. Eu podia sorrir, me entusiasmar, podia até balançar meus quadris como a mais jovem delas. Mas simplesmente não podia treinar meus velhos pés a usar salto alto.

— Srta. Green — chamou o bebê dono do restaurante.
— Ali Green?

Andei com dificuldade em sua direção, tentando fazer parecer que estivesse planando. Essa era a quarta entrevista do dia. Na minha primeira semana procurando emprego, fui dispensada em todas as editoras do mercado — todas exceto minha antiga empregadora Gentility Press, onde eu tinha sido rejeitada não apenas uma, mas duas vezes no ano passado. Embora a Gentility fosse o lugar onde eu mais gostaria de trabalhar — eles publicaram os meus livros preferidos, e a Sra. Whitney, sua fundadora, era um dos meus ídolos —, tinha receio de ser reconhecida se aparecesse novamente, ou de ser rejeitada pela terceira vez. Ou as duas coisas.

Depois de desistir de editoras, procurei revistas de circulação nacional, depois revistas especializadas, escritórios de relações públicas e publicidade, descendo até publicações sem nenhuma importância como a *Drugstore Coupons Today*.

Em todos os lugares era a mesma história. Havia poucas vagas para iniciantes, e as poucas que existiam eram, em sua maioria, preenchidas por estagiários, sem remuneração. Eles me ofereceram vagas de trabalho-por-experiência-sem--dinheiro, mas eu não podia arcar com isso.

Esta semana, comecei a procurar trabalho como garçonete. Na próxima, poderia ser empacotadora de supermercado — mas, se tivesse que fazer isso, eu voltaria a ter 44 anos, idade em que poderia ao menos usar sapatos confortáveis sem ter ninguém olhando para os meus seios.

— Alice — corrigi, entregando meu currículo. — Meu nome é Alice.

Ele me olhou como se nunca tivesse escutado aquele nome antes.

— Sabe — tentei ajudá-lo. — Como em No País das Maravilhas.

Ele deu um sorriso amarelado.

— Você toparia mudar de nome? — perguntou ele.

Talvez se ele estivesse me oferecendo o papel principal em um filme digno de Oscar. Mas para servir cosmopolitans em um buraco em Tribeca?

Mesmo assim, fiquei curiosa demais para acabar com aquilo sem dar qualquer corda para ele.

— E qual seria sua sugestão? — perguntei. — Ali?

— Ou Alex — respondeu ele. — Ou talvez Alexa. Ah, já sei: Alexis!

— Como em *Dinastia* — disse.

— Alexis é sexy — insistiu ele, ignorando minha analogia. Ou, mais provável, sem entendê-la.

— Tipo a Mayflower Madam? — perguntei a ele. — Você sabe, ela tinha uma lista de nomes alternativos para suas garotas, nomes que ela considerava sexies. Ou talvez eles não dissessem "sexy" naquela época. Provavelmente diriam "sensual".

Ele ficou sem expressão, e tentei também não expressar qualquer reação. A verdade é que eu não ia aguentar muito mais daquela besteirada. Eu, na verdade, tinha feito uma busca no Google sobre esse cara — por inocentemente achar que fazer meu dever de casa importava mais do que o quanto meu nome era sexy — e descobrir que ele se considerava algum tipo de gênio culinário.

Mas fiquei me perguntando o que um garotinho usando jeans de criança poderia saber sobre cozinhar? E daí que ele colocava pimenta no sorvete. Isso era diferente, mas era comestível?

Sentia falta de cozinhar. Apesar de estar sozinha, apesar da perda de peso, eu ainda preparava minhas receitas favoritas, usando meu melhor aparelho de jantar e a prataria que minha avó trouxera da Itália, acendendo velas e colocando um bom CD para tocar. Nas poucas semanas em que estava acampando na casa de Maggie, vendo se conseguia arrumar um emprego antes de tomar a decisão de alugar minha casa, tentei cozinhar para ela, mas ela normalmente ficava tão mergulhada no trabalho na hora do jantar, engolindo noodles de uma caneca de café e encarando seu gigantesco bloco de cimento.

— Tenho muito interesse em comida — declarei ao gênio bebê, numa tentativa de trazer a entrevista de volta ao planeta Terra.

— Legal. Você é atriz? — bocejou ele.

— Não — respondi.

Isso despertou sua atenção. Ele me analisou, com as sobrancelhas erguidas.

— Você não quer trabalhar na cozinha, quer? — indagou ele. — Eu não aceito garotas na minha cozinha.

Falando em algo ilegal. Balancei minha cabeça negativamente, mas esse tipo descarado de discriminação me fazia sentir melhor sobre a lorota da idade.

Como se estivesse lendo minha mente, ele perguntou:

— Quantos anos você tem, Alexis?

Com qualquer outra pessoa, eu talvez tentasse ser ambígua. Ou até, me deparando com uma pergunta tão direta, falasse a verdade. Mas olhei bem nos olhos dele e disse:

— Dezesseis.

Finalmente, uma risada.

— Ah, uma comediante. Saquei. Tudo bem. Agora me mostre os seus peitos.

Fiquei esperando outra risada, mas nada. Ao contrário, ele ficou esperando.

— Você só pode estar de brincadeira — exclamei.

Ele continuou sentado, obviamente não estava brincando.

Lembrei a mim mesma que eu precisava, realmente precisava daquele emprego. Se eu tivesse 22 ou 27 anos de verdade, me perguntei, o que eu faria? Uma piada? Talvez mostrasse os seios e morreria de vergonha toda vez que pensasse naquilo para o resto da minha vida? Ou, talvez, como as jovens nos vídeos da MTV a que Diana assistia ou aquelas jovens nas capas das ultrajantes novas revistas masculinas, eu faria e não ligaria a mínima.

Mas essa não era eu. Não importava quanta maquiagem tivesse colocado, eu nunca seria aquela jovem ou teria a cabeça daquela geração. E eu estava ficando mais segura, não estava?

— O que os meus peitos, como você fala, têm a ver com minha habilidade em ser uma boa garçonete? — perguntei a ele.

— Tudo. — Foi a sua resposta.

Estava prestes a argumentar, mas então pensei, ele está certo. Tudo o que se precisa aqui para ser contratada, ser uma boa garçonete e receber boas gorjetas é ser linda e sexy. Esse vai ser um daqueles lugares pretensiosos e descolados no qual eu nem mesmo consigo uma mesa. Ele não vai me contratar, independentemente de eu mostrar meus seios ou não. Ele nem mesmo tem o menor interesse em ver os meus seios, ele só quer me humilhar. Então, chega.

Peguei meu currículo de volta. Não deixaria nem mesmo um pedaço de papel com ele.

— Não quero trabalhar para você — declarei. — E meu nome é Alice.

Na rua, meus pés já não doíam mais. Eu estava andando muito rápido, totalmente impulsionada pelas batidas do meu coração. Eu não podia continuar fazendo isso, competindo por empregos que eu não queria e fingindo ser alguém de quem eu nem mesmo gostava. Se parecer mais jovem me ajudasse a encontrar um emprego legal, o tipo de emprego com o qual eu sonhava quando comecei a procurar no ano passado, o tipo de trabalho que eu tive na Gentility Press muito tempo atrás, então estaria disposta a continuar com a farsa. Mas até agora ser jovem era ainda pior do que ser velha.

Enquanto caminhava, comecei a pensar se não era a hora de desistir daquilo. Estava exausta de dormir na chaise de Maggie, com o cobertor cobrindo minha cabeça para bloquear as luzes e o barulho que ela fazia ao trabalhar até tarde da noite. Eu tinha gastado um dinheiro que eu na verdade não tinha em roupas que eu não usaria. Agora eu só queria ir para casa.

Exceto.

Exceto que ainda havia a Gentility. Minhas opções, como eu encarava, eram ir até a Gentility e correr o risco de um provável fracasso, ou voltar para Nova Jersey e um evidente fracasso.

Pensando dessa forma, estava claro que eu tinha que voltar à Gentility. No mínimo, eu mostraria a Maggie que tinha sido corajosa e confiante. Na verdade, eu me sentia corajosa e confiante caminhando em direção ao escritório da Gentility. Verdade, eu estava vestindo a roupa escolhida para tentar a vaga de garçonete — uma blusa de seda vermelha e uma saia curta de xadrez preto e branco, e estava bastante maquiada. Talvez eu devesse passar na casa de Maggie e me trocar. Ah, dane-se. Era um visual corajoso e confiante em perfeita harmonia com meu humor.

Meia hora depois, com a bochecha vermelha da caminhada em passos rápidos até a parte norte da cidade, eu estava sentada na sala do departamento de recursos humanos da Gentility, preenchendo a ficha de cadastro muito familiar. Ainda bem que eu tinha um nome comum. Meu currículo era basicamente o mesmo de sempre, mas sem qualquer data ou menção aos vinte anos de trabalho voluntário. Coloquei o endereço de Maggie em vez do meu de Nova Jersey, e meu número de celular no lugar do telefone da minha casa, e rezei para que fosse entrevistada por um assistente em vez da diretora de RH, Sarah Chan.

Sem sorte. Queria derreter no chão quando a bastante familiar Sra. Chan, de 30 e poucos anos, adorável e completamente sem humor, atravessou a sala com carpete cinza em minha direção, estendendo a mão com unhas feitas.

Levantei e me preparei para o olhar de reconhecimento em seu rosto. Sarah Chan era muito nova para ter trabalhado na Gentility na época em que eu trabalhei. A primeira vez que nos encontramos foi em fevereiro do ano passado, assim que minhas lágrimas pela separação e pela partida de Diana para a África tinham secado. Eu entrara na Gentility no terninho tamanho 44 que tinha comprado para receber o prêmio de Mãe do Ano na escola da Diana sete anos antes, certa de que eles iriam automaticamente me recontratar para o emprego que deixara quando estava grávida. Mesmo quando a entrevista tinha terminado vinte minutos depois de ter começado, mesmo quando a Sra. Chan, como ela se apresentou, sugeriu que eu "ficasse em contato" em vez de discutir salário e cargo, eu ainda esperava ser chamada a qualquer dia.

Em junho, ao não ter nenhum contato dela, eu voltei, usando o mesmo terno — um pouco largo então — e carregando um lenço, pois minhas mãos estavam suadas. Talvez eu não tivesse sido clara da última vez, disse a ela. Eu não tinha ido até a Gentility para fazer uma visita pelos velhos tempos. Eu estava lá porque queria um emprego no departamento editorial, *precisava* de um trabalho. Sei que *parecia* que eu não trabalhara, mas tinha feito muitas coisas que exigiam toda minha habilidade organizacional e gerencial. E livros, principalmente os clássicos femininos que a Gentility publicava, não tinham mudado, certo?

Desta vez, Sarah foi mais direta. Ela tinha entendido da outra vez que eu estava procurando um emprego. Infelizmente, todos os cargos no departamento editorial estavam preenchidos. Talvez houvesse algo no departamento de divulgação, se eu... Mas naquela época, eu não levaria em consideração nada no departamento de divulgação, nada a não ser no editorial. Editar, trabalhar com escritores, com palavras era tudo o que me interessava e era para aquilo que eu tinha talento. Qualquer outra coisa era perda de tempo, era como eu infantilmente pensava apenas alguns meses atrás.

Agora Sarah Chan parou no meio do nosso aperto de mão e me olhou com curiosidade, sua cabeça inclinada para um lado.

— Nós nos conhecemos?

Eu poderia confessar tudo, dizer que tinha mudado, que havia voltado para uma terceira tentativa, obviamente não tendo aprendido o significado de um não.

Ou eu poderia pensar naquilo, como Maggie tinha me treinado, como uma atuação. Não uma mentira, mas poderia brincar com as coisas até onde eu conseguisse.

— Não sei — respondi, inclinando minha cabeça para ficar na mesma posição da de Sarah Chan e olhá-la diretamente nos olhos. — Nos conhecemos?

Eu ficara com a impressão de que quando estivera lá antes, ela não estava realmente me vendo. Que ela, como muitas outras jovens profissionais, me olhara e registrara: velha, gorda, dona de casa. E, instantaneamente, a cortina se cerrara.

Ela apertava um lábio contra o outro, balançava a cabeça e parecia confusa.

— Você parece tão familiar.

— Você também — falei, copiando sua expressão de perplexidade.

— Bom — continuou ela, desistindo com um aceno de cabeça ainda mais vigoroso. — Venha aqui e me conte tudo sobre você.

Desta vez, parecia que ela realmente queria ouvir. Ela me perguntou sobre as aulas de literatura que cursei em Mount Holyoke, sobre meu interesse na Gentility. Embora o que tenha falado tenha sido praticamente o mesmo que dissera — duas vezes — no ano passado, desta vez parecia que ela estava realmente ouvindo. E eu tinha ficado mais esperta durante os últimos meses também. Em vez de insistir que o único tipo de trabalho em que estava interessada era no departamento editorial, eu agora afirmava que estava aberta a qualquer uma das etapas do processo editorial.

A Sra. Chan ficou batendo o lápis em meu currículo e disse que havia algo no marketing que talvez fosse perfeito para mim. Marketing? Claro! Eu *adorava* marketing, pelo menos achava que poderia adorar, se eu tivesse a mínima ideia do que era (essa parte não disse em voz alta). Sem dúvida, eu tinha tempo para conversar com Teri Jordan, a diretora de marketing.

Andando pelo corredor, seguindo de perto Sarah Chan pelos cubículos, fiquei surpresa com o quanto os escritórios pareciam os mesmos depois de todos aqueles anos — os mesmos, mas não tão prósperos. Trabalhei lá quando a empresa estava ganhando muito dinheiro com a onda feminista da década de 1970, época em que as mulheres compravam tratados feministas e clássicos escritos por grandes escritoras mais rápido do que a editora conseguia imprimir. Hoje em dia, ninguém lia mais muito de qualquer coisa, e a Gentility estava visivelmente sentindo o baque.

Desconsiderando a pintura descascada e os carpetes gastos, a Gentility era exatamente a mesma de quando eu trabalhara aqui, apenas as pessoas eram diferentes. Não apenas diferentes, mas *jovens*, embora eu supunha que todos éramos jovens quando trabalhava aqui. A única exceção era a fundadora da empresa, Florence Whitney, alta e de cabelos brancos, que eu vislumbrara agora apenas de longe. A Sra. Whitney ainda era uma deusa para mim, uma visionária resoluta, uma grande inspiração para todas as mulheres que trabalhavam para ela, e fiquei contente em não poder me aproximar. Eu poderia ter me ajoelhado a seus pés como em um ato de adoração e me entregado totalmente.

A mesa da assistente do lado de fora do escritório de Teri Jordan parecia bem vazia. A cadeira obviamente tinha virado um depósito para os livros, e a mesa estava empoeirada. Isso era uma boa notícia: essa mulher estava quase certamente desesperada por uma assistente.

A má notícia era a própria Teri Jordan. Estava claro para mim, só de apertarmos as mãos, o motivo dessa mulher ter tanta dificuldade em contratar uma assistente, por que eu consegui ter uma entrevista com ela, mesmo chegando do nada. Tudo sobre ela era rígido, do cabelo curto penteado para trás, passando pelo terno preto e a boca sem graça. A Sra. Chan, por exemplo, saiu de lá o mais rápido possível, como se estivesse me jogando como carne crua na jaula de um tigre.

Ouvi a voz de Maggie na minha cabeça —"Não deixe que ela intimide você" —, mas era tarde demais, eu já estava intimidada. Fiquei intimidada no momento em que seu aperto de mão esmagou meus ossos, intimidada ao vislumbrar as fotografias de seus três filhos pequenos no topo de sua mesa completamente limpa, na qual só havia três lápis perfeitamente apontados, todos voltados na minha direção.

— Por que você acha que pode trabalhar para mim? — questionou Teri rispidamente.

Senti minha boca ficar seca. Porque por mais desagradável que você fosse, era pouco provável que me pediria para mostrar meus peitos? Porque esse trabalho é minha maior chance de conseguir a vida que mais quero?

Seja corajosa, ouvi Maggie me estimulando. Fale do fundo da alma.

Mas minha alma estava reagindo como se ela fosse Gary em casa depois de um dia fazendo tratamento de canal. Quando ele ficava estressado e partia para a ofensiva, da mesma forma como Teri, minha resposta amedrontada sempre tinha sido falar em uma voz suave e tentar fazer com que ele contasse o que estava se passando em sua mente.

— O que você acha que é necessário para trabalhar bem para você? — perguntei.

— Bem — respondeu Teri —, a pessoa precisa ser completamente confiável. Estou cheia dessas garotas que faltam ao trabalho todas as vezes que têm cólicas ou pegam um resfriado.

— Eu não fico doente há vinte anos — assegurei a ela.

Ela me olhou de forma estranha.

— Também não pode chegar atrasada — continuou. — Estou aqui às oito, e embora não espere que faça o mesmo, quero que esteja aqui bem antes das nove.

— Acordo quase todos os dias às seis — disse. — Desde que...

Estivera prestes a dizer que, desde que Diana tinha nascido, não consegui mais dormir até tarde. Mas isso provavelmente não era uma boa ideia.

— Acordo sempre às quatro e meia — disse ela, só para o caso de eu estar me achando superior com o meu despertar às 6. — É a hora em que faço exercícios e organizo a casa antes de acordar meus filhos para me despedir.

Olhei para as fotografias de seus filhos — a menina parecia ter 6, sem o dente da frente e um longo rabo de cavalo castanho; um menino de 3 ou 4 anos com o cabelo partido precisamente ao meio, parecendo um minicandidato político; e um bebê gorducho que não dava para identificar o gênero. Era difícil acreditar que aquele corpo esquelético tenha trazido essas três criaturas fofas à vida.

— Trabalho de casa em Long Island às sextas — continuava falando —, mas não se engane, não fico brincando com meus filhos e checando meu e-mail de vez em quando. Fico realmente trabalhando.

Imaginei seu quarto com uma mesa enorme e uma série de equipamentos eletrônicos chiando e fazendo bipes, algo como uma estação de comando. Será que o marido ficava em casa com as crianças? Ou talvez ela fosse o general de um exército de babás e empregadas. Era difícil imaginar Teri Jordan entrar em uma discussão com uma babá estrangeira pouco eficiente ou com a creche, permitindo que isso atrapalhasse o trabalho.

— Então é parte do seu trabalho — disse ela — ser meus olhos, ouvidos e mãos no escritório nos dias em que estou conectada de casa. Entendido?

Ela tinha dito "meu trabalho". Isso significava que eu estava contratada?

— Agora — continuou ela —, me fale quais são suas ideias para trabalhar o marketing da Gentility.

Oh-oh, aparentemente ela queria saber se eu era realmente qualificada para o trabalho antes de me contratar. Pequena pegadinha aí. Minha única experiência editorial, na própria Gentility, não era uma evidência admissível. Além do mais, eu ainda não tinha a menor ideia do que *era* marketing.

Mas eu conhecia bem os livros da Gentility, podia apostar que tão bem quanto a própria Florence Whitney. Eu acompanhara a empresa todos aqueles anos, me mantendo informada sobre a editora e tentando ler tudo o que era publicado. Fora isso, por muito tempo tinha sido responsável pela feira do livro na escola da Diana, além de membro do conselho da biblioteca local e de dois clubes de leitura, o que me fazia saber muito sobre a estratégia de capa e venda dos livros.

— A Gentility publica muitos dos melhores livros já escritos por mulheres — comecei com cuidado. — Sempre vai existir mercado — silenciosamente me parabenizei por encontrar uma maneira de falar de forma mercadológica — para Jane Austen e as irmãs Brontë.

— Sim, claro — concordou Teri, acenando com a mão como se aquilo fosse insignificante. — Mas é um mercado pequeno, e nós queremos uma fatia maior dele. O que fazemos?

— Ahhhhhh.... — Estava apavorada em dizer a coisa errada, com medo de acabar com as minhas chances de conseguir o emprego e também de Teri pular por cima da mesa e enfiar seu dente afiado em minha garganta. Mas não dizer nada era *definitivamente* errado. Se eu ao menos falasse o que realmente penso, como uma leitora assídua e não uma profissional de marketing, talvez eu tivesse uma pequena chance de estar certa.

— Existem tantos outros elementos disputando nossa atenção hoje em dia — falei —, e as imagens populares de mulheres são muito mais sensualizadas e idealizadas. As roupas, os corpos, mulheres jovens acreditam que precisam parecer com a Paris Hilton ou não serão nada.

Mesmo eu, nas últimas semanas, me vi tentando me adequar de maneiras que nunca passaram pela minha cabeça antes. Comprando meu novo guarda-roupa mais jovem com Maggie, me deparei com roupas que eram mais justas — eram roupas para meninas de 13 anos? Para *homens*? — e mais reveladoras do que qualquer outra coisa que jamais comprei. Sentia que eu supostamente precisava ser mais feminina e mais profissional, menos ameaçadora e mais ambiciosa, e eu tinha que gastar mais dinheiro para ganhar menos. E não importava o quão bem eu lidava com essas pressões conflitantes, eu não conseguia arrumar um emprego.

— E o que isso tem a ver com o marketing dos livros? — perguntou Teri, balançando a cabeça.

Divaguei tanto que não estava mais certa de que eu mesma lembrava a minha opinião.

— Só acho que não se pode mais vender os clássicos com capas clássicas — opinei. — Sabe, as mesmas velhas aquarelas e retratos de moças do século XIX. Para chamar a atenção das mulheres jovens, você precisa se conectar aos ideais contemporâneos, brincar com isso em termos de cores vibrantes, propagandas mais emocionantes...

Teri balançava a cabeça em negativa com tanta força que seu cabelo estava se movendo, o que eu achei que era uma impossibilidade física.

— Uma coisa tem que ficar clara — declarou Teri. — Eu sou a única pessoa com ideias neste departamento. Você ficará à vontade com isso?

Concordei com a cabeça, minha boca firmemente fechada.

— Não se importará de tirar cópias e enviar coisas pelo correio e manter café preto e sem açúcar correndo por minhas veias?

Novamente, concordei.

— Tudo bem — disse Teri, levantando-se e, graças a Deus, não estendendo a mão e assim me sujeitando a outro aperto de mão quebra ossos. — Vejo você na segunda-feira de manhã cedo.

Só comemorei quando estava sozinha no banheiro feminino da Gentility. Para qualquer outra pessoa, aquele lugar não pareceria um templo para extravasar suas emoções, mas eu tinha passado por tantos momentos emocionalmente importantes ali, que a mera visão da parede de azulejos cor de pêssego fazia meu coração disparar. Foi para lá que corri diretamente depois do almoço em que Gary me pediu em casamento. Soube que estava grávida de Diana em uma daquelas cabines. E, ali mesmo, descobri que estava sangrando e correndo o risco de perder o bebê.

Agora, no entanto, era alegria que corria pelo meu corpo, júbilo e entusiasmo por ter realmente conseguido aquele emprego. Sim, sussurrei, sacudindo minhas mãos. Em seguida, uma enorme gargalhada interior, e então deixei escapar um grito de felicidade, complementado com os braços esticados no ar.

Eu me sentia tão bem que comecei a dançar. Tinha feito isso depois de Gary ter me pedido em casamento, bailei por esse mesmo banheiro ao ritmo silencioso de nossa música: *Red Shoes* de Elvis Costello. Sempre me lembrei daquele momento como um dos mais importantes da minha vida, e agora eu senti quase o mesmo de novo. Fechei os olhos ao me movimentar como em uma dança de verdade, ouvindo a voz de Elvis em minha cabeça "Red shoes, the angels wanna wear my red... RED SHOES..."

Bom, imagino que eu estava cantando um pouco alto, pois quando abri os olhos e olhei no espelho vi alguém atrás de mim, me observando com um enorme sorriso no rosto.

— Um dia bom? — perguntou ela, ainda sorrindo enquanto se encaminhava até a pia.

Ela tinha uma aparência etérea, poderia ser um fantasma, com seu cabelo ruivo sem brilho, quase tão claro quanto o tom pastel da parede do banheiro, e a pele alva que parecia ainda mais branca em contraste com sua roupa toda preta.

— Acabei de conseguir um emprego aqui — contei a ela.

— Sério? — disse, arqueando as sobrancelhas delicadas. Seus olhos eram de um verde-claro esmeralda. — O que você vai fazer?

— Vou trabalhar como assistente no departamento de marketing — murmurei.

Ela me encarou por um minuto, todo sinal de sorriso tinha desaparecido de seu rosto.

— Você não vai trabalhar para a Teri Jordan, vai? — perguntou, finalmente.

— Vou sim — respondi.

— Ah. — Ela proferiu aquela única sílaba sem opinião, mas parecia que estava se segurando para falar um monte.

— Algo errado? — Meu coração ficou apertado.

— Nada — disse ela. — Acho que vai dar tudo certo.

— Qual o problema? — insisti.

Ela me perscrutou, aparentemente tentando saber se eu poderia aguentar as notícias que ela estava prestes a dar.

— Bem — disse ela finalmente, olhando em volta do banheiro, como eu deveria ter feito, abaixando a voz quase a um sussurro —, ela demitiu as últimas três garotas que trabalharam para ela.

— Sério? — indaguei. Embora tivesse vivido uma série de emoções neste mesmo banheiro, nunca tinha oscilado de um extremo a outro em um período tão curto de tempo.

— Acho que a última não conseguiu ficar nem até o fim do dia.

— Sério. — Senti meus ombros afundarem enquanto meu coração ia parar no chão. — Qual é o problema?

— A Sra. Whitney, sabe, a diretora da empresa, está aparentemente convencida de que Teri Jordan é brilhante e maravilhosa. Mas não é isso o que as pessoas que trabalham para ela pensam. Parece que ela é muito exigente e não muito escrupulosa.

— Não muito escrupulosa? — perguntei, me sentindo culpada em meus próprios escrúpulos desonestos. — Como assim?

— Não sei detalhes. — Ela deu de ombros — Trabalho no editorial.

— Editorial — murmurei. — É onde eu realmente gostaria de trabalhar.

— Você pode crescer bem mais rápido na área comercial — opinou ela —, se conseguir sobreviver a Teri Jordan.

Deixei escapar um suspiro profundo, que parecia estar preso dentro de mim havia anos. Ano passado, eu tinha sobrevivido à minha separação, à mudança da minha única filha e à morte da minha mãe. Superei todas me tornando ao mesmo tempo mais corajosa e temerosa, mais confiante em minha habilidade em lidar com a dor e mais resistente a abrir a porta para mais daquilo.

— Não sei. — Foi tudo o que consegui dizer.

— Não se preocupe — disse a jovem ruiva, pousando a mão no meu ombro. — Eu vou cuidar de você.

Essa magrela iria cuidar de mim? Dei um sorriso débil.

— A propósito, me chamo Lindsey.

— Alice.

— Ah — disse ela. — Como a Munro. Ou a Walker.

Eu poderia ter dado um beijo nela.

— Todo mundo diz como a de No País das Maravilhas — falei para ela.

— Eu não sou todo mundo — concluiu ela. — Mas ainda serei seu Coelho Branco.

E com isso ela desapareceu pelo corredor labiríntico da Gentility Press, me deixando mais nervosa sobre a próxima semana do que jamais estive — e mais empolgada.

Capítulo 5

Minha casa em Nova Jersey parecia tão estranha e distante como se eu tivesse ficado fora por anos, e não apenas semanas. Fiquei parada na calçada — em todo o quarteirão, a minha era a única que estava escorregadia com gelo e neve amontoada — olhando para ela como se estivesse voltando para casa depois de uma longa viagem. Tudo sobre o lugar — as árvores altas, o amplo quintal demarcado pela cerca de madeira, as venezianas escuras contrastando com a brancura das molduras das janelas e o acolhedor bege dos tijolos pintados — parecia calmo e tranquilizador, como um desenho de um livro romântico antigo com a legenda "Lar".

Meu vizinho, o velho Sr. Radek, estava no final da entrada de carros de sua casa, usando a pá de neve como uma muleta e, quando ele notou minha presença, parou e acenou. Por isso evitei voltar nas últimas semanas: não queria explicar meu cabelo novo, minhas roupas novas, o que eu estava fazendo na cidade, se eu estava voltando de vez. Mas o Sr. Radek apenas acenou para mim, parecendo completamente sem curiosidade.

— Olá, Diana — cumprimentou ele.

Diana. Ele achou que eu era minha filha. Vizinhos mais jovens, com melhor visão, não seriam facilmente enganados. E se uma das minhas duas melhores amigas da vizinhança estivesse na cidade, teria muito o que explicar. Mas Elaine Petrocelli e seu marido Jim, agora que seus filhos já tinham saído de casa, estavam realizando um antigo sonho, passando um ano na Itália. Minha amiga Lori, inspirada de uma maneira oposta em minha separação de Gary, tinha finalmente terminado seu longo e infeliz casamento e voltado para Little Rock, sua cidade natal.

Em vez de esclarecer as coisas, acenei amigavelmente para o Sr. Redek e fui em frente. Foi quase impossível abrir a porta por conta de toda a correspondência acumulada na entrada, e o lugar estava congelando. Eu tinha desligado o aquecimento antes de ir para o que se tornou meu interminável fim de semana de Ano-Novo na casa de Maggie.

O plano agora era passar um rápido fim de semana arrumando a casa para alugá-la. O agente imobiliário para quem liguei tinha me assegurado que havia uma alta procura por aluguéis de curta duração, de pessoas que estavam se mudando para Homewood ou reformando suas casas e que precisavam de um lugar temporário mobiliado. Dessa forma, eu podia guardar minhas coisas no sótão, até deixar meu carro estacionado na garagem, e passar todos os meses até a volta de Diana na casa de Maggie.

Mas ao ficar parada em frente ao corredor de entrada, meus olhos pulando de uma coisa que amava para outra — a jarra amassada de estanho que resgatei do lixo do Sr. Radek, a aquarela das montanhas irlandesas, pintada por uma amiga do clube do livro que tinha morrido de câncer de mama, o primeiro bilhete que Diana tinha escrito do acampamento ("Te amo como panquecas amam mel"), que eu enquadrei e pendurei na parede —, tudo o que eu queria era me jogar no chão e me agarrar ali com tanta força que nada poderia me fazer partir. Como pude pensar, mesmo que por um instante, em acampar no loft com correntes de ar de Maggie de vagar pelas frias (em todos os sentidos da palavra) ruas da cidade, quando eu poderia estar nesta casa maravilhosa?

A ideia era tão opressiva que a empurrei de lado ao me ocupar com o que habitualmente fazia quando entrava em casa: pendurar o casaco, ligar o aquecedor, olhar a correspondência, esquentar água para o chá, acender o fogo com a madeira que tinha secado perfeitamente no grande cesto ao lado da lareira.

Maggie tinha suas esculturas, mas essas paredes adesivadas, os pratos brancos e azuis arrumados dentro do guarda-louça com portas de vidro, a rica coleção de livros e o chão escuro encerado eram minha obra de arte. Os pais de Gary nos ajudaram a comprar esta casa assim que Diana nasceu. Era parte do acordo: tinha que pedir demissão do trabalho e ficar deitada na cama durante toda a gravidez, e então Gary, que estava a caminho de se tornar um grande poeta, precisava de uma carreira mais lucrativa. Os pais dele se ofereceram para comprar a casa e pagar todas as contas *se* Gary fosse cursar a faculdade de odontologia, como eles sempre tinham sonhado. Embora ele tivesse sido aceito na faculdade de odontologia de Rutgers antes de partir para

Oxford para estudar e escrever poesia, ele, na verdade, não tinha a menor intenção de cursá-la. Mas agora havia mudado de ideia. Eu não queria que ele sacrificasse a poesia pela odontologia, mas, no final, tive de concordar que não tínhamos escolha.

Durante muito tempo, Gary continuou escrevendo enquanto cursava a faculdade e começava a praticar, mas passou a se envolver tanto com a odontologia — sua especialidade era endodontia, tratamento de canal —, que parou. Ele costumava dizer que fazer um ótimo canal era como escrever uma ótima poesia: um esforço concentrado no qual o menor detalhe poderia significar a diferença entre prazer e dor. Talvez este fosse o problema: ele abraçara com todo o coração a arte da odontologia. Eu o admirava por encontrar um jeito de amar a profissão, mas era uma ilusão e, bem lá no fundo, eu achava que ele se ressentia de mim, de seus pais e até de Diana, por ter impingido essa vida inferior a ele.

E eu abracei a vida de dona de casa e a maternidade com tanto entusiasmo quanto Gary abraçara a de dentista, e muito, percebo agora, com o mesmo espírito. Com a ameaça do aborto espontâneo, o parto prematuro de Diana e sua saúde delicada, minhas repetidas e frustradas tentativas de ter outro filho, essa acabou sendo a melhor vida disponível para mim, e eu a apreciava com o mesmo fervor que uma vez reservara a dissecações de Jane Eyre.

Eu tinha gostado até do trabalho árduo de consertar as coisas da casa: arrancar o antigo linóleo dos pisos de madeira, remendar e pintar o reboco rachado, costurar cortinas para as janelas de vidro antigo ondulado. Mais tarde, quando tínhamos mais dinheiro, eu desenhei uma nova cozinha que parecesse parte da casa original e construí um jardim perene, agora coberto pela neve.

A casa, junto com a criação de Diana, era meu domínio. Gary tinha uma jornada longa e deixara comigo todas as decisões sobre decoração e obras — até mesmo os cuidados com a nossa filha —, o que eu considerava um bônus até eu perceber o quanto nossas vidas estavam distantes. Compartilhávamos noites perfeitamente civilizadas na mesma casa, mas poderíamos da mesma forma estar vivendo em planetas distintos.

O ponto central da questão foi que eu e Gary confundimos nosso romântico encontro em Londres e a excitação das primeiras semanas juntos como um sinal de que deveríamos viver o resto de nossas vidas juntos. O casamento real provocou isso em muita gente.

Eu sabia que não estava feliz, mas achava que, depois de vinte anos, os casamentos eram assim. Era como muitos casamentos de amigos. Raramente transávamos, mais raramente falávamos a verdade sobre qualquer assunto importante, e também não brigávamos. Era aceitável, eu gostava da minha vida, e certamente não iria deixá-lo, pois não tinha a menor segurança de que haveria algo melhor lá fora.

Mas Gary achou algo melhor, na figura de Gina, sua higienista dental. Eu sei, é um clichê, mas onde você vai encontrar alguém novo se não for no trabalho (e se você não tiver um emprego, como eu, onde vai simplesmente encontrar alguém?). Fiquei arrasada, me senti humilhada, enciumada e furiosa — mas eu também, bem no fundo, fiquei aliviada. Em certo grau, Gary tinha me feito um favor forçando minha vida a mudar, pois eu não era corajosa o bastante para mudar por mim mesma.

Francamente, fiquei mais abalada pela viagem de Diana para a África e, então, no verão passado, pela morte da minha mãe. Durante muitos anos, minha mãe sofrera com Alzheimer e, no final, ela não me reconhecia mais, mas não há nada mais definitivo que a morte, e, assim que ela partiu, me senti, pela primeira vez na vida, realmente sozinha.

Sentei-me em frente à lareira, da mesma forma que fiz por tantos meses, me deliciando com prazeres solitários, uma taça de vinho branco ao lado da minha xícara vazia de chá, uma pilha de revistas aquecendo meu colo. Aparentemente, eu era uma pessoa nova para o mundo, mas sentada aqui, eu me sentia como o meu antigo eu: confortável, assustada em abandonar esse ninho aconchegante.

E ainda assim, o simples ato de voltar a uma vida mais jovem requeria um espírito de aventura e crença no futuro, na possibilidade das possibilidades, que eu teria que reviver. Reviver e alimentar, como se eu fosse um vampiro, e esse fosse meu sangue fresco.

Só quando cheguei à casa de Maggie, no final da tarde seguinte, exausta de toda a arrumação que fiz e de arrastar as malas no ônibus, no metrô e pelas ruas congelantes, que desabei em lágrimas. Maggie estava trabalhando com concreto fresco para um novo cubo, mas parou assim que me viu, tirou as luvas de borracha que iam até o cotovelo e correu em minha direção.

— O que foi? — ela quis saber.

— Acho que eu não vou conseguir.

— O que aconteceu?

— Estou com saudade da minha casa. Saudade da minha filha. Quero minha mãe, pelo amor de Deus.

Comecei a chorar muito. Maggie me puxou em sua direção, me abraçou e começou a afagar minhas costas como se eu fosse uma criança, enquanto eu derramava lágrimas e baba em seu ombro. Passou pela minha cabeça, mesmo enquanto eu manchava sua blusa, que ela tinha sido a única pessoa que me abraçara, que realmente me abraçara, em um ano.

— Estou bem — falei finalmente. — Só estou tendo — parei para dar um suspiro profundo — dúvidas.

— Dúvidas? — indagou ela.

— Receios.

— O que vai ser, receios ou dúvidas?

— Receios *e* dúvidas.

— Então me fala — encorajou ela.

— Estou preocupada se essa encenação vai dar certo. Quer dizer, talvez eu *pareça* jovem, mas será que eu realmente posso *ser* jovem?

— Você não precisa ser jovem — assegurou Maggie. — Essa é a beleza do novo você: tem o corpo de uma garota e a cabeça de um adulto maduro. Você é a mulher perfeita.

— E se descobrirem? — perguntei.

Maggie soprou ar por seus lábios na linguagem universal para "Você é uma idiota".

— Quem vai descobrir? — perguntou ela. — E se eles descobrirem? Isso é uma brincadeira, certo?

— Não totalmente — respondi. — Eu realmente preciso desse emprego. Realmente preciso do dinheiro. Se isso não der certo, eu talvez perca minha casa.

— E daí se você perder a casa? — questionou Maggie.

Aquilo foi como um tapa na cara.

— Maggie, você pode ter desistido de Nova Jersey há muito tempo — falei. — Mas, ainda é o meu lar. E eu amo a minha casa.

— Ok, ok — suavizou. — Mas, por agora, esse aqui é seu lar.

Olhei ao redor. Fiquei acampada na chaise de veludo, mas agora que estava realmente me mudando, precisava de algo um pouquinho mais permanente. Se eu continuasse dormindo naquela chaise, logo logo meu pescoço ficaria dolorosamente duro, e nenhuma quantidade de tintura para cabelo seria suficiente para me fazer parecer mais jovem do que 103 anos.

— Creio que eu preciso de uma cama de verdade — declarei, pensando em meu colchão tamanho king size de primeira linha, com seu protetor de colchão e lençóis de fio egípcio e edredom.

Uma expressão de satisfação passou pelo rosto de Maggie. Gesticulando para que eu a seguisse, ela me levou pelo apartamento até a tenda de seda vermelha que funcionava como closet. Ela puxou para o lado o tecido que fazia o papel de porta. Lá, na luz vermelha dentro da tenda, em vez de prateleiras e araras cheias com as roupas de Maggie, estava uma cama estreita coberta com uma colcha de cetim vermelho, e uma cômoda ainda mais estreita.

— O que é isso? — perguntei.

— Seu quarto. — Maggie sorriu radiante.

— Achei que era o seu closet.

— Era. Mas eu arrumei e puxei um fio por baixo da porta para que você tenha um pouco de iluminação.

Para Maggie, aquilo era *imenso*, não apenas me convidando para morar com ela, mas também criando meu próprio espaço. Desde que escapara de seu superpovoado lar da infância, ela nunca parecera disposta a ter pessoas invadindo sua privacidade duramente conquistada. Mas, neste instante, parecia que estava me dando boas-vindas. Eu só precisava ter certeza de que ela estava fazendo isso com o coração aberto.

— Maggie — falei, sentando na cama e me sentindo um pouco insegura. — Tem certeza de que quer que eu fique aqui? Não quero tirar a sua liberdade.

— Quero que você fique — respondeu ela decidida. — E agora que você está na tenda vermelha, vai ser mais fácil para cada uma ficar na sua durante a noite. Eu realmente estou empolgada com esse novo trabalho.

— Você ainda não me contou o que está fazendo com o concreto — comentei.

O bloco no qual ela estava trabalhando quando cheguei ainda não era exatamente um bloco, apenas uma massa do tamanho de uma bola de basquete na qual ela acrescentaria camadas até ficar do tamanho de uma máquina de lavar.

— Estou fazendo umas experiências — explicou ela.

— Com o quê? — insisti.

Ela deixou escapar um longo suspiro e olhou para o teto da tenda.

— Corações de vaca — revelou finalmente.

— O quê?

— Fiquei com medo de você ficar com nojo. A ideia é encapsular um coração de vaca no concreto, e então construir esse bloco em volta dele, o qual obviamente parece apenas um bloco, mas encerra esse segredo, esse coração, literalmente. Sabe, tipo o coração de Chopin que está sepultado naquele pilar em Varsóvia.

— Eu não sabia disso.

— Claro, o coração do Chopin não é um segredo — continuou Maggie, envolvida agora na fala sobre sua arte. — Mas o conceito aqui é que meus blocos de concreto vão emanar essa força. Você pode não saber de onde ela vem, mas aquela matéria orgânica escondida dentro desse bloco dará a ele uma misteriosa aura de vida.

Devo ter parecido tão ignorante quanto me sentia, porque Maggie finalmente me olhou e disse:

— É sobre gravidez. Sobre como uma mulher pode ter uma vida crescendo de forma invisível dentro dela, e como isso irá transformá-la inefavelmente.

Eu era formada em língua inglesa, então não ia admitir que não estava totalmente certa do que inefável significava.

Mas, de repente, me dei conta de que Maggie devia estar falando de si mesma.

— Você está dizendo — falei, meu coração começando a bater mais rápido — que você...

— Não, não — respondeu ela, o rosto ficando mais vermelho do que já estava graças ao feixe de luz que passava pelo tecido vermelho. — Não, não, não, não, não, não, não. Mas isso me fez lembrar de algo que preciso que você faça para mim. Vou fazer minha primeira inseminação esta semana, e preciso que você seja minha parceira.

— Você está falando que falou para o seu médico que eu era sua... — perguntei.

— Não — respondeu ela. — Não, não, não. É só que meu médico acredita que a inseminação tem mais chance de dar certo se alguém que você ama estiver com você para, tipo, dividir o momento posterior com tranquilidade. Neste instante, você é o mais perto que eu tenho de alguém que amo.

— Ah — exclamei, imaginando nós duas bebericando champanhe e dando risinhos suaves, claro, em uma sala de exame à meia-luz. — Claro. Quando é?

— Terça, às dez.

— Terça de manhã! É meu segundo dia de trabalho. Teri Jordan não me liberaria nem se fosse a minha própria inseminação. Não poderia ser à noite? Ou então na hora do almoço?

— Não sou eu que agendo isso, e sim o meu corpo — explicou Maggie. — É o que o meu médico diz. Tem que ser de manhã.

— Puxa, Maggie — falei, colocando sua mão na minha, que estava suada. A mera ideia de dizer a Teri Jordan que eu precisava de uma manhã de folga invocou uma visão dela surgindo em cima de mim brandindo um chicote. Ou, mais provável, friamente me demitindo como tinha feito com muitas outras antes de mim. — Não tem outro jeito?

Maggie balançou a cabeça negativamente.

— É isso. E dependendo dos meus hormônios, esta talvez seja a minha única chance.

Durante todo esse ano, fui eu quem precisou de Maggie. Durante todo esse ano, ela esteve lá para mim, atendendo às minhas ligações sobre Gary no meio da madrugada, me mantendo de pé no funeral da minha mãe. E agora ela estava pedindo algo, a primeira coisa, em retorno.

— É claro — respondi, apertando sua mão. Quando a visão de Teri estalando seu chicote surgiu novamente, eu a afastei. — Não se preocupe. Vou dar um jeito.

Capítulo 6

— Alice.

Meu traseiro mal tinha tocado a cadeira e Teri já estava me chamando de volta à sua sala. Tinha sido assim durante toda a manhã.

Corri até a sua mesa.

— Meu café está frio — disse ela, sem erguer os olhos.

— Mas acabei de servir uma nova xícara. — Tipo, um segundo e meio atrás. — Até esquentei no micro-ondas para garantir que estivesse superquente como você gosta.

Aquela mulher bebia café tão quente que sua boca devia ser coberta de amianto.

— O quente de micro-ondas não é a mesma coisa que o quente de verdade — disse Teri.

Ainda sem me olhar, ela ergueu a xícara e jogou-a no cesto de lixo de arame entrelaçado — e era uma xícara de verdade, não de plástico, cheia de café quente, que agora estava vazando no chão.

— Você vai ter que limpar isso — avisou Teri. — E me traga uma nova xícara de café.

Enquanto carregava a cesta de lixo pingando para fora da sala, eu dizia a mim mesma que se quisesse o trabalho de alguém jovem, eu teria que estar disposta a ser servil, obediente — em outras palavras, a agir como uma pessoa jovem. Uma pessoa jovem extremamente submissa e apagada, muito como a jovem que eu havia sido.

Exceto pelo fato de que agora eu estava determinada a ser diferente — e a verdade era que eu realmente estava diferente. Todos esses anos de vida me deixaram mais confiante, mais capaz de saber o que pensava e mais disposta a dizer isso para todos. Era esse o espírito que eu queria investir em meu novo eu jovem.

Mas minha nova chefe não queria nada daquilo, eu tinha certeza. Ela queria um empregado mais quieto e mais assustado do que a iniciante Alice Green fora.

Podia lidar com aquilo, disse a mim mesma. Se fui capaz de botar meu cérebro para funcionar para conseguir esse emprego, poderia colocá-lo novamente para mantê-lo, não importa o que isso envolva. Teri Jordan podia agir como uma terrorista, mas a verdade é que ela era mais jovem, mais atolada e muito mais babaca do que eu. Podia, com certeza, lidar com ela.

Preparei um novo café, adicionando uma colher extra de pó no filtro, deixando a água correr até que estivesse realmente fria, esperando que todo líquido tivesse pingado, de forma que a xícara de Teri ficasse realmente forte. Então, colocando um sorriso no rosto, levei até ela.

— Merda — resmungou ela.

— Eu preparei um café novo — anunciei, imaginando o que tinha feito de errado dessa vez.

— Não, é esse relatório — explicou ela. — Como todas as editoras, nós queremos alcançar as senhoras de clubes do livro, e como todas as outras editoras, não temos a menor ideia do que elas querem.

Isso era engraçado, porque a própria Teri poderia muito bem ser uma "senhora de clube do livro". Era mãe, morava no subúrbio, se dividia entre trabalho, casa e casamento. E, presumivelmente, gostava de livros. Mas, por alguma razão, ela via essas mulheres de clubes do livro como "elas", criaturas muito diferentes de "nós" aqui na nossa fortaleza de conhecimento editorial.

— Creio que elas querem o mesmo que todas nós queremos — opinei. — Um livro que vá mantê-las acordadas por mais de uma página no fim de um longo e exaustivo dia. Um livro que faça valer a pena os 15 ou 20 dólares que poderia ter gasto em uma blusa nova ou em um bom almoço com uma amiga, pois isso faz com que se esqueça da vida por algumas horas. Um livro que seja tão bom para fazer parte do encontro do clube do livro, que é provavelmente a única noite em que elas saem sem seus maridos ou filhos, uma das noites mais divertidas e estimulantes do mês.

Não tinha percebido o quanto eu tinha para dizer sobre esse assunto, mas imagino que depois de algumas décadas participando de um clube do livro, minhas opiniões eram bastante afiadas. Eu estava certamente falando sem parar e Teri estava sentada ali me encarando, sua boca ligeiramente aberta, expondo a extremidade afiada de seu pequeno dente.

— Nós não somos editores — avisou ela. — Não temos nada a ver com a qualidade dos livros.

Senti que enrubesci. Imagino que o que eu falei tivesse a ver com o editorial, não com o marketing.

— Nosso trabalho — disse Teri, pronunciando muito claramente como se eu tivesse dificuldade para ouvir, e não para entender sobre marketing — é colocar os livros nas mãos dos clubes do livro. E ninguém ainda encontrou uma maneira efetiva de fazer isso: não é pela internet, não é por técnicas de exposição, não é nos próprios livros.

— Talvez pudéssemos oferecer descontos especiais — deixei escapar.

Teri me olhou como se eu estivesse falando em croata.

— Sabe, por quantidade. Se o livro é vendido com desconto por 18 dólares, ofereça-o para os clubes do livro, que pedem oito ou mais exemplares, por 15 dólares cada.

Teri olhou para o lado.

— Meu clube do livro sempre foi muito preocupado com preços — tentei explicar. — Queremos livros novos, mas não queremos pagar o preço de capa dura ou mesmo o preço cheio do livro comum.

Agora ela estava balançando a cabeça em negativa.

— Não estou interessada no que assistentes sem dinheiro ou o que o clube do livro de universitárias está fazendo — disse ela. — Nosso público-alvo são mulheres adultas com famílias, casas e empregos.

Abri a boca para explicar, mas percebi que não poderia fazer isso sem me denunciar.

— Achei que tivesse deixado claro sobre eu ser a única pessoa que tem ideias nesse departamento — continuou ela. — Achei que você tivesse dito que concordava. Mudou de opinião?

Pressionei um lábio contra o outro e balancei a cabeça em negativa, segurando-me para não desabar, fixando o olhar nas fotos emolduradas das crianças com rostos angelicais, minha única evidência de que Teri era humana.

— Ótimo, então — disse ela. — A Sra. Whitney marcou uma reunião com a equipe hoje às três da tarde. Não entendi por que ela quer as assistentes lá, mas ela quer. Sua função será ocupar uma cadeira.

Ela ergueu a xícara fresca de café que eu tinha feito e tomou um gole.

— Argh — disse ela, cuspindo o café de volta na xícara. — Está horrível. Você vai ter que aprender a fazer um café decente se quiser durar nesse emprego.

Quando entrei no enorme escritório da Sra. Whitney para a reunião com a equipe junto com virtualmente, ao menos parecia, todo mundo que trabalhava na empresa — havia mais de cinquenta pessoas enchendo o salão bege e dourado —, tentei me esconder atrás de outra assistente e escolhi um lugar no canto oposto da sala, o mais longe possível de onde a Sra. Whitney estava sentada, perto da porta. Peguei meu caderno e mantive a cabeça baixa, aliviada por ter deixado Maggie me convencer a cortar uma franja longa que, se necessário, cobriria metade do meu rosto. Inclinei a cabeça e deixei a franja cair, mas, mesmo assim, quando todos estavam sentados e quietos e a reunião finalmente estava prestes a começar, olhei para o alto apenas para descobrir que a Sra. Whitney me encarava fixamente.

Ela estava exatamente como eu me lembrava, impressionantemente alta e ereta, mesmo sentada em sua cadeira de escritório. Seu cabelo era curto e branco, e dava para ver suas covinhas apesar de estar com os lábios apertados um contra o outro. Parecia ter a mesma idade de quando trabalhei aqui, mais de vinte anos atrás. Ela, inclusive, vestia a mesma roupa — possivelmente a mesmíssima roupa — que usara na última reunião que participei nesta sala: sapatos Ferragamo de couro envernizado preto, pérolas e um vestido de lã bordô que poderia datar de qualquer período dos últimos quarenta anos.

O fato de ela não ter mudado nada me fez sentir exposta, como se eu devesse também ter exatamente a mesma aparência de sempre, devesse estar completamente reconhecível. Ela continuou me encarando, e, então, não fui mais capaz de sorrir para ela, repentinamente querendo ser eu mesma, torcendo por um sinal de reconhecimento em retorno. Eu idolatrava Florence Whitney, e tinha sido uma de suas preferidas, uma assistente editorial que ela acreditava que poderia ir longe. Sempre sonhei em um dia ter a chance de restaurar sua fé inicial em mim, em mostrar-lhe que eu não havia fracassado, que tinha apenas feito um intervalo demasiado longo.

Mas a Sra. Whitney pareceu apenas confusa e desviou o olhar. Sem saber ao certo se eu me sentia desapontada ou aliviada, virei na direção da porta a tempo de ver Lindsay, a jovem editora que eu conhecera no banheiro no dia em que consegui o emprego. Ela parecia ainda mais pálida do que eu me lembrava, de novo toda de preto, e ela abriu um grande sorriso para mim ao se sentar na última cadeira vaga.

— Todos vocês já viram os números de vendas recentes — começou a Sra. Whitney abruptamente. — Estão péssimos.

As pessoas se mexeram desconfortavelmente em seus assentos.

— Quem pode me ajudar com isso? — perguntou ela, a impaciência tingindo sua voz

Um dos poucos homens na sala se aventurou.

— A economia...

— Sim, sim, a economia — disse a Sra. Whitney desconsiderando aquilo e balançando a mão como se estivesse espantando uma mosca. — Claro que esse é o problema. O que vamos fazer a respeito?

Traga soluções, não problemas: me lembrava daquilo como um mantra da última vez em que trabalhei na editora da Sra. Whitney, fundada a partir do lucro de seu próprio tratado feminista best-seller, *Por que os homens têm de morrer*. Em vez de se paralisar por erros ou reveses, toda a equipe era treinada para pensar em soluções, uma abordagem que achei válida tanto para lidar com uma criança em um acesso de raiva ou com um telhador incompetente quanto com um manuscrito que estava dois anos atrasado.

Encorajada tanto pelo contato visual quanto pelo fracasso da Sra. Whitney em me reconhecer, levantei a mão.

— Poderíamos fazer uma campanha de marketing especial para os clubes de leitura — opinei.

Todos na sala se viraram para me encarar. Teri me lançou um olhar penetrante.

— O que Alice quis dizer — interrompeu Teri — é que os clubes de leitura são muito sensitivos a preço hoje em dia. Eles querem livros novos, mas não querem pagar o preço de capa, nem mesmo pela edição sem capa dura.

A Sra. Whitney acenava com a cabeça. Senti a cor fugindo do meu rosto ao ouvir Teri repetindo minhas palavras, mas sem me dar qualquer crédito.

— Minha ideia — disse Teri — é oferecer a clubes do livro descontos por quantidade, digamos uma redução de 3 dólares se eles comprarem oito ou mais exemplares. Podemos lançar um site especial para clubes do livro, indicando os livros com desconto todos os meses.

Ao menos aquela parte era ideia dela.

— Isso é muito interessante — disse a Sra. Whitney. — Mas não sei se realmente resolve o problema dos nossos clássicos que, como você sabe, ainda é a maior parcela do nosso catálogo.

Novamente, levantei minha mão, mas desta vez Teri simplesmente começou a falar.

— Temos que trabalhar mais do que nunca para atrair a atenção das mulheres jovens hoje — disse Teri. — Além disso, as imagens populares de mulheres se tornaram tão sexies e idealizadas; pensem na Paris Hilton. Creio que deveríamos repensar nossas capas...

Foi então que a música começou. Uma versão digital alta da "Marcha Nupcial".

Todos pararam de falar procurando o culpado pela sala. No início, houve uma pequena confusão sobre de onde vinha o som — um rádio em algum lugar? Alguém fazendo uma piada? —, até que o homem que tinha culpado a economia pelas desgraças da Gentility disse:

— É o celular de alguém.

Todos começaram a olhar ao redor. Quem traria um celular para uma reunião? Um celular ligado? Algumas poucas mulheres fizeram uma busca minuciosa em suas bolsas e homens enfiaram as mãos nos bolsos de seus paletós apenas para descobrir que estavam desligados. Sabia que não poderia ser o meu, pois ele tocava como um telefone normal. E parava de tocar, indo para a caixa de mensagens, se eu não atendesse depois de quatro toques.

Mas como a música continuava tocando, cada vez mais alta, e todas as pessoas que já tinham conferido seus telefones não haviam encontrado nada, tirei meu telefone da bolsa, simplesmente para declarar minha inocência.

Meu telefone estava piscando. E vibrando. E, agora que estava literalmente fora da minha bolsa, estava tocando a "Marcha Nupcial" tão alto que dava para valsar.

— Meu Deus — disse, sentindo que eu poderia enfiar o telefone, como uma estaca, no meu coração.

Apertei o botão na parte de trás do telefone para desligá-lo. Nada. De novo. Continuava tocando.

Por fim, em desespero, eu o abri e tentei pressionar o botão de desligar, sem me importar se iria desligar na cara de quem estivesse ligando.

A música não parava de tocar.

Apesar de todo mundo estar observando, levei o telefone até o meu ouvido.

— Alô — disse timidamente, esperando ouvir a voz distante de Diana, ou talvez de Maggie.

Mas ninguém respondeu. O telefone agora detonava a marcha nupcial.

— Alô? — disse, apertando a tecla Atender. — Alô?

— Pelo amor de Deus — gritou Teri. — Saia daqui! Saia daqui agora.

Ela queria dizer para sair da sala, ou sair da empresa? Eu estava prestes a quebrar o recorde de assistente de marketing demitida mais rápido?

Meu rosto pegou fogo, me levantei e comecei a me mover pela sala como se fosse uma noiva em direção ao altar. Quando cheguei à porta, Lindsay levantou de sua cadeira e me seguiu até o corredor.

— Ah, meu Deus — disse. — Estou tão envergonhada.

Ela pegou o telefone.

— Eu sei o que está acontecendo — disse ela. — Tenho o mesmo aparelho.

Com destreza, seus dedos navegaram pelas teclas até que a música final e felizmente parou.

— Era o alarme. Aparentemente você deveria sair para um drinque hoje à noite com alguém chamado — ela espiou o telefone — Josh?

Josh. Tudo voltou como uma onda. Noite de Ano-Novo. O cara que beijei. Ele programando o meu telefone para nosso encontro no dia 25 no Gilberto's. Que era ali ao lado.

— E aí, quem é Josh? — perguntou Lindsay. — Seu namorado?

— Ah, não — respondi. — De forma alguma.

— Um cara com quem você saiu?

— Na verdade, não. Nem lembrava mais sobre hoje à noite. Obviamente.

— Ah — disse Lindsay. — Bem, ótimo. Quer dizer, porque eu ia convidar você para tomar um drinque comigo e com o meu namorado, para comemorar o primeiro dia do seu novo emprego.

— Eu adoraria — falei. — Mas depois desse episódio com o telefone, estou com medo de que hoje tenha sido também meu último dia. Principalmente quando eu disser para Teri que preciso de uma folga amanhã de manhã, pois tenho uma consulta médica que estava agendada antes de eu saber que iria trabalhar aqui.

— Não se preocupe — disse Lindsay. — Vou falar com o meu namorado, que eu realmente quero que você conheça, para resolver as coisas com Teri.

— O que ele vai fazer? — brinquei. — Ameaçar dar uma surra nela?

— Não, bobinha — disse Lindsay. — Ele é chefe *dela*. Thad é o diretor editorial do nosso departamento. Mas não conte para ninguém que vamos sair. Nosso relacionamento deve ficar em segredo.

— Ah, ok — concordei.

— Então, você vai tomar um drinque com a gente?

— Claro.

Como eu poderia recusar, em vista dos contatos de Lindsay e de sua generosidade? Embora fosse impossível não pensar em por que exatamente ela estava sendo tão legal e acolhedora comigo.

— Ótimo. Não se preocupe mais com Teri. Thad e eu vamos nos certificar de que ela não irá criar problemas para você sobre hoje, sobre amanhã de manhã ou de qualquer outra coisa.

Umas duas horas depois, quando Teri finalmente foi para casa — sem me mandar embora, na verdade sem nem mesmo falar comigo —, me senti livre para finalmente deixar minha mesa. Era hora de encontrar Lindsay e seu misterioso e todo-poderoso Thad em um bar a algumas quadras de distância.

Eu tinha genuinamente me esquecido do meu teorético encontro com Josh; eu quase tinha esquecido completamente dele por conta das últimas semanas, nas quais minha vida virou de cabeça para baixo. Mesmo que eu tivesse lembrado que deveria encontrá-lo, mesmo que me sentisse vagamente preparada para embarcar em um relacionamento com um homem vinte anos mais novo que eu, estava muito atrasada.

Ainda assim, não resisti em parar e espiar pela janela do Gilberto's. Fiquei chocada ao ver Josh sentado no bar, a mão em volta de um copo que parecia ter apenas gelo. Realmente não esperava vê-lo ali, supus que eu talvez não o reconhecesse, mas ele parecia mais familiar e mais atraente do que imaginei, como um velho amigo que eu estava louca para ver, e eu quase entrei, apenas para me desculpar e conversar com ele por um instante. Sem toda aquela confusão do Ano-Novo, ele parecia de alguma forma mais velho, e mais sério.

Mas ele não era mais velho, disse a mim mesma. Ao menos, não era velho o suficiente para mim. Um beijo espontâneo em um estranho na noite de Ano-Novo era uma coisa; um encontro marcado continha outro nível de intenção, um que eu receava não ser justo para nenhum de nós dois. Antes que Josh pudesse me ver, dei uma meia-volta cambaleante e me apressei, voando pela esquina até o bar onde iria encontrar Lindsay e Thad.

Eu tinha reparado em Thad na reunião na sala da Sra. Whitney — impossível não notar um homem em um mar de mulheres —, mas nunca o teria imaginado como alguém com quem Lindsay sairia. Eu me dei conta de que imaginara que ele se pareceria de alguma forma com Josh — talvez com Josh colocando seu MBA em prática.

Mas esse cara parecia muito mais com meu ex-marido, como todos os maridos chatos, homens entediantes, que eu havia conhecido em Homewood, homens que só falavam uns com os outros e apenas sobre si mesmos. Não que ele estivesse na meia-idade, só que ele parecia estar, com seu cabelo certinho, a gravata muito apertada e os olhos cheios de julgamento. Ao me ver, tenho certeza, sentenciou que eu não valia ser levada a sério por ele. Mas esse cara era meu chefe, lembrei a mim mesma; ele era, inclusive, chefe da Teri. E ele era o namorado da única amiga que eu tinha na Gentility.

— Então, Alice — começou ele —, Lindsay me disse que esse é seu primeiro emprego no mercado editorial.

— Nunca trabalhei em nenhum lugar além da Gentility — respondi.

— Sério? — disse Thad, me avaliando. — Que faculdade você cursou?

Eu sabia que ele era o tipo de cara que responderia à mesma pergunta com "Cambridge" ou "New Haven", querendo que você pensasse que ele era modesto por não ter dito Harvard ou Yale.

Tente gostar dele, disse para mim mesma. Pelo menos tente se dar bem com ele. Deus sabe que depois de vinte anos de prática no clube e no circuito de doações do subúrbio, eu tinha que saber como fazer isso.

— Eu estudei em Mount Holyoke — respondi, lembrando a mim mesma de que provavelmente o assunto favorito de Thad era ele mesmo. — E você?

— Cambridge — respondeu ele.

— Ah — Não resisti a cutucar. — MIT?

Ele estreitou os olhos para me olhar, obviamente pensando que afinal talvez estivesse me subestimando. Fiquei feliz em perceber isso.

— Não — disse ele abruptamente. — Eu namorei uma garota de Mount Holyoke chamada Hilary Davis. Por acaso você a conheceu?

— Não — respondi, subitamente sentindo sede. — O que você está bebendo, Lindsay?

— Martini com Bombay Sapphire, extrasseco com azeitona — informou ela. — Costumava beber mojitos, mas Thad está me convertendo. Não é, amor?

— Em que anos você esteve em Mount Holyoke? — insistiu ele, ignorando Lindsay. — Você deve ter cruzado com Hilary em pelo menos parte do curso.

Talvez eu também tenha subestimado Thad. Ele parecia ter uma capacidade maior de focar em assuntos que não fossem sobre ele do que eu havia pensado. Obviamente, teria de me esforçar mais.

— Isso é passado — falei. — Adoraria saber mais sobre você, sobre suas ideias sobre a editora. Lindsay me disse que você é o diretor editorial mais importante do mercado.

Claro que Lindsay não tinha falado nada daquilo, mas ficou feliz de ele ter pensado que ela falara, e eu finalmente desviei sua atenção de mim e de quando fui ou não para a universidade.

— Digamos que eu seja — admitiu ele. — O galo do galinheiro ou algo do gênero.

Droga. Bom, se eu quisesse me dar bem no trabalho, deveria continuar alimentando Thad com os elogios que ele obviamente adorava em vez de tratá-lo como o idiota que era.

— Soube que você é o tipo de diretor aberto a novas ideias — falei. — Capaz de reconhecer uma inovação se ela surgir.

— Bem — disse ele, engolindo a isca —, realmente acredito que a Gentility poderia fazer algumas mudanças.

— Viu — começou Lindsay, encostando-se nele. — Alice é exatamente a pessoa que você precisa em sua equipe. Ela tem todas as novas ideias fantásticas que vão realmente agitar aquele departamento de marketing.

A lembrança da expressão de pedra de Teri Jordan do outro lado do escritório da Sra. Whitney, quando eu ousei abrir minha boca, foi o suficiente para me fazer querer desviar Lindsay daquele caminho.

— Vou adorar fazer um bom trabalho para você — falei —, mas, na verdade, sou apenas uma iniciante.

— Não se preocupe. Você fará parte — disse Thad. — Qual é a sua formação?

— Inglês — disse.

— Sabia! — exclamou Lindsay. — Você é, na verdade, uma escritora!

Eu havia tentado escrever um romance quando Diana era pequena, me enganando com uma visão de mim mesma escrevendo sem parar uma prosa excelente enquanto minha filha dava cambalhotas aos meus pés. A verdade é que eu precisava interromper o tempo todo para atender às suas necessidades e consegui escrever muito pouco — ou muito pouco que era aceitável, de qualquer forma. Finalmente, quando meses depois terminei algumas páginas, pedi que Gary lesse. Ele disse que estava muito triste em falar, mas que não eram muito boas. Deixei de lado, ficando até aliviada por não ter que me cobrar mais.

— Eu já quis escrever, mas desisti — contei a Lindsay.

— Que tipo de coisa? — perguntou Thad. — Livros infantis?

Aparentemente, ele me considerava incapaz de encadear mais do que cinco palavras de uma vez.

— Não, livros para mulheres.

— Ah — disse ele dando pouca importância. — Romances.

— Se algum dia você quiser me mostrar algo que escreveu — disse Lindsay —, vou ter grande prazer em dar uma olhada.

— Obrigada — agradeci. — No momento, acho que estou mais interessada no tipo de carreira que dê dinheiro.

— Legal — comentou Lindsay se virando para Thad. — Não disse que ela era ótima, Thad? Devíamos apresentá-la a Porter Swift, não acha? Ele gosta de ganhar dinheiro.

— Meu colega de quarto na faculdade — explicou Thad. — Tem um empregão em Wall Street agora. Nunca teve o menor impulso de retribuir, da forma como eu fiz.

Então trabalhar no mercado editorial era "retribuir"? Talvez porque fosse uma editora de livro de mulheres? Quis dizer a Thad que as mulheres provavelmente poderiam prosseguir sem sua caridade.

— Podíamos combinar um jantar lá em casa — propôs Lindsay, ficando cada vez mais animada. — Como você estava querendo, amor! Eu posso cozinhar!

Dei um sorriso forçado. Lindsay era tão gentil, ela me fazia lembrar tanto a minha própria filha. Era absolutamente irresistível. Thad era outro papo, mas tinha muito poder sobre mim — e foi a primeira pessoa que encontrei que pareceu não acreditar automaticamente nessa conversa de idade.

— O que você acha, Alice? — perguntou Lindsay, os olhos brilhando. — Que tal sábado à noite?

— É... — disse. — É...

A única coisa que consegui fazer foi acenar com a cabeça, e calcular que tinha cinco dias para dar um jeito de escapar.

Capítulo 7

Fiquei em pé na cabeceira da cama, segurando a mão de Maggie. O médico tinha acabado de completar o procedimento e saído da sala. Maggie estava deitada lá, com a parte de baixo do corpo coberta por um lençol, os joelhos erguidos, seguindo as instruções para ficar o mais quieta possível. O médico usara uma fonte de luz enquanto estava trabalhando, mas desligara, nos deixando na penumbra das velas que Maggie trouxera.

— Super-romântico — comentei.

— Tente ajudar.

— Ok — concordei. — Querida, estou tão feliz que você vai ter o nosso bebê.

— Meu bebê — corrigiu Maggie. — Estou tendo meu bebê, espero. — Ela fez uma cara de nojo. — Não entendo como vocês héteros aguentam isso, ficar deitada com uma vara entre as pernas.

Do nada, me lembrei de uma cena dos recônditos de nossa infância.

— Lembra quando a gente ficava beijando nossos braços?

Naquele verão, tínhamos 10 ou 11 anos, e eu e Maggie passávamos o dia esmagando nossos lábios contra o próprio antebraço, tentando simular a experiência de dar uns amassos em um garoto. Ou talvez, no caso de Maggie, em uma garota. Lembro-me de quando ela revelou para mim que era gay, e me questionei por um minuto e meio se eu poderia ser gay também, já que estávamos deitadas lado a lado enquanto sonhávamos com o amor. Mas, então, eu pensei em Jimmy Schloerb, minha paixonite da vez, e em como ele era apenas o último em uma longa série de garotos que tinham feito meu coração disparar desde o jardim de infância, e constatei que eu era totalmente hétero.

— Ai, Deus — disse Maggie. — Eu não posso rir.

— Desculpa — falei. — Talvez se imaginarmos o espermatozoide e o óvulo se encontrando e se dividindo, ajude a acontecer.

Maggie me olhou como se eu fosse louca.

— Quem te disse isso? Madame Aurora?

Fiquei magoada.

— Não custa nada ser otimista.

— Exceto quando isso a deixa cega para a realidade de sua situação — analisou Maggie. — O médico me disse que se esse não der certo, ele vai tentar só mais uma vez.

— E um doador de óvulos? — perguntei. — Eu posso doar um.

— Você pode estar muito gata esses dias, querida — disse Maggie —, mas seus óvulos são tão velhos quantos os meus.

— Ah, esqueci.

— Além disso, os óvulos não são o único problema, tem também um hormônio que precisa estar em um determinado nível para sustentar uma gravidez — explicou. — O meu está no limite agora, e o médico disse que, se baixar, não vai nem mesmo tentar uma inseminação. Por isso, coloquei meu nome para adotar uma criança vietnamita.

— Isso é maravilhoso, Maggie!

— Não use essa palavra perto de mim, ok? Só achei melhor cobrir todas as bases. Além disso, parece ser mais difícil adotar do que ficar grávida. Eles fazem umas investigações bizarras.

— Imagino que eles queiram se certificar de que você será uma boa mãe.

— É tão patético — comentou Maggie — que aqueles pobres adolescentes, alcoólatras e molestadores de crianças possam ter bebês quando quiserem, e alguém como eu, com dinheiro, amor e atenção para dar, tenha que ser monitorada por um grupo de pessoas que tem o poder de decidir que eu não vou ter um bebê, e é isso.

Achei que não era necessário destacar que podia ser mais fácil essas pessoas darem um bebê para uma stripper viciada em crack do que para uma lésbica. E que a natureza parecia em descompasso com a sociedade moderna ao tornar mais fácil que uma menina de 14 anos engravide do que uma mulher de 44. Em vez disso, sorri e apertei a mão dela.

— Só queria ter começado isso antes — confessou. — Você sabia que a fertilidade declina depois dos 35 anos, não 40 ou 45 como nos falam quando somos mais jovens?

Na verdade, eu sabia disso porque Lindsay me falara aquilo no bar, na noite anterior, quando Thad foi ao banheiro e ela me contou que estava louca para se casar com ele, e o quanto antes melhor.

Quando perguntei a Lindsay por que estava com tanta pressa, ela me alimentou com informações sobre fertilidade e estatísticas de envelhecimento e disse que se eu fosse inteligente deveria começar a procurar um marido e começar uma família também.

— Se não, você pode se ver com 45 anos e sozinha.

— Isso pode acontecer de qualquer forma — concluí.

Ela me olhou de maneira estranha.

— Não se você jogar com as cartas certas.

Este era um aspecto da juventude que eu imaginava — não importava o quanto minha maquiagem era boa ou meus talentos de atuação, impecáveis — não ser capaz de recuperar: a crença de que se você for bonita ou ambiciosa ou inteligente ou tudo junto, poderá fazer com que sua vida seja exatamente da maneira como quer.

— Eu vi aquele cara ontem à noite — contei, de repente, a Maggie. Quando voltei para casa, contei a ela tudo sobre Lindsay e Thad e Teri e meu primeiro dia no trabalho. Mas me esqueci de contar sobre Josh. — Sabe, aquele cara da noite do Ano-Novo.

— Ahhhh — disse Maggie, lembrando. — O cara do beijo. Onde você o viu?

Eu me dei conta de que não tinha contado a Maggie sobre o encontro hipotético, pois não tinha a menor intenção de ir. Contei que ele programara o alarme no meu telefone e que eu havia me esquecido completamente do encontro. Mas também que ele estava muito atraente, sentado em um banco de bar no Gilberto's.

— Por que você não entrou? — perguntou Maggie.

— Eu estava indo encontrar Lindsay e Thad. Além disso, o que eu iria dizer? Oi, eu não vinha encontrar você, não vou te ver nunca mais, mas você estava tão fofo que eu tive que dizer oi?

— Como pode ter tanta certeza de que não iria querer encontrá-lo de novo?

— Ah, para com isso, Mags. Você mesma disse que ele é um bebê. Eu não posso sair com um cara de 25 anos.

— Por que não? Ouvi que essa história de mulher mais velha e homem mais novo está super na moda agora. Os dois estão no auge sexual. Além do mais, ninguém precisa saber que você é mais velha, nem mesmo ele.

Senti que fiquei corada.

— Fico me sentindo mal — confessei — com toda essa mentira.

Maggie ergueu a sobrancelha.

— Para mim — opinou ela —, você está desperdiçando uma oportunidade se não levar isso um pouco adiante, pelo menos. Digo, o que há de mal nisso? Você disse que queria se sentir mais jovem, e agora conseguiu o seu desejo. Aproveite ao máximo.

— Lindsay quer me apresentar um amigo do namorado chato dela — contei com sofrimento.

— E você vai deixar que ela faça isso?

— Eles realmente podem me ajudar no trabalho. São o motivo para que eu esteja aqui esta manhã e não dando uma de barista em tempo integral para Teri.

Ontem à noite, Lindsay fez Thad prometer que diria a Teri que ele me mandaria para uma sessão de orientação corporativa.

— Isso não quer dizer que você tenha que ser escrava deles — declarou Maggie. — Seja você mesma! Pensei que toda essa coisa de juventude era sobre isso.

Ela estava bem agitada agora, apoiava-se nos cotovelos, sacudindo a cabeça enquanto conversávamos. Os brincos, uma série de arcos de prata que ficavam maiores conforme se aproximavam do ombro, tremeluziam sob a luz das velas.

— Relaxe — aconselhei, colocando minha mão em seu braço e tentando fazê-la deitar na cama. — Lembre que você precisa criar um ambiente de tranquilidade para que o esperma e o óvulo se encontrem.

Isso, afinal, convenceu Maggie a voltar a ficar deitada.

— Só acho que deve ser mais agressiva e fazer o que você quer, desde o início — disse ela, olhando para o teto. — Como você vai se tornar uma pessoa inteiramente nova se continua agindo como a antiga você?

Foi só na quinta (o dia em que comecei a pensar como o Incidente da Depilação), depois da aula de Krav Maga — um tipo de arte marcial israelense — para a qual Lindsay me arrastou, que eu tive coragem de contar a ela que eu não queria ir ao jantar na casa de Thad com Porter Swift.

Tudo começou quando perguntei a Lindsay se ela conhecia alguma academia perto do escritório na qual pudesse me matricular. Havia quase um mês que eu não seguia minha rotina diária do Lady Fitness, e eu tinha medo de que a qualquer minuto todos os músculos em forma do meu corpo caíssem, acabando totalmente com meu disfarce. Em apenas quatro dias trabalhando para Teri Jordan, voltei a alguns dos meus velhos e confortáveis hábitos alimentares, escondendo um saco de bombons Hersheys's na gaveta da minha mesa e atacando, antes de ir dormir todas as noites, uma panela de purê de batata cremoso, criando com uma colher uma cratera no centro, a qual eu enchia com manteiga derretida e sal e depois saboreava a mistura embaixo das cobertas em minha tenda.

Lindsay quis saber que tipo de exercícios eu gostava de fazer, e, quando mencionei o transport e os pesos de mão, ela me olhou como se eu tivesse dito que fazia exercícios calistênicos sob a tutela do treinador Jack LaLanne.

— Isso é meio retrô — opinou ela, dando à palavra um tom que não deixou claro se ela considerava aquilo uma coisa boa ou ruim. — Por que você não faz uma aula de Krav Maga comigo quinta à noite? É demais.

Na aula, era como se eu estivesse queimando todos os bombons consumidos durante a semana, além de aprender a desarmar qualquer terrorista que pudesse cruzar comigo no caminho para casa. No vestiário, tentei seguir a etiqueta do Lady Fitness, desviando os olhos das pessoas, o que era difícil, pois Lindsay estava parada, completamente nua e sem a menor timidez, ao meu lado, falando sem parar sobre o cardápio do jantar de sábado. Também era difícil não olhar porque as roupas pretas austeras de Lindsay escondiam muitos atributos físicos dignos de nota. Seus seios, por exemplo, eram tão empinados que havia mais área na parte abaixo do bico que acima dele. Pensei se aquilo era normal em mulheres de 20 anos — quero dizer, para mulheres de 20 que não estavam estampadas nas revistas que às vezes encontrava ao arrumar embaixo da cama do lado de Gary. Não conseguia lembrar, embora o contraste com meus próprios seios, que até agora eu considerava um dos meus melhores atributos sem roupa, me fez encolher de vergonha.

Lindsay exibia também algumas tatuagens surpreendentes — uma libélula no ombro, uma serpente no quadril, e o que parecia ser um símbolo do departamento de agricultura americano empoleirado em cima da fenda de suas nádegas — todas muito mais vívidas pelo contraste da tinta contra sua pele branca e delicada. E a coloração das tatuagens parecia proporcionar a única variação de cor em toda aquela extensa palidez: o bico dos seios de Lindsay era de um tom de rosa claríssimo, seus pelos pubianos eram uma fina tira de penugem cor de pêssego.

— Alice — disse ela.

— Hummmm? — Simulei indiferença ao concentrar minha atenção no armário, fingindo estar procurando meu sutiã, que eu sabia que estava pendurado perto do meu suéter.

— O que você acha que eu deveria fazer de sobremesa no sábado? Estava pensando em tentar essa incrível crostata de pera que Thad comeu outra noite no Craft.

Tirei meu sutiã do armário e me atrapalhei para colocá-lo enquanto tentava manter meu corpo fora do ângulo de visão de Lindsay, mas sem parecer que eu estava tentando fazer isso.

— Mas então pensei — continuou Lindsay, apoiando a mão no quadril, bem perto da serpente azul — que eu talvez devesse optar por algo mais simples, como crème brûlée.

Eu estava prestes a dizer que crème brûlée estava longe de ser simples quando Lindsay deixou escapar um gritinho e, apontando diretamente para a minha virilha, exclamou:

— Ai, o que é isso?

Olhei para baixo. Tinha ficado menstruada? Ela tinha visto uma estria? Todo aquele purê de batata tinha aguardado até esse momento para se depositar como uma camada de gordura acima do meu umbigo? Mas não, apesar de toda a comilança dos últimos dias, minha barriga ainda estava lisa depois de um ano malhando compulsivamente.

— Essa selva de pelos — guinchou ela. — Está quase chegando no joelho!

— Ah — disse. — Bem...

— É assim no lugar onde você estava?

— Onde eu estava?

— Sei lá, por onde você andou viajando — disse ela. — Você contou para o Thad naquela noite.

— Ah — disse. — Claro.

— Então eles preferem deixar ao natural lá? — pressionou Lindsay. — Você estava, tipo, no terceiro mundo?

— Quase isso — respondi, pensando que muitos moradores de Manhattan consideram Nova Jersey o terceiro mundo.

— Temos que cuidar disso — falou Lindsay — antes que você saia com o Porter.

— Cuidar disso? — perguntei.

Devo ter feito uma cara horrível e me afastado dela, porque ela riu e disse:

— Não se preocupe, não vou cortar tudo com uma navalha. Mas amanhã, depois do trabalho, vou levar você na minha depiladora, Yolanda, para uma depilação à brasileira.

— À brasileira?

Tentei imaginar isso, mas nunca estive no Brasil nem conhecia um brasileiro, e nunca tive curiosidade em ver como era o estilo de pelo pubiano nativo. Tudo o que veio à minha cabeça foi algo vagamente no formato do biquíni. Como acreditei que deveria ser por onde eu iria começar.

— Como a minha — exclamou Lindsay, apresentando o visual com as mãos fazendo floreios que me fizeram lembrar da apresentadora Vanna White chamando a atenção dos espectadores para um novo carro.

— Oh — exclamei, olhando a estreita linha de pelos de Lindsay. — Não sei.

— Você tem que fazer — incentivou ela. — Nenhuma garota de Nova York deixa ficar ao natural. Porter ficaria chocado.

O amigo de Thad. Sábado à noite. Vestida ou nua, peluda ou lisa, eu não podia permitir que aquilo continuasse nem mais um minuto.

— Lindsay — comecei. — Você e Thad têm sido ótimos comigo, e estou muito feliz que nós estamos ficando amigas, mas não estou interessada em sair com o Porter.

Lindsay me olhou, as duas mãos agora no quadril, como se eu tivesse contado a ela que tinha acabado de pousar do planeta Xenon.

— Mas o Porter é um ótimo partido — disse ela finalmente.

— Eu não posso — falei para ela, minha mente se contorcendo em busca de uma desculpa sem chance de contra-argumentação. Porque... nós xenonianos estamos proibidos de sair com terráqueos? — Na verdade, eu tenho uma confissão para fazer. Tem outro cara.

— Você falou que não tinha namorado.

Agora até a verdade me deixaria em apuros.

— Na verdade, ele não é meu namorado. Só alguém com que eu... estou saindo. Você sabe, o cara do alarme. Josh.

Lindsay balançou a cabeça, mordeu os lábios. E finalmente disse:

— Não acredito em você.

Sem nem mesmo tentar, eu a tinha convencido de que tinha 20 e poucos anos. Que eu nunca tinha feito nada mais complicado na vida do que viajar com uma mochila nas costas pela Bulgária ou para algum lugar similar sem depilação. Mas não consegui convencê-la disso.

— Verdade — falei.

Ela ficou me olhando por alguns segundos e finalmente acenou e disse:

— Ok, então prove.

— Provar? — Dei um sorrisinho forçado. — Como vou provar isso?

Ela foi até seu armário, pegou a bolsa, tirou o celular e estendeu-o para mim.

— Ligue pra ele — disse. — Agora mesmo. Vá em frente.

Eu não peguei o telefone.

— O que vou falar?

— Convide-o para o jantar sábado. Na casa do Thad. Isto é, se você realmente estiver saindo com ele.

Hesitei, em parte porque não estava totalmente certa do que significava sair com ele. Ter encontros? Transar? Prometer união eterna? Tanto fazia, decidi, se isso significasse escapar do encontro arranjado com o amigo do Thad.

— Tudo bem — concordei, finalmente. — Mas tenho que ligar do meu celular.

— Por que você tem que ligar do seu celular?

Porque eu não sei o número dele. Porque, diante daquelas circunstâncias, eu estava com sorte por ter lembrado que ao menos ele tinha salvado o número no meu telefone. Tirei o celular da bolsa, tentando pensar.

— Ele não vai atender se não reconhecer o número que está ligando — falei a Lindsay, encontrando o número de Josh na minha agenda e segurando a respiração ao apertar Ligar. Lindsay estava parada atrás de mim, ainda nua, os braços cruzados sobre os seios empinados. Ouvi o telefone tocar e rezei para que caísse na caixa de mensagens.

Em vez disso, ouvi a voz de Josh.

— Ok, eu entendo — disse ele.

— Oi, é a Alice — falei. Soou como se ele estivesse esperando por outra pessoa.

— Eu sei — disse ele. — E estou falando que entendo por que você me deu um bolo na outra noite.

— Não deu... — comecei.

— Eu sei — disse ele.

— Eu pensei a respeito — confessei, sendo sincera. Tinha algo nele que me fazia querer dizer a verdade.

— Favoravelmente?

Eu ri.

— Algumas vezes.

— Tudo bem — disse ele. Ao telefone, sua voz soava tão quente quanto seus olhos na noite de Ano-Novo. — Você está aqui agora.

— Estou — concordei. — Estou aqui.

Fiquei ali sentada com o telefone apertado contra meu ouvido, observando o armário de metal laranja, pensando nele, até que Lindsay, que eu tinha quase esquecido que estava ali, pigarreou.

— Lindsay, minha nova amiga do trabalho, quer que eu convide você para um jantar no sábado à noite — revelei.

— Você conseguiu um emprego — exclamou ele.

— Consegui.

— Onde?

Lindsay começou a tamborilar os dedos em sua coxa branca.

— Conto no sábado. Se você quiser. Se estiver livre. O que provavelmente não está.

— Não estou — disse ele.

— Ah, legal — comentei, embora, para minha surpresa, estivesse decepcionada.

— Legal? Então você não quer realmente que eu vá?

— Eu quero — confessei. — Só achei que não poderia ser muito a sua.

Lindsay cutucou minha pele com seu dedo do pé pintado, e eu me afastei dela.

As pessoas chamam algo que elas gostam de "a sua"? De quantas maneiras eu estava exatamente me passando por uma idiota?

— Ver você é a minha — disse ele. — Se nós pudermos sair do jantar um pouquinho mais cedo, posso chegar nesse outro lugar um pouquinho mais tarde. Você gosta de rock?

Eu sabia que a resposta certa era sim. Mas dei a resposta verdadeira.

— Não.

Ele riu.

— Um amigo meu tem uma banda que vai tocar em um bar no centro e eu disse que iria vê-lo. Que tal se eu for ao jantar com você e depois você vai comigo ao bar?

— Combinado — falei.

Então desliguei e fiquei sentada ali, tão perdida em pensamentos que realmente me esqueci de Lindsay e de tudo o mais que estava à minha volta. Seria meu primeiro encontro em quase um quarto de século.

Capítulo 8

Diana ligou enquanto eu estava me arrumando para o jantar na casa da Lindsay. Maggie estava reclinada na chaise — tentando "ninar", como ela colocou, o embrião que esperava que estivesse se desenvolvendo dentro dela — passando as páginas de uma revista de moda japonesa e julgando todas as roupas que eu experimentava. Nada estava bom. Ela achava que eu deveria usar o velho jeans da Diana que trouxera de casa comigo, mas eu tinha receio de que Thad considerasse muito casual. Não suportava Thad, mas ainda assim queria que ele tivesse uma boa impressão de mim.

— Independentemente do que usar na parte de baixo — opinou Maggie —, a blusa precisa ser bem feminina. Renda.

— Não quero que pareça que estou usando roupa íntima. Seus olhos brilharam.

— Ótima ideia. Por que você não dá uma olhada na gaveta de cima da cômoda. Tenho algumas camisolas de renda lindas.

Já ia começar a protestar quando, de dentro de minha tenda vermelha, ouvi meu telefone tocar. Por favor, seja Lindsay ou Thad cancelando o jantar, pensei. Por favor, seja Josh dizendo que quanto mais pensou sobre o assunto, mais certo ele estava de que eu era uma senhora disfarçada.

Estava tão certa de que era um deles que fiquei confusa quando ouvi o estalo na linha, marca registrada de ligação da África, como se Diana estivesse telefonando de algumas décadas atrás e a milhares de quilômetros de distância, e reconheci a voz da minha própria filha.

— Mãe? — disse ela. — Sua voz está diferente...
— Não — disse. — Estou só...

Tentando passar por alguém da sua idade? Me arrumando para sair com um homem que poderia ter sido da sua turma da escola?

Eu havia deixado uma mensagem no seu escritório de campo dizendo que eu tinha voltado a trabalhar na Gentility e estava ficando em Manhattan na casa da Maggie, que ela deveria ligar para o meu celular caso precisasse falar comigo. Era tudo o que ela precisava saber.

— Sua voz está diferente também — falei, tentando reconquistar minha voz de mãe.

Então percebi parte do motivo para eu estar tão surpresa por ser Diana no telefone. Estava habituada, sempre que meu telefone tocava, a calcular o horário na África para antecipar se seria ela. E neste momento, em seu fuso horário, era madrugada.

— Onde você está? — perguntei, segurando a respiração, parte de mim torcendo, apesar da estática na linha, que ela me dissesse que tinha acabado de aterrissar em Nova York. Eu ficaria muito feliz. Mas tinha de admitir para mim mesma que também ficaria um pouquinho decepcionada por ter de cancelar minha festa justo quando ela estava apenas começando.

Diana riu constrangida.

— Estou de folga esse fim de semana e vim passar a noite na cidade — contou ela. — Com um amigo.

— Ah — exclamei. — Legal. Muito legal.

Gostava de pensar nela em um lugar com eletricidade e banheiro, sem leões espreitando por perto.

— Mãe — disse ela. — Preciso te contar uma coisa.

Prendi a respiração. Ela parecia nervosa, como se eu não fosse gostar do que ela tinha para dizer. Mas ela já tinha largado a faculdade e ido para o outro lado do mundo. O que ela poderia me dizer que me faria sentir ainda pior?

— Decidi ficar aqui — revelou apressada. — No mínimo até a primavera.

— Ah — exclamei, sentindo o alívio correr pelo meu corpo. — Isso é ótimo.

— Ótimo? — questionou ela — Achei que você ficaria furiosa.

— Por que eu ficaria furiosa?

— Desde que cheguei aqui, você vem me pressionando sobre quando vou voltar. No Ano-Novo, quando falei que ficaria mais um pouco, você pareceu ter ficado arrasada.

E eu tinha ficado. Mas agora, intoxicada com minha própria experiência de aventura e novidade, me senti muito envergonhada de ter me apoiado nela daquela forma. Ela estava em um período da vida no qual *deveria* estar viajando pelo mundo e fazendo o que quisesse, por quanto tempo quisesse, sem sentir qualquer tipo de obrigação de voltar para casa e me fazer companhia. Não queria que ela tivesse que esperar vinte anos, como eu tive, para sentir o sabor dessa liberdade.

Além do mais, agora que eu tinha conquistado isso, alugado o ninho familiar e criado essa vida secreta — ao menos para minha filha — de mulher mais jovem, não estava pronta para abandoná-la.

— Escute — falei. — Sinto muito por aquilo. Mas agora percebo como foi injusto. Você está fazendo algo incrível e aventureiro, e acho que você deve aproveitar o máximo possível.

Houve um silêncio tão longo que eu finalmente disse:

— Diana? — preocupada que a ligação tivesse caído.

— Estou aqui — disse ela. — Só não acredito que você esteja sendo sincera.

— Estou — afirmei com convicção. — Na verdade, acho que faz sentido, como você já passou pela parte mais difícil que é se adaptar, que fique por quanto tempo for capaz.

Outra longa pausa, e então ela perguntou:

— Sério?

— Com certeza — respondi.

Fui dar uma olhada em Maggie pela abertura da tenda. Ela ainda estava reclinada na chaise, mas apontava para seu relógio Dale Evans e gesticulava algo olhando freneticamente para mim.

— Escute, meu amor — falei. — Preciso ir agora, mas tenha um ótimo fim de semana, ok?

— Aonde você vai? — perguntou Diana.

— A um jantar aqui em Manhattan — contei.

— Como estão as coisas?

— Ótimas — revelei, no mesmo minuto, ficando preocupada de ter falado com muita empolgação. — Vou mandar um e-mail. E, de verdade, não fique preocupada em voltar correndo. A casa está alugada por, pelo menos, alguns meses. Fique quanto tempo quiser.

Assim que desliguei, me senti culpada de que aquilo tivesse soado como se eu não quisesse que ela voltasse para casa. É claro que eu queria que ela voltasse, me tranquilizei, só não agora. Não agora.

Quando finalmente cheguei, esbaforida e suada por ter descido correndo os cinco andares de escada do apartamento de Maggie, continuando pelas ruas de Lower East Side até a estação de metrô da Segunda Avenida e mais 11 quarteirões acima da Madison Avenue até o apartamento de Thad, Josh já estava esperando por mim, encostado na imponente fachada de pedra. Estava uma graça. Usando jeans rasgado.

— Oh — falei ofegante, olhando para o seu joelho visível através do denim.

— Ah — respondeu ele, assimilando a calça preta de cetim, a blusa preta de renda e o casaco de abotoamento duplo de veludo preto que eu vestia, além do longo lenço de veludo verde enrolado em volta do meu pescoço. Nos pés, sabendo da longa caminhada que tinha pela frente, calçava botas, mas segurava mules de salto alto de cetim vermelho na mão direita e uma garrafa de champanhe, agora extraborbulhante, na esquerda.

— Você está linda — elogiou ele. — Talvez eu devesse voltar para casa. Colocar um terno.

— Hummmm — disse.

— Só que eu doei todos os meus ternos e gravatas para um grupo que ajuda jovens carentes a conseguir estágios em empresas.

— Ah.

— Mas ainda tenho o blazer azul-marinho que minha mãe comprou quando eu estava no ensino médio — revelou ele. — Poderia usá-lo.

— Ah?

— Mas imagino que levaria um tempo até ir ao Brooklyn e voltar.

— Quanto tempo?

— Talvez — desviou o olhar para o escuro céu de inverno, calculando — uma hora e meia.

— Não tem problema — falei, pegando seu braço e subitamente desejando ter ouvido o conselho de Maggie e também vestido um jeans. — Não acho que esse jantar vai ser o seu tipo de coisa de qualquer forma. Já estou feliz por você ter aceitado vir.

— Estou feliz — disse ele — porque estou aqui com você.

Ele era mais alto do que eu me lembrava. Enquanto esperávamos o elevador no saguão do prédio de Thad, ele tirou o gorro de lã, e minha vontade era passar os dedos por seu cabelo. Ele sorriu para mim, e fiquei muda de vergonha. Era impossível jogar papo furado; se eu abrisse minha boca, sabia, começaria a despejar tudo o que sinto.

Quando a porta abriu, fiquei aliviada em constatar que tínhamos sido os primeiros convidados a chegar e que Lindsay estava bem-arrumada, usando algo brilhante em seu habitual preto, mas Thad não — embora para Thad isso significasse que ele estava usando um slipper de veludo em vez de sapatos, e um cardigã de caxemira em vez de paletó. Ao menos ele foi educado o bastante para não comentar o jeans e a camiseta de Josh, e, em vez disso, guardou sua surrada jaqueta de couro e ofereceu a ele um martíni. Fiquei aliviada quando Josh aceitou, e mais aliviada ainda quando Thad abriu um sorriso quando Josh especificou batido, com azeitona e gim em vez de vodca.

— Nunca entendi também essa besteira de vodca — disse Thad a Josh, me ignorando depois de me cumprimentar com seu habitual beijo no rosto. — Achei que Lindsay fosse estar com tudo preparado a tempo de as garotas sentarem conosco para um drinque, mas aparentemente estava um grande caos na cozinha, então seríamos só nós dois até os outros chegarem.

Como na percepção de Thad eu não existia, imaginei que estava livre para dar um tchauzinho para Josh e seguir Lindsay até a cozinha. Na verdade, não tive propriamente a chance de segui-la até lá. Assim que os rapazes estavam fora de visão, ela agarrou meu braço, me empurrando para o pequeno espaço de aço inoxidável.

— Ele é muito gato! — sussurrou ela, presumivelmente se referindo a Josh, e não a Thad. — Ele é tipo um astro do rock?

Por que Lindsay pensaria que Josh era um astro rock? Porém, mais importante, por que todas as superfícies da cozinha estavam cobertas de coisas? Havia sacolas de supermercado espalhadas pelo balcão com comida caindo delas. Em uma dúzia de pequenos pratos, havia dezenas de pequenas montanhas de coisas cortadas — cogumelo, cebola, salsa. E por que nada parecia estar cozinhando?

— Como estão as coisas por aqui? — perguntei.

— Tudo ótimo — chilreou Lindsay. — Acho. Quer dizer, achei que estava tudo sob controle. — Ela olhou em volta da cozinha, parecendo notar o amontoado de comida crua pela primeira vez. — Mas agora, não tenho certeza...

E, então, ela começou a chorar. Fiquei perplexa em ver Lindsay, que sempre se mostrara no controle de tudo, do trabalho ao seu relacionamento até os pelos pubianos, perdendo-o tão rápida e completamente.

— Calma — tranquilizei-a, me aproximando, desajeitadamente a princípio, mas depois envolvendo a garota nos meus braços, como tinha feito inúmeras vezes com Diana. — Vai dar tudo certo.

— Eu não vou conseguir — soluçou Lindsay. — É um desastre. Thad vai me largar.

Como se aquilo fosse fácil, pensei, mas o que disse foi:

— Não seja boba, querida. Vou te ajudar. O que temos que fazer?

Lindsay olhou ferozmente pela cozinha, como um cavalo de corrida em pânico por perceber que ainda estava na largada.

— Não sei — lamuriou. — Tudo!

— Fique calma. O jantar ficará pronto rapidinho. Mas vamos começar do início.

Esquivei-me da pequena cozinha e agarrei a garrafa de Bombay Sapphire que Thad deixara aberta no aparador antigo na sala de jantar, parando por um momento para admirar o fato de que ele tinha uma sala de jantar. Ele provavelmente considerava-a mais essencial do que a cozinha. Servindo uma boa dose em duas taças de cristal, voltei até a cozinha e ofereci uma a Lindsay.

— O que é isso? — perguntou ela.

— Coragem — falei, erguendo a taça como em um brinde. — Isso é ânimo. Agora, beba.

Ouvi Lindsay engasgando quando o gim atingiu sua língua, mas eu não tive nenhum problema em engolir a minha dose. O gosto daquilo me fazia lembrar tanto de milhares de jantares no subúrbio que parecia praticamente uma poção mágica que me transformaria de volta na Super Dona de Casa.

— Tudo bem — falei, notando com satisfação que Lindsay tinha conseguido beber todo o conteúdo também. — O que vamos jantar?

— Salada caesar — contou Lindsay. — Merda, esqueci de preparar os croutons. E macarrão. Macarrão alguma coisa, com muitos legumes cortados. A receita está ali na bancada, em algum lugar embaixo das sacolas.

Olhar os ingredientes em tamanha desordem fez com que até eu me sentisse oprimida.

— Você pensou em fazer apenas um assado?

Lindsay me olhou horrorizada.

— Não — confessou ela. — Thad teria gostado, mas eu sou vegana. E vai ter pelo menos um outro vegetariano, um que não come leite e um que come apenas comida crua vindo para o jantar, embora esse vá comer em casa antes.

A companhia soou, levando Lindsay de volta ao modo pânico.

— Você deveria estar lá com o seu esqueci o nome, seu astro do rock — disse Lindsay. — Sou eu quem tenho que dar um jeito nisso.

— Bobagem — falei. — Você é a anfitriã. Seu trabalho não é ser uma empregada ou chef, é fazer com que seus convidados se sintam à vontade.

Lindsay parecia intrigada, até mesmo em dúvida.

— Sério — tranquilizei-a. — Aqui. Vamos preparar juntas algumas entradinhas. Você tem queijo? Ótimo. A pessoa que não come leite pode pegar as coisas em volta. Agora jogue algumas castanhas nessa tigela. Ok, agora leve isso lá e diga olá a todos, e não importa o que aconteça, aja como se estivesse tudo bem.

— O que vou dizer se Thad me perguntar a que horas o jantar estará pronto?

— Finja que não escutou e sugira que ele sirva outro drinque a todos.

— Mas um artigo que li no *Bon Appétit* dizia que... — começou Lindsay.

— Apenas faça isso.

Assim que Lindsay flutuou para fora da cozinha, comecei a abrir as sacolas, botei os ingredientes lado a lado, arranquei as folhas de alface e coloquei uma panela grande de água para ferver. Não deveria demorar muito assim que eu tivesse tudo organizado. Em Homewood, umas três ou quatro vezes ao ano, eu dava festas para cem pessoas e fiquei tão habituada que conseguia preparar tudo em menos de 24 horas.

Quando Lindsay voltou, os ingredientes estavam organizados em fila no balcão da pia na ordem em que eles deveriam ser cozidos, a bancada estava vazia e limpa, a alface estava lavada e secando, enrolada em papel-toalha, em uma saladeira, e três enormes dentes de alho estavam de molho, amassados e cobertos com sal kosher, em um recipiente com azeite para o molho da salada caesar.

— Como você fez tudo isso? — perguntou Lindsay, boquiaberta.

— Foi só dar uma arrumadinha, a única coisa que não encontrei foi a sobremesa.

— Ah, não — disse Lindsay. — Sabia que tinha esquecido alguma coisa.

— Não se preocupe. Podemos ligar para a deli da esquina e pedir que eles entreguem oito pacotes de cupcakes de chocolate com recheio. Todos vão adorar. Como foi lá?

— Ótimo — disse Lindsay sorrindo. — Thad já está em seu terceiro martíni, e Josh disse que o cheiro estava ótimo.

Eu ri.

— O poder da sugestão. Ok, vamos trabalhar.

Eu não tinha me dado conta do quanto sentia falta desse tipo de coisa desde que Gary saíra de casa. Tentei uma ou duas vezes oferecer jantares em Homewood sozinha, mas todos os convidados habituais pareciam pouco à vontade em ir a um jantar sem Gary, independentemente do fato de que quando Gary estava lá, tudo o que ele fazia era ficar sentado na cabeceira parecendo que preferia estar assistindo à TV.

Mas eu adorava cozinhar, me lembrei disso enquanto cortava, grelhava e mexia os ingredientes, principalmente para muita gente e com pouco tempo, com o som das risadas vindo da sala ao lado.

— Onde você aprendeu a cozinhar assim? — perguntou Lindsay, movendo-se rapidamente em volta, agindo como minha sous-chef.

— Sei que pode parecer difícil de acreditar — contei, escondendo meu sorriso dela —, mas aprendi a cozinhar em Nova Jersey.

Conforme a preparação chegava ao final, pedi que Lindsay fosse arrumar a mesa e fiquei feliz em passar sozinha os momentos finais na cozinha, misturando a salada e passando o pão na grelha apenas pelo tempo suficiente para que eu começasse a sentir o aroma da manteiga de alho.

— Agora realmente o cheiro está ótimo.

Josh estava parado na porta da cozinha

Abri um sorriso para ele.

— O ingrediente secreto é sempre o alho.

— Eu como se você comer — disse ele.

— Então você vai ter que comer porque eu já comi.

— Me deixe provar — disse ele, aproximando-se de mim.

E antes que eu tivesse a chance de replicar, seus lábios estavam nos meus, a ponta de sua língua me provando.

— Hummmm — exclamou ele. — Definitivamente delicioso.

Meu corpo ficou em chamas. Ah, Deus, momento perfeito para ter minha primeira onda de calor.

— Vá avisar ao seu amigo Thad — mandei — que está na hora de ir para a mesa.

Se Lindsay estava preocupada em Thad questionar seu papel na preparação do jantar, não precisava ficar: ele recebeu a comida com tanta indiferença como se ela surgisse totalmente preparada, por conta própria, de seu fogão todas as noites. Os outros convidados elogiaram, falando o quanto a comida estava deliciosa, e eu insisti que o crédito era todo de Lindsay.

Thad não parou de falar na mesa, ignorando não apenas a mim, mas todas as outras mulheres ali, dirigindo seus comentários aos homens, principalmente a Josh. Embora Josh se esforçasse a redirecionar cada uma das perguntas e observações de Thad a uma das mulheres na mesa. "Eu não sei", diria ele. "O que *você* acha da decisão da Suprema Corte, Lindsay?" Ou Alice ou Liz ou Sarah, as outras duas mulheres que estavam lá. "Interessante, Thad — adoraria ouvir a opinião de Alice a respeito disso!"

Ele até mesmo tentou nos ajudar a tirar a mesa quando terminamos, mas Thad o impediu — sinceramente achei que Thad pudesse se jogar na frente das mãos de Josh para impedir que ele pegasse uma colher suja. Pelo que eu esperava ter sido a última vez na vida, me vi apoiando Thad.

— Pode deixar — falei a Josh. — Só vou dar uma ajuda a Lindsay, e então nós vamos.

Mas quando acabei de tirar a mesa, percebi que estava ali sozinha. Ao dar a volta para tirar o último copo de vinho, ouvi Thad falando monotonamente na sala de estar e vislumbrei Lindsay empoleirada em seu colo.

Que se dane. Eu estava prestes a colocar um avental e começar a encher a lavadora, mas então disse a mim mesma "Pare de ser tão mãezona. Qualquer um pode lavar os pratos. Até o Thad."

Fui para a sala de estar e pousei a mão no ombro de Josh.

— Hora de ir — anunciei.

Thad me olhou surpreso.

— Estou só terminando uma história de quando eu era diretor editorial na *Crimson* — argumentou ele, abrindo a boca para retomar seu discurso.

— Desculpe — disse Josh, ficando de pé, colocando um braço em volta de mim ao mesmo tempo em que estendia o outro. — A noite foi ótima. Obrigado.

Deus, ele era tão charmoso. Se algum dia ele quiser se livrar de mim, eu estarei morta antes mesmo de ver o brilho da faca.

Quando estávamos na rua, Josh enfiou suas mãos dentro do meu casaco e me puxou para perto dele. A princípio fiquei nervosa, lembrando-me do que eu tinha pensado quando ele nos tirou tão engenhosamente das garras de Thad. Fiquei nervosa ao pensar no que o resto da noite nos reservava. Mas finalmente relaxei em seus braços, repousando minha cabeça em seu peito, sem saber se o que eu escutava eram as batidas do coração dele ou do meu.

Quando finalmente olhei para ele, ele disse.

— Obrigado por me apresentar aos seus amigos.

— Thad não é meu amigo.

— Esse era o tipo de pessoa que eu tinha medo de me tornar — confessou Josh rindo.

— Você não tem nada a ver com ele.

— Poderia ter acontecido facilmente — declarou Josh.

— Você nem mesmo percebe, e do nada é esse chato metido a besta.

Ele tinha razão. Foi o que aconteceu com Gary, que nem sempre fora um endodontista barrigudo. Ele fora um poeta, esbelto e romântico. Mas era bem mais fácil conseguir ser um poeta esbelto e romântico com 22 do que com 44 anos.

Sentada ao lado de Josh no metrô, andando rápido por ruas escuras com ele, minha mão enfiada no bolso de seu casaco, eu podia sentir sua energia, mas também sua insegurança. Foi a insegurança, mais do que a autoconfiança, eu achava, que o levara a estudar administração e ficar noivo quando ele afirmava que nunca quisera aquelas tradicionais armadilhas. Seu lado convencional, escondido nesse momento, mas ainda ali de alguma forma, era mais assustador para mim do que o designer de games que usava tênis. Da mesma forma como eu tinha mais medo da dona de casa dentro de mim do que da jovem mulher que eu fingia ser.

Era a dona de casa dentro de mim que ameaçava me trair enquanto abria caminho atrás de Josh pela boate quente e lotada. Estava muito barulhento lá dentro, o som mais alto do que qualquer coisa que eu tivesse ouvido na vida. E a música era insuportavelmente horrível, gritos e guinchos e uma batida fora de ritmo. Eu queria — a dona de casa dentro de mim queria — tapar as orelhas e berrar "Parem com esse barulho!"

Mas Josh, cujo braço esquerdo estava bem esticado para trás de forma que ele pudesse segurar minha mão enquanto continuava a se mover para perto do placo, balançava a cabeça ao ritmo da música, da mesma forma, parecia, que o restante das pessoas ali. A maior parte da plateia parecia ter a mesma idade que Lindsay e Thad e dos outros convidados do jantar, mas era como se esse público estivesse sendo jovem em uma era diferente. Eles tinham cabelos bagunçados e cabeças raspadas, piercings no nariz e nucas tatuadas. As garotas vestiam calças enormes ou saias minúsculas — às vezes as duas — e camisas que praticamente não existiam, cortadas e retalhadas em torno dos seios. Os garotos pareciam ter saído de um desfile de moda ou de baixo de um carro.

Senti algo bater em meu lado esquerdo e fiquei surpresa ao ver um casal dançando ali — ou melhor, dançando sensualmente, mas sem se tocar, a garota de frente, sem olhar para o garoto, e rebolando. O cara se impelindo na direção dela e parecendo que, a qualquer segundo, fosse gozar. Fui para mais perto de Josh.

— Tudo bem? — perguntou ele.

Fiz que sim com a cabeça, pensando no quanto esse homem dava a impressão de ser atencioso. Ele fora muito generoso ao elogiar Lindsay pela comida, ao não rir maliciosamente de Thad nem uma única vez.

— Quer dançar? — gritou ele no meu ouvido.

Rapidamente, balancei a cabeça em negativa. Ele não parecia o tipo de cara que simularia estar transando comigo em um lugar público, mas esse não era um risco que eu estava disposta a correr.

Josh se virou para ver o show, e logo depois senti alguém bater no meu ombro pelo outro lado.

— Eeeeeeeiiii? — disse uma garota no meu ouvido.

— O quê?

Ela pareceu momentaneamente confusa, mas então obviamente decidiu mudar de tática.

— Exxxxxxxxxx? — perguntou ela.

Contraí meu rosto e balancei a cabeça na linguagem universal para "Não estou entendo bosta nenhuma do que você está falando". A garota abriu a palma da mão e colocou sob o meu nariz o que parecia ser um monte de pequenos botões com o desenho do smiley-face.

— Ecstasy! — esclareceu a garota.

Deixei escapar um ganido.

— Ah, não — berrei. — Não, obrigada!

Eu me senti tão careta, tão por fora, tão *velha*. Mas, ao mesmo tempo, percebi que eu nunca me encaixaria ali, independentemente da minha idade. Sempre fui a garota que sentava aconchegadamente na janela, lendo sobre o século XIX na Inglaterra, enquanto todos à minha volta ficavam doidões, ouvindo música alta e dançando de forma selvagem.

— Tenho que ir — falei repentinamente.

Se isso fosse realmente a faculdade, se ele fosse um garoto com quem eu estivesse saindo naquela época, teria ficado sofrendo durante todo o show, até teria fingido que estava gostando. Mas apesar do bom comportamento de Josh no jantar, apesar do meu genuíno afeto por ele e de um imenso desejo de apertar minha bochecha contra um de seus ombros largos novamente, eu simplesmente não podia continuar com aquilo.

Ele me olhou, surpreso, começando a protestar.

— Desculpa — gritei, já em movimento. — Preciso ir.

Para onde eu iria exatamente? E por quê? Eu me sentia confusa sobre tudo, exceto pela necessidade de escapar daquele lugar. Era como se eu tivesse mergulhado em um mar que, da areia, parecia divertido e excitante, mas que ao ser atingida pelas ondas tão de perto se provou ousado demais para mim. Só havia uma coisa na qual eu conseguia pensar: voltar para a areia.

Só quando estava na rua, inspirando o ar limpo e começando a procurar um táxi, foi que me dei conta de que Josh tinha me seguido, que ele estava até sorrindo e abrindo a boca para falar algo enquanto pegava no meu braço.

A maneira como ele me pegou foi perfeita, não muito forte, o que apenas teria feito com que eu me afastasse dele, mas também não tão leve. Minha vontade era dizer que, talvez, se estivéssemos em uma ilha deserta, e não tivéssemos de lidar com o mundo ao nosso redor, poderíamos ficar juntos. Talvez se eu não estivesse tão determinada, depois de todos esses anos, a refazer a minha vida exatamente da maneira como queria, nós pudéssemos encontrar um meio-termo. Talvez se eu não estivesse com tanto medo de revelar meu eu verdadeiro, pudesse ser capaz de me entregar.

— Eu realmente gosto de você, Josh — admiti, me permitindo tocar em seu braço, o que quase me fazia esquecer de tudo.

Seu sorriso desapareceu.

— Por que estou achando que vem um "mas" no final dessa frase?

É claro que havia um mas. Havia muitos mas.

Mas você é jovem demais para mim. Mas eu sou velha demais para você. Mas não vai ter a menor chance de encontrarmos algum dia um meio-termo.

— Mas isso não está legal para mim — revelei, fazendo um gesto na direção do prédio, as pessoas se amontoando na calçada à nossa volta, tudo aquilo.

— Esse lugar não sou eu, Alice — afirmou ele, tentando me puxar em sua direção novamente.

Parte de mim, uma parte maior do que eu gostaria de admitir, ansiava em me deixar derreter em seus braços, deixar para lá o controle que eu estava lutando tão arduamente para manter.

Mas eu não podia me derreter. Não podia perder o controle. Tinha de ser fiel a meu novo eu, à minha determinação de fazer as coisas de forma diferente de como eu sempre fiz.

Eu me virei, e sem falar mais nada, disparei em direção à sombria rua do centro de Manhattan, sozinha e — e isso não passou pela minha cabeça até estar perto da casa de Maggie — completamente sem medo.

Capítulo 9

— Por que você fugiu? — perguntou Maggie.

Nós estávamos em uma grande loja da ABC Home Store, onde Maggie queria comprar um espelho. Um que não fosse muito grande: seu espelho da Madrasta da Branca de Neve resolvia isso. E que não fosse muito pequeno: ela precisava de uma determinada superfície reflexiva para satisfazer seu propósito.

O que minha amiga estava procurando era um espelho bonito para pendurar na parede oposta à entrada principal do loft. O motivo: Maggie, a cética, ateia, tinha consultado um expert em feng shui sobre reconfigurar o apartamento para aumentar a sorte com o bebê. Eu meio que estava esperando o cara do feng shui decretar que minha tenda vermelha tinha que sair, mas *au contraire*, ele achava que sua localização e cor traziam bons augúrios. Sua recomendação mais insistente era colocar um espelho do outro lado da porta, para mandar qualquer *chi* ruim voando de volta para o corredor.

Para Maggie, no entanto, tal compra poderia significar horas, dias, mesmo meses na busca do objeto perfeito. Essa era uma das razões pelas quais uma pessoa, que vivia há vinte anos no mesmo lugar e tinha conseguido juntar apenas dois móveis, fosse absolutamente difícil de agradar.

— Não sei — respondi, pegando um espelho quadrado com uma moldura de prata forjada e mostrando-o para Maggie, que fez uma cara de quem tinha provado um produto de limpeza. — Ele só não é a pessoa certa para mim.

— Achei que você realmente gostasse dele — disse Maggie. Seus olhos não estavam em mim, mas na enorme desordem de produtos coloridos brilhantes pelos quais passávamos pela loja. — Achei que o único impedimento era ele ser jovem.

— Mas isso é muito importante — admiti. — Quero dizer, a idade meio que determina todo o resto: seus gostos, seus valores, o que ele gosta de fazer no tempo livre...

Maggie parou e olhou diretamente nos meus olhos.

— Você não acha que isso é meio hipócrita? — indagou ela, colocando as mãos nos quadris.

Parada ali, com os cotovelos para fora e as pernas afastadas, novamente usando seu enorme casaco acolchoado preto, fechando totalmente a passagem do corredor, ela era tão intimidante quanto Úrsula, a bruxa do mar, em *A pequena sereia*. Com medo de que a qualquer momento ela pudesse atiçar suas enguias elétricas para cima de mim, tudo o que pude fazer foi balbuciar que eu não tinha certeza do que ela queria dizer.

— Você está rejeitando-o por causa da idade dele! — esbravejou ela, balançando seus braços acolchoados, ameaçando jogar diretamente no chão os candelabros de ferro, travesseiros de xantungue e lustres venezianos. — É o que você mais odeia que as pessoas façam com você!

Meus ombros afundaram ao deixar todo o ar sair do meu corpo.

— Você está certa — reconheci.

Maggie abaixou os braços, alisando a frente de seu casaco.

— Claro que estou certa. Achei que o importante aqui era o interior da pessoa. Achei que toda questão é que a idade cega as pessoas, impedindo-as de verem as qualidades reais e essenciais dos outros. Pensei que estávamos tentando transcender tudo isso e triunfar sobre o preconceito de idade.

O que eu podia dizer? Era tudo verdade.

— Acho que sou a primeira a fazer isso — finalmente admiti.

— Acho que sim — opinou Maggie. — Talvez por isso a idade seja tão importante para você em primeiro lugar.

Meus ombros afundaram ainda mais, agora que minha cabeça estava pendendo em direção ao chão. Fiquei encarando a ponta do meu novo tênis vermelho.

— Você está certa — repeti. — Sou uma pessoa horrível. Eu devia desistir disso tudo.

— Ah, não seja ridícula — disse Maggie, encerrando sua busca pelo espelho tão precipitadamente que eu quase caí ao tentar me reestabelecer para correr atrás dela.

— Você tem sido esplêndida! — Ela estava dizendo quando finalmente consegui alcançá-la. — Só faz um mês e você já conseguiu um emprego, uma amiga e até um cara! Agora você só precisa parar de ter medo de aproveitar.

— Eu não sou medrosa — me defendi.

Ela parou do nada. Se fôssemos carros, eu teria batido na traseira dela.

— Então me fale uma coisa — disse ela. — Por que você não transou com o carinha fofo ontem?

Dei um riso nervoso.

— Eu já disse — falei. — Sem levar em conta a idade, ele não é meu tipo. Ele é meio desarrumado, gosta de um tipo de música horrível, tem esse sonho quase irreal de se tornar um designer de video games, entre outras coisas. Não consigo levá-lo a sério.

— Hummm — exclamou Maggie. — Quer a Verdade Verdadeira?

Como se ela já não tivesse falado. Como se ela fosse esperar pela minha resposta.

— Ele parece ser exatamente o seu tipo — afirmou ela. — Na verdade, ele parece exatamente o Gary. O jovem Gary. O Gary por quem você se apaixonou.

Aquele comentário me atingiu com a força de uma estante com portas — nós estávamos agora cercadas por elas, vermelhas e verdes, implorando para darem abrigo a uma TV — caindo em minhas costas. Mais uma vez, Maggie estava certa. Josh tinha um quê do Gary por quem eu me apaixonara loucamente nas ruas de Londres, o Gary que fizera minha alma decolar junto com meu corpo.

— Outrossim — continuou Maggie, talvez usando aquela palavra pela primeira vez na vida —, acho que foi exatamente por isso que você fugiu dele ontem à noite. Acho que você o leva *muito* a sério, e isso te deixa completamente assustada. Você tem medo de se apaixonar por esse cara.

— Isso é ridículo — falei. Mas podia sentir meu coração batendo. — Quando a gente se conheceu, ele me disse que não estava interessado em um relacionamento.

Maggie fez uma pausa novamente e me analisou, como se estivesse tentando diagnosticar uma doença de pele. Mas eu tinha medo de que ela estivesse olhando mais a fundo do que isso. Ergui minhas mãos e cobri minhas bochechas, como se isso pudesse impedi-la de ver por dentro de mim.

— Então talvez seja esse o motivo de sua preocupação — ressaltou. — Você sente uma atração louca por ele, realmente gosta dele e está preocupada que ele possa rejeitá-la. Está com medo de arriscar ir em frente, não importando o quanto você queira.

De repente, sua atenção foi desviada, ela olhou para cima, além de mim para um ponto em algum lugar à direita e acima da minha cabeça, como se estivesse escutando a voz de um anjo que tivesse surgido nas alturas.

— Um segundo — pediu ela, me tirando de seu caminho e ficando na ponta dos pés para alcançar algo no alto.

— Tenha cuidado! — adverti, pensando no bebê do tamanho de um grão de feijão que poderia estar aninhado dentro dela.

Ao me ouvir, ela envolveu a barriga com uma mão e voltou ao chão agarrando um espelho oval, do tamanho de um prato de jantar, com a borda em uma moldura vermelha incrustada com centenas de espelhinhos, reluzindo como estrelas.

— É este — declarou Maggie, abrindo um sorriso ao olhar para seu rosto no vidro. — Eu já me sinto com mais sorte.

— Então, você acha que vai se casar com ele? — perguntou Lindsay.

Estávamos sentadas em seu cubículo, aonde eu tinha ido para agradecê-la pelo jantar, embora o que eu quisesse mesmo era falar sobre trabalho. Queria saber a opinião de Lindsay sobre uma ideia de marketing que tive para a linha clássica, ver se ela me daria apoio no lado do editorial e se ela achava que eu deveria apresentá-la para Teri. Como já tinha descoberto no pouco tempo em que trabalhava com ela, Lindsay era genial em tudo o que tinha a ver com o mercado editorial. O difícil era fazer com que falasse sobre isso.

— Não vai acontecer — revelei.

Não contei a ela sobre ter fugido de Josh na saída do bar. Eu já tinha remoído o incidente com Maggie, e não podia contar para Lindsay os reais motivos por detrás de minhas dúvidas de qualquer forma. Além do mais, tinha receio de que se Lindsay achasse que eu não estava mais saindo com Josh, ela fosse tentar de novo me arranjar com Porter Swift.

— Por que não? — pressionou ela.

— Não estou realmente interessada em me casar neste momento — confessei. — Escute, Lindsay, o que você acha de convidarmos escritoras modernas para escreverem novas introduções para a linha clássica?

— Você não vai conseguir me distrair assim tão fácil — disse Lindsay, sorrindo. — Vamos lá, quero saber a verdade.

Ele é um desses caras que têm medo de se comprometer, né? Thad é assim. Provavelmente você está fazendo a mesma coisa que eu: fingindo que está tudo bem porque tem receio de que se ele souber que você quer casar, vai sair correndo para bem longe.

— Mas eu não quero me casar! — insisti. — Quero trabalhar! Quero me dar bem nesse emprego!

— Ah, você vai se dar bem — opinou Lindsay, balançando sua alva e delicada mão, como se o sucesso fosse algo que você pudesse invocar, ao seu desejo, do ar. — Você tem tantas ideias boas. Como aquela que você acabou de falar.

— Então você vai me ajudar com ela? — perguntei. — Quer dizer, perguntar a algumas de suas autoras se elas aceitariam escrever?

— Sim, claro — concordou ela, fazendo uma anotação para si mesma em seu calendário para ligar para duas escritoras muito respeitadas que eu já tinha na minha silenciosa lista dos desejos. Ela largou a caneta e olhou diretamente nos meus olhos. — Agora me fala por que você não quer se casar com Josh.

— Eu não quero me casar com *ninguém* — disse.

Aquilo a travou momentaneamente, fazendo com que ela balançasse para a frente e para trás em sua grande cadeira preta estofada, a qual engolia totalmente seu pequeno corpo coberto de preto.

— Ok, talvez não *hoje* — disse ela finalmente. — Mas em pouco tempo isso vai ser algo em que você terá que pensar seriamente, se você quiser ter filhos. Eu calculo que já seja quase tarde para mim.

Eu sabia que Lindsay tinha falado sem uma gota de ironia, mas eu não consegui segurar uma risadinha.

— Que isso, Lindsay — exclamei. — Você tem *muuuito* tempo.

— Não, não temos — afirmou Lindsay, sem nem dar um sorriso. — Calculo que tenho dez anos, no máximo, para casar, passar algum tempo sozinha com meu marido e ter todos os nossos filhos. E isso se eu colocar meu plano em ação neste momento.

Lindsay iniciou um resumo da matemática de seu futuro reprodutivo como se isso fosse uma questão bônus no vestibular da vida. Nos cálculos dela, mesmo se, por algum milagre, Thad fosse pedi-la em casamento amanhã, ela precisaria de pelo menos um ano para planejar o casamento, então outro ano para eles curtirem antes de ela engravidar, depois *outro* ano se tudo corresse bem entre a concepção e o nascimento de seu primeiro filho, e mais um intervalo de dois ou três anos antes do segundo...

— Mas e a sua carreira? — interrompi. — Que tal aproveitar a juventude?

— Nós não temos tempo para aproveitar a juventude — afirmou ela.

— Fale por você. O que faz com que tenha certeza de que Thad é o homem certo?

Principalmente quando parece tão claro para mim que ele não é.

— Ele tem um bom emprego — revelou ela, desviando o olhar de mim pela primeira vez, abrindo a gaveta de cima e pegando uma caneta, a qual começou a morder imediatamente. — Ele ganha muito bem. Cuidaria bem de mim.

— Pra mim parece que você está cuidando muito bem de si mesma — opinei gentilmente.

— Sim, mas porque eu *tenho* que fazer isso — confessou ela. — Isso não significa que vou *querer* fazer isso para sempre. Com certeza vou querer parar de trabalhar por um tempo quando tiver filhos.

De repente, a temperatura no cubículo de Lindsay pareceu cair uns 10 graus. Eu percebi sua presença antes de vê-la, os pelos na parte de trás da minha nuca ficaram arrepiados.

— Reunião para um cafezinho? — indagou Teri Jordan atrás de mim.

Sentindo meu rosto em chamas como se eu tivesse feito algo errado, me virei e disse, tão casual e convincente quanto pude.

— Ah, oi, Teri. Eu só estava perguntado a opinião da Lindsay sobre uma ideia que tive para a linha clássica.

— A linha clássica, hummmm? — questionou Teri. — Eu ouvi algo sobre parar por um tempo depois de ter filhos.

— Essa fui eu — admitiu Lindsay. — É algo que eu sempre quis fazer.

— Grande erro — falou rispidamente Teri. — Todas essas jovens mulheres acham que podem parar por alguns anos e depois subir novamente no bonde, mas o mundo não funciona assim. Quando você decidir tentar recomeçar sua carreira, será tarde demais.

Precisava admitir, Teri tinha razão. Mas antes que eu pudesse concordar com ela, Lindsay recomeçou a falar.

— Nada pessoal, Teri, mas não quero ficar em um escritório se puder estar em casa com meu bebê — declarou Lindsay.

— Quando ele estiver na escola, tudo bem, e então talvez eu procure um emprego de meio expediente, algo flexível.

— Mas se você parar de trabalhar, não vai ter a experiência para exigir flexibilidade — afirmou Teri. — E quando seus filhos estiverem mais velhos, quero dizer, no ensino fundamental e no ensino médio, quando eles não precisarem mais de babá, e sim estiverem prontos para se meter em problemas com drogas e sexo, esse será o momento em que você realmente vai querer trabalhar de casa algumas vezes.

— As coisas mudaram — disse Lindsay. — As mulheres têm mais opções agora.

Teri ergueu suas sobrancelhas excessivamente feitas.

— Sim e não — disse ela. — Na teoria, elas mudaram, mas na prática eu tenho muita experiência com isso e vejo várias outras mulheres encarando a realidade de tentar equilibrar família e carreira, e eu sei que ainda é muito difícil.

Era bastante perturbador para mim ter essa conversa com aquelas duas mulheres e perceber que eu estava totalmente do lado de Teri.

Lindsay abriu a boca para falar, fechou, e então abriu novamente.

— Agradeço que mulheres mais velhas como você tenham aberto a porta para nós — disse ela finalmente. — Eu acho que vai ser diferente para mim.

Teri Jordan podia ser uma cretina, mas não era idiota. Ficou de boca fechada e se virou friamente para mim:

— Tem trabalho esperando por você na sua mesa — disse ela.

Fiquei de pé, mas esperei até que ela saísse. Não que pensasse que eu precisava defender a honra da minha chefe, mas não podia deixar o último comentário de Lindsay sem resposta.

— Não acho que seja realmente tão diferente — comentei. — Mesmo depois de todo esse tempo, eu não sei se eu conseguiria dar conta de crianças e uma carreira.

— Bem, acho que consigo — afirmou ela. — Se for isso o que eu quiser.

— Talvez esse seja o verdadeiro problema — falei. — O que você *quer* da vida?

— Eu quero tudo — disse simplesmente Lindsay, me olhando de novo com aqueles olhos claros.

E ela devia querer, pensei. Quando eu tinha a idade dela, quero dizer, quando realmente tinha a idade dela, eu tinha programado meu futuro de uma maneira muito similar, nutrido a mesma visão diáfana de minhas possibilidades. Na verdade, conversar com Lindsay era perturbador não porque ela enxergasse as coisas de maneira diferente de mim, mas porque ela as enxergava de forma tão parecida como eu um dia enxergara.

— Então tenho certeza de que você conseguirá — disse, dando um tapinha em sua mão, mas já me afastando. — Eu vou apenas tentar lidar com uma coisa de cada vez.

Capítulo 10

Ele me ligou. Depois eu liguei. Então ele me ligou de novo. A cada vez, o que começava como uma rápida conversa terminava em um longo papo. Eu levava o telefone para debaixo das cobertas na tenda vermelha. Eu sussurrava com ele do almoxarifado do trabalho. Era como se eu estivesse na escola novamente, quando descobri o telefone, e nunca mais quis desligar.

Parecia tão fácil me abrir com ele quando eu tinha que lidar apenas com a sua voz, quando a realidade física e a idade dele não estavam visíveis. E sendo também apenas uma voz, parecia de alguma forma que eu era uma versão mais verdadeira e atemporal de mim.

Eu ficaria satisfeita em continuar com a nossa relação pelo telefone, mas, inevitavelmente, ele quis me encontrar. Ele sugeriu um lugar, mas eu tinha receio de que nosso romance embrionário não sobreviveria a outra noite de danças sensuais ou algo equivalente. Então, me ofereci para fazer um jantar. Aquela noite com Lindsay tinha despertado meus instintos culinários, e eu sabia, melhor do que qualquer outra coisa, que o processo iria me ajudar a relaxar.

Ele me garantiu que o lugar que sublocava no Brooklyn tinha uma cozinha decente e, ao menos para ele, totalmente equipada com panelas e frigideiras — embora ele nunca tenha, na verdade, tentado preparar algo mais elaborado do que ravióli congelado.

Saí para fazer as compras no sábado ao meio-dia, seis horas inteiras antes do horário que marquei para chegar à casa de Josh. A cidade parecia tão quieta, todo o gelo derretera e a temperatura não estava mais tão congelante. Meu relógio interno não se movia mais ao ritmo do calendário escolar, mas me dei conta de que deveria ser o início da President's Week, um período em que sempre tirávamos férias em família. Mas era inevitável: se tivéssemos ido esquiar, estava tão quente que a neve teria se transformado em lama; e se tivéssemos ido para o sul, estaria tão frio quanto em casa.

Não era a minha casa mais, disse com firmeza a mim mesma, ao menos não agora. Na verdade, a vizinhança do loft de Maggie em Lower East Side começava a me fazer sentir, mais do que eu poderia imaginar, cada vez mais em casa. Criei minha própria rotina pela manhã e à noite, e havia uma simpática pequena comunidade de vendedores de lojas e funcionários de restaurantes com quem batia papo — o albanês alto que começava a preparar meu cappuccino com leite desnatado, sem canela, dois minutos antes da hora que eu costumava chegar ao seu café todas as manhãs; o balconista da deli Katz que sabia exatamente como preparar o sanduíche de pastrami com o qual de vez em quando eu me presenteava; a pequena e eternamente ocupada mulher da barraca de legumes; e a garçonete do restaurante onde fomos na noite do Ano-Novo, que tinha acabado de fazer uma ponta em um comercial de absorvente interno.

Hoje era uma chance de expandir meu raio de ação. Parei no açougue à moda antiga, que estava sempre fechado na hora em que eu chegava do trabalho, como se ele não quisesse negociar com mulheres que trabalhavam fora. Mas hoje, o homem cortês atrás do balcão conversou demoradamente comigo sobre as variadas opções para assado — Josh me garantiu que ele comeria com prazer qualquer coisa que eu quisesse cozinhar — e, então, meticulosamente cortou a gordura do pernil de cordeiro que me ajudou a escolher. Na padaria chinesa, comprei dois bolinhos recheados com porco, e um quarteirão depois, na padaria italiana, não consegui resistir a um belo pão de semolina, tão quente, crocante e cheiroso que arranquei um pedaço e comi enquanto andava pela rua.

As calçadas estavam molhadas, e o sol refletia quente em meu rosto. Quando Maggie se mudou para o Lower East Side, todas as lojas eram hassídicas e fechavam aos sábados. E, por um tempo, quando o crack fez sua primeira aparição, o bairro se tornou tão perigoso que era assustador simplesmente caminhar pelas ruas, mesmo à luz do dia. Agora, havia uma nova geração de vida nas ruas: restaurantes e bares excelentes; um café, cujo dono era um astro do rock, oferecia uma variedade enorme de chás; uma loja de tênis que atraía famílias inteiras do subúrbio e que mantinha as mercadorias mais caras trancadas em caixas grossas de acrílico, como se fossem o diamante Hope. Continuei passeando pela rua. Tudo o que eu comprara estava em uma mochila, assim minhas mãos ficaram livres para avaliar maçãs na barraca de frutas, carregar um cappuccino e comprar uma blusa que acabei vestindo na própria loja.

Ao chegar à entrada do metrô, decidi, no ímpeto, seguir até a rua 14 e ver o que eu conseguia encontrar no mercado orgânico da Union Square. Eu ainda achava incrível o fato de esse mercado de produtores ao ar livre funcionar o ano todo. Se eu fechasse os olhos, bloqueando a visão das árvores sem folhas e dos vendedores e consumidores com golas altas e casacos pesados, quase poderia imaginar que era primavera. Comprei pastinaca e cenoura para um purê, maçãs e pêssegos para fazer uma torta.

Minha mochila estava cheia e eu carregava uma bolsa em cada mão no momento em que me pus a caminho da casa de Josh no Brooklyn. Fiquei tão entretida nas compras que quase esqueci o porquê delas, o que essa noite poderia significar, só enquanto caminhava em direção ao prédio dele, olhando as placas das ruas e endereços, que eu me lembrei de ficar nervosa.

— Você ainda está no controle da situação — me disse Maggie. — Essa é a era da AIDS. As pessoas não transam mais no primeiro encontro.

— É nosso segundo encontro — observei. — Ou talvez, se você levar em consideração o Ano-Novo e também a noite em que eu o deixei plantado no bar, esse é o encontro Dois e Meio. Além do mais, é também a era do *Sex and the City*.

— Ah — exclamou Maggie. — Você está certa. Obviamente está na hora de trepar até cansar.

Eu estava argumentando a favor do "trepar até cansar"?

Não tinha consciência daquilo. Na verdade, se eu me permitisse apenas pensar em trepar até cansar, eu iria querer largar as compras na rua e levar meu traseiro (nota para mim mesma: não falar "levar o traseiro" se quiser que pensem que você tem menos de 40) de volta a Nova Jersey.

Era só um jantar, disse a mim mesma, no ritmo dos meus passos. Um mero pernil de cordeiro.

Josh tinha me falado que sublocava seu apartamento de um músico, e, por isso, quando ele abriu a porta, não esperava encontrar o elegante espaço atrás dele. Era mais um loft do que um apartamento, quase tão grande quanto o de Maggie, e quase tão sem móveis também, mas de uma maneira diferente. Tudo era elegante e moderno: um sofá cinza-carvão com estrutura de aço em frente a uma enorme TV de tela plana, uma mesa de jantar retangular preta com pés de rodinha, e no canto mais afastado, uma cama tão plana e ampla quanto um campo, coberta com roupa de cama tão macia e branca quanto neve.

Rapidamente, desviei meus olhos da cama para a imensa parede lotada de equipamentos de gravação e o que eu imaginei serem os computadores e monitores de Josh, alto-falantes nos quatro cantos do teto, e milhares de discos e CDs nas prateleiras.

— Que tipo de música você gosta? — perguntou Josh.
— Tem de tudo aqui.

— Ah, sei lá — respondi. — Onde posso colocar as compras?

Eu queria de qualquer forma evitar a pergunta sobre música. Eu realmente não conhecia nenhum tipo de música que tivesse sido lançada depois dos anos 1970, início dos 1980, no máximo. Depois disso, eu fiquei muito ocupada sendo mãe, e quando Diana tinha idade suficiente para se interessar por música, comprei um walkman para ela e assim eu não precisava ouvir. Sting era minha ideia de um músico novo. Elvis Costello, alguém extremamente moderno. Melhor ainda, eu gostava das músicas que eu ouvia nas festinhas do ensino médio e na faculdade, músicas da Motown principalmente.

Josh me levou até a pequena cozinha, toda de aço inoxidável, que parecia o tipo de lugar onde se poderia descobrir a cura para o câncer. Provavelmente, ela raramente era maculada por coisas tão plebeias quanto carne crua ou cenouras cobertas de terra. Apoiei os sacos de compras e comecei a desempacotar tudo, olhando em volta e pensando onde poderia estar a tábua de corte, tentando distrair a mim mesma do medo de derreter em uma poça do meu próprio suor de nervoso.

— Vem — disse ele, deslizando a mão pelo meu quadril. — Vamos dançar.

Ri, talvez como uma menina.

— Mas não está tocando música — constatei.

— Não precisamos de música.

Ele me puxou para perto, um braço em volta das minhas costas, o outro segurando minha mão perto do seu coração. Era a maneira como as pessoas dançavam em casamentos, o que pelo menos era algo que eu sabia fazer.

— Vamos — murmurou ele em meu ouvido —, me fale o tipo de música que você gosta.

— Martha Vandella — revelei finalmente. — Marvin Gaye.

Estava bom, dançando em silêncio. Gostava de balançar com seus braços em volta de mim, repousando minha bochecha no algodão macio que cobria seu ombro enorme.

— Ah — comentou ele. — As velharias.

Parei de me mover. Ele riu.

— Não se preocupe — disse ele. — O cara que me alugou este lugar tem de tudo. Está organizado em ordem cronológica.

Ele foi até uma das estantes com CDs e se esticou até a prateleira do alto, o que calculei que fosse algo do início dos tempos — mas não *bem* do início, fiquei aliviada. Imaginei que havia algumas gravações de Billie Holiday e Elvis Presley ali antes disso.

— Acho que você vai gostar desse aqui — disse Josh, pegando um disco. — Um dos meus preferidos.

Era "You Send Me" de Sam Cooke.

Ele me apertou mais ainda quando começamos a dançar de novo. Senti algo cutucando meu quadril e percebi que era ele, ficando excitado. Eu não estava mais pensando nas compras.

Infelizmente, eu estava pensando em algo ainda menos romântico. Estava me lembrando do professor visitante com quem eu dormira em Mount Holyoke, o poeta que tinha 40 e muitos anos quando eu mal havia completado 20, em como sua pele era flácida quando comparada a dos poucos garotos com quem eu tinha transado. Ele parecia, de alguma forma, *gasto*, como uma velha camisa.

Fiquei apavorada com a ideia de que Josh pudesse se sentir daquela forma em relação a mim, adivinharia, assim que eu estivesse nua na cama com ele, pela aparência da minha pele ou pelo meu cheiro, que eu era mais velha — muito mais velha — do que ele achava que eu era.

Ele tirou a camiseta.

— Hum, não vai dar — falei.

Ele me encarou.

— Desculpe — falei. — Não é você.

Como os meninos sempre diziam: não é você, sou eu. Tirando que, neste caso, era verdade.

A música continuava tocando, mas tínhamos parado de dançar. Coloquei a mão em seu ombro, tão forte, tão firme. Não consegui resistir em deslizar minha mão por ele, até a borda encurvada como a beira de uma queda d'água, e então descendo pela maciez de seu bíceps. Continuei trilhando minha mão por seu peitoral até seu mamilo, duro como uma pedra. Cheguei mais perto dele e o beijei ali, movendo minha língua para sentir sua rigidez.

Ele gemeu.

— Alice — disse ele. — Isso é muito difícil.

Desci minha mão por seu abdômen liso, abri seu jeans com um estalo e toquei seu pênis.

— É muito difícil para mim também.

Ele segurou minha mão.

— Por favor — disse ele.

Afastei minha mão e empurrei sua calça até o joelho. Ele a tirou. Não estava usando qualquer roupa de baixo. A música de Sam Cooke tinha terminado, e algo que eu não conhecia estava tocando. Eu me ajoelhei na frente dele e coloquei seu pênis em minha boca. Era algo que eu não me lembrava de ter tido vontade de fazer antes, mas queria fazer agora. Talvez porque fosse uma maneira de tê-lo sem ter de tirar minhas roupas.

— Ahhh— sussurrou ele, enfiando os dedos no meu cabelo e arqueando as costas para que seu membro entrasse mais profundamente em minha boca. — Quero ver você, Alice.

Eu parei e olhei para cima.

— Vamos só fazer isso — declarei.

— Poxa — disse ele, me puxando para cima. — Por favor.

Fiquei de pé, e ele começou a desabotoar minha blusa nova, os botões dificultando seu trabalho de passar pelas casas, até que ele a puxou pelos meus ombros, chegando até meu sutiã, envolvendo meus seios em suas mãos. Depois ele abriu minha calça e a empurrou para baixo da mesma maneira como eu tinha arrancado a dele. Eu usava uma calcinha de algodão preta, que não era nova. Ele pareceu sorrir quando a viu, e daí deslizou a mão por dentro dela e enfiou seu dedo em mim, não parecendo se importar nem um pouco com a quantidade de pelos que encontrou ali.

— Ahhh — eu disse.

— Isso — murmurou ele, pressionando-o com mais intensidade. — Ahh.

— Ahhhh.

Achei que eu pudesse ter meu primeiro orgasmo com outra pessoa antes mesmo de começar o sexo propriamente dito.

— Deixa eu tirar o resto da minha roupa — falei.

— Eu faço isso para você.

Fiquei parada ali como uma criança, com os braços erguidos longe da lateral do meu corpo enquanto ele tirava a blusa e a calça, enquanto abria meu sutiã e descia a minha calcinha. Das profundezas da minha mente veio a lembrança de que eu estava nervosa com o fato de ele me ver sem roupas, mas meu desejo por ele imediatamente foi maior que minha ansiedade.

Da mesma forma, ficou claro que ele também estava muito excitado para notar qualquer coisa além do fato de eu estar nua na frente dele e que nós estávamos prestes a transar. Josh pegou na minha mão e me puxou até o aparelho de CD, o qual desligou e me levou para a enorme cama branca.

Ele me deitou na cama, pressionando sua boca em cada um dos meus seios e depois entre as minhas pernas. Eu poderia dançar ao ritmo das batidas do meu coração. Nunca me sentira daquela forma antes, sinceramente. Na minha lembrança dos últimos anos, minha vida sexual com Gary tinha sido rotineira e sem entusiasmo, um almoço ocasional com um colega chato. Os meses na cama com minhas tentativas de engravidar e então meses me recuperando das perdas, os anos com uma criança pequena e depois uma adolescente curiosa — tudo isso tinha cobrado seu preço. E antes disso, com Gary e os outros poucos amantes que eu tivera na faculdade, o problema tinha sido só meu. Eu me lembrava da excitação do beijo, o entusiasmo em me despir, e depois perdendo o interesse quando não passava de um determinado ponto. Esperando que ele gozasse, e então sentindo como se eu nunca fosse conseguir.

Agora eu me sentia dominada por minha excitação, perdendo toda a consciência de mim mesma e do que estava fazendo. Será que ele parecia tão diferente porque não era Gary ou porque era tão jovem e tão forte, tão ardente? Quem se importava? Era incrível que quanto mais forte e ardente ele fosse, com mais força e ardência eu sentia cada momento. Todo aquele exercício — tinha feito mais algumas aulas de Krav Maga com Lindsay e estava de volta à academia, correndo na esteira e levantando pesos — abasteceu minha energia naquele momento, e eu sentia que poderia continuar fazendo aquilo a noite toda. Em um determinado momento, pareceu que ele tinha gozado, mas isso não o fez diminuir o ritmo. Ele deitou-se de costas com os olhos fechados enquanto eu vagarosamente montava nele, e então recomeçou.

Eu queria falar com alguém depois. Eu queria perguntar: era assim para você? Pensava em todas as mulheres que conheci, minhas velhas amigas de Homewood, Elaine e Lori, minhas vizinhas e as mães dos amigos de Diana, até mesmo Maggie, até mesmo Lindsay, e eu não conseguia imaginar que elas se sentiam assim em relação ao sexo. Se elas se sentissem, fariam isso o tempo todo. Estariam agarrando homens — ou mulheres, no caso de Maggie — na rua e fazendo isso sempre que tivessem chance.

Mas talvez eu estivesse me sentindo assim porque já fazia muito tempo. Porque tinha sido, pensei comigo, uma eternidade. Eu era uma virgem de 44 anos, pensei. Uma virgem de 44 anos que sabia toda a mecânica de cor.

— Foi incrível — comentou Josh.

Olhei para ele surpresa. Quase me esquecera de que ele estava ali.

— Sério? — quis saber. — Foi bom para você também?

— É claro. — Ele sorriu, virando-se de lado e passando a ponta dos dedos suavemente pelo meu torso. — Você é incrível.

— Sou? — indagou.

Ele concordou, sério.

— Parece que você realmente gosta de sexo.

— E todo mundo não gosta? — perguntei, realmente acreditando naquilo. Todas as mulheres não gostavam de sexo? Pois eu achava que provavelmente só a minha geração tinha tido tanto problema para começar. As garotas de hoje em dia, com as revistas, com os manuais, com *Sex and the City*, pareciam ter mais facilidade.

— Nem tanto — respondeu ele. — Você é diferente.

— Você também é diferente— falei.

Ele era diferente de Gary, claro, e de Thad, de todos aqueles homens que viviam com seus próprios egos. E ele era diferente dos garotos jovens sonhadores com que eu saíra na faculdade também: menos galante e mais interessado na minha vida, menos metido a macho e mais disposto a permitir que eu conduzisse as coisas. Ele era, me dei conta neste momento, o que eu sempre desejara que um homem fosse, na época em que eu sonhava com um Príncipe Encantado. Muito parecido com o que imaginei que Gary fosse quando estava cega de amor.

Ou talvez Gary fosse realmente mais assim naquela época, quando estava estudando na Inglaterra e escrevia poesia. Seus poemas eram lindos e ele levava a poesia muito a sério, sua busca pela beleza e pela verdade. No início do nosso casamento, eu voltava para nosso minúsculo apartamento, durante minha primeira passagem pela Gentility, e encontrava Gary encarando boquiaberto, e sem realmente ver, a parede, ou às vezes com lágrimas rolando por seu rosto, imerso em seus sentimentos e em suas palavras.

— Posso te fazer uma pergunta? — indagou Josh.

Ele não estava realmente olhando para mim, observei.

— Claro.

— Quantos anos você tem?

Parei de respirar. Ele sabia. Ele tinha adivinhado. Ele podia ver em minha pele enrugada, em minha barriga, em minhas coxas.

Hesitei por um momento, tentando adivinhar o que eu queria mais: falar a verdade ou continuar fazendo com que ele me quisesse.

— Sou mais velha do que você.

— Era o que eu pensava — disse ele.

Fiquei aliviada, agora que isso estava dito. Fiquei feliz que ele tivesse tocado no assunto, porque obviamente eu era muito covarde para fazê-lo. E quando soubesse toda a verdade, fiquei pensando, ele iria embora? Mas era melhor esclarecer tudo agora.

— Sério? — falei. — Quanto você tem, 25?

— Na mosca. — Ele sorriu. — Como você adivinhou?

— Sorte — respondi. — É a idade da Lindsay também.

— Calculei que eu e ela tínhamos mais ou menos a mesma idade — disse Josh. E então ele riu, seus olhos dançando.
— Embora tenha calculado pelo menos 58 para Thad.

E, então, tive que perguntar:

— Quantos anos você acha que eu tenho?

Por favor, pensei. Não deixe que ele diga mais de 40. Embora eu realmente pretendesse contar a verdade a ele.

Ele fez uma careta e eu prendi a respiração.

— Eu diria que você tem... 29 — falou finalmente.

Capítulo 11

Teri chegou alguns minutos mais cedo no escritório, apertando um copo do Starbucks tão grande quanto um vaso em sua mão, com luva preta. Eu estava lá já fazia uma hora, trabalhando, como tinha se tornado um hábito meu, no meu projeto para os clássicos, rascunhando ideias para uma nova linha de capa. Assim que vi Teri, dobrei meu braço em cima do caderno, exatamente como costumava fazer quando Bobby Mahoney tentava copiar meus cartões do dia dos namorados.

— O que você está fazendo? — indagou Teri, parando completamente e deslizando os enormes óculos escuros — no pequeno rosto pontudo, eles faziam com que ela parecesse um alienígena — pelo nariz marcante.

— Ah — respondi. —- Só algo em que estou trabalhando.

— O que é isso? — questionou Teri, um sorriso indo e voltando de seu rosto como uma lâmpada com mau contato.

— Ainda não está pronto — declarei. — Quero finalizar tudo antes de apresentar a você.

Lindsay tinha me aconselhado a esboçar minha ideia por escrito e dá-la a Teri em um memorando. Dessa forma, disse Lindsay, ela teria ao menos que me dar crédito pelo que estava documentado como meu.

— Deixe-me ver o que você já fez — pediu Teri, largando sua pasta e indo em direção à minha mesa.

O que eu poderia fazer? Chamar a professora? Mostrei a ela meu caderno — eu queria poder levar minhas anotações todos os dias para a casa de Maggie, e, além disso, eu estava paranoica em confiar meu plano ao computador antes que eu estivesse pronta para mostrá-lo a Teri — e expliquei minha ideia em linhas gerais. Teri ouviu, não olhando mais para mim mas para o papel, concordando enquanto eu falava. Eu me senti vagamente culpada, graças à minha educação católica, por trabalhar em um projeto sem ela saber, ou talvez só estivesse com medo de que ela ficasse irritada. E ela parecia estar. Embora ela parecesse estar assim a maior parte do tempo.

— Isso pode funcionar — comentou quando terminou de ler. — Gostaria de ver isso mais detalhado.

Meu coração disparou de alívio e prazer. Eu estava finalmente no caminho certo. Minha chefe gostou da minha ideia e me deu carta branca para desenvolvê-la. Visualizei a mim mesma apresentando a ideia para a Sra. Whitney, com Lindsay e Thad dando apoio, e Teri observando com orgulho de mentora.

O que ela certamente poderia ser, agora que eu estava aberta para lhe dar uma chance. Talvez os problemas entre nós tenham sido mais culpa minha do que eu reconhecia. Eu tinha me afastado, não dividia minhas ideias com ela nem pedira que ela me falasse sobre marketing. Talvez, como Maggie observou sobre minha atitude em relação a Josh, eu estivesse sendo uma velha preconceituosa com idade, e tivesse descartado a experiência de Teri porque eu sabia que ela era bem mais nova que eu. Se Lindsay via Teri como sendo de outra geração, eu também via, mas em meu caso era uma geração mais jovem, imatura, menos criativa e menos emotiva — os garotos que se tornaram profissionais durante o boom das empresas de internet e congratulavam a si mesmos, e não à história, por isso.

Seu tempo de trabalho superava o meu em uma década, lembrei a mim mesma. Ela tinha um diploma em marketing, uma área que eu mal sabia que existia um mês antes, e ela conseguia equilibrar com sucesso uma carreira importante com uma casa cheia de crianças, algo que eu não tinha conseguido fazer. Sim, ela era durona, mas você tem que ser durona para conquistar tudo o que ela conquistou. Teri Jordan merecia meu respeito, e eu prometi que iria melhorar não só meu desempenho profissional como minha atitude.

Passei a maior parte do dia trabalhando na pilha de coisas em minha mesa, a qual Teri sempre conseguia manter cheia com projetos. Naquele dia, tripliquei meus esforços, conseguindo, na verdade, deixar o último item pronto na mesa de Teri na hora em que ela estava saindo para uma reunião com a Sra. Whitney.

— Você quer que eu faça mais alguma coisa agora? — perguntei a ela. — Se não, pensei em trabalhar um pouco no projeto dos clássicos.

— Ótima ideia — concordou Teri, desaparecendo com pressa de sua sala.

Que ótimo. Agora eu podia trabalhar no meu projeto durante as horas regulares em vez de ter que fazer isso antes de Teri chegar ao escritório pela manhã ou na casa de Maggie à noite. Poderia ser sincera sobre o que estava fazendo em vez de ficar me esgueirando e me escondendo. A nova abertura abasteceu minha energia pelo projeto em si, tanto que consegui terminar a lista dos títulos e possíveis autores para as introduções enquanto Teri ainda estava na reunião. Depois de imprimir, levei até a sala dela e coloquei na pilha de papéis que ela sempre levava para ler em casa à noite.

Foi quando eu vi o memorando que Teri tinha escrito para levar na reunião daquela tarde. Normalmente ela pedia que eu revisasse o texto e a ortografia de seus memorandos de reunião, e chegou a passar rapidamente pela minha cabeça que era estranho ela não ter pedido hoje, mas deixei para lá. Talvez ela tivesse decidido não fazer um memorando, ou talvez tivesse reparado que eu estava trabalhando muito e decidira não me incomodar.

Mas agora eu via o verdadeiro motivo para Teri não ter pedido para que eu preparasse o memorando. Lá estava, o título para o primeiro parágrafo: NOVO CONCEITO PARA A LINHA CLÁSSICA. E lá estava um esboço da minha ideia, apresentada como um trabalho exclusivo de Teri, contendo inclusive as ideias de capas nas quais eu estava trabalhando quando ela chegou pela manhã.

— O que você está fazendo na minha sala?

Era Teri, de volta da reunião. Fiquei parada ali, segurando o memorando. Mesmo sem querer, me senti ficando vermelha.

— Só estava deixando algo em sua mesa — falei, sentindo minha pele ficando ainda mais vermelha —, mas então encontrei isso.

— Você não tem o direito de ficar mexendo nos meus papéis. — Teri não estava olhando para mim. Em vez disso, ela se apressou em ir para detrás da mesa, juntando tudo em uma pilha.

— Não acredito que você apresentou a minha ideia quando eu disse que ainda não estava pronta — falei. — E você não me deu qualquer crédito.

— Eu deixei muito claro — avisou ela — que eu sou a única pessoa com ideias nesse departamento.

— Mas você não é! — exclamei, me esquecendo do que eu deveria ou não falar. — Quer dizer, essa ideia foi minha, e eu acho que mereço pelo menos parte do crédito.

— Não é assim que funciona — disse Teri.

— Mas é assim que deveria funcionar — falei.

— Escute — disse ela, finalmente me olhado. — Isso foi tudo acertado na entrevista. Eu já tive um problema com você sobre isso em seu primeiro dia de trabalho. Estou começando a achar que talvez não tenha como você ser feliz neste emprego.

Estava prestes a responder, mas fiquei paralisada, as palavras engasgadas na minha garganta. Como nós chegamos a este ponto e tão rápido? Ela estava prestes a me demitir? Tinha receio de que se fizesse essa pergunta, ela diria que sim. E aí seria o fim de tudo. E eu não iria permitir que ela se livrasse de mim tão facilmente. Eu não iria fazer aquilo comigo.

— Eu posso ser feliz neste emprego — falei por fim.

— Ótimo — disse ela, recomeçando a juntar as coisas.

— Contanto que esteja tudo claro entre nós.

— Está tudo claro.

Estava claro, pensei, que você era uma louca controladora, que fazia autopromoção. Mas não vou deixar que me vença.

— Ótimo — repetiu Teri. — Espero que esteja claro para você que é um elogio eu ter levado essas ideias a uma reunião com a Sra. Whitney.

Teri pegou o casaco pendurado no gancho e cobriu os ombros com ele, então colocou os óculos escuros, embora já estivesse quase escuro lá fora.

— Agora que sei que você é capaz de ter tantas boas ideias — comentou ela —, não espero menos do que isso de você.

— Certo.

— Eu já marquei uma reunião com a Sra. Whitney na quinta para apresentar todo o conceito, e espero que até lá você tenha um relatório pronto.

— Quinta? — grasnei.

Ela deu um tapinha no meu braço com tanto entusiasmo que fiquei com medo de que ficasse roxo.

— Tenho total confiança em você — disse ela. — Lembre-se, somos uma equipe.

— Claro, Teri — concordei enquanto ela se afastava, imaginando se seria possível processá-la por assédio espiritual. Havia alguma chance de eu continuar com meu emprego sem ter minha alma sugada por ela?

*

— Apenas não conte suas ideias a ela — aconselhou Maggie.

Ela trabalhava em uma nova escultura, só que agora tinha passado do coração de vaca encapsulado em um cubo de cimento para encravar um coração de pato em uma esfera de papel machê. Ela tinha inserido o coração de pato em uma camisinha — mais forte simbolicamente que um balão, afirmou ela, embora, como o coração em si, ninguém jamais saberia que estava ali —, enchido a camisinha com ar e, então, passado camadas de papel machê até que tivesse criado um enorme globo.

— Eu tenho que contar — revelei arrasada. — Ela já agendou uma reunião com a Sra. Whitney para a próxima quinta, para apresentar o projeto inteiro. — Balancei a cabeça. — Achei que eu não iria durar mais de um dia quando tudo o que ela esperava de mim era uma boa xícara de café.

— Insista para participar da reunião — sugeriu Maggie.

— E, então, anunciar na frente de todos que o conceito é na verdade meu? — Balancei a cabeça em negativa. — Teri iria surtar.

— E se você deixasse de fora algumas ideias na proposta principal? — continuou Maggie. — Quero dizer, algumas das suas melhores ideias? E daí você deixaria elas escaparem na reunião como se tivesse acabado de pensar nelas?

Ela deu um passo para trás e ergueu os olhos, inspecionando o globo.

— Você fica incomodada em saber que existe muito ar em volta do coração do pato?

Dei o olhar que aquela pergunta merecia.

— Fico incomodada em saber que há um coração, ponto final — declarei. — Nada mais importa.

— Tenho receio que ele chocalhe aqui dentro — disse ela.

Não creio que um coração vivo de verdade — ou nesse caso, morto de verdade — possa chacoalhar realmente, mas em vez de debater essa hipótese, comentei que era pouco provável que alguém conseguisse balançar uma esfera tão grande quanto um Volkswagen para descobrir.

Desejei que minha mente estivesse vazia o suficiente para focar em problemas como o som emitido por corações secos de pato, mas eu estava muito distraída com minhas dúvidas sobre como lidar com Teri e sobre a reunião. Estava preocupada que não tivesse coragem para apresentar publicamente uma nova leva de ideias, já tendo experimentado a ira de Teri.

— Ela não vai atacar você na frente de todo mundo — afirmou Maggie —, e o importante é que você vai ganhar o crédito pelas suas ideias. Certifique-se de que a sua amiguinha, a editora, esteja na reunião, e o namorado chefão também. Assim você terá mais munição em seu lado caso Teri tente contra-atacar depois.

Sabia que Maggie estava certa. Se eu fosse ter sucesso, teria que engolir minha ansiedade e jogar com Teri o seu próprio jogo. Eu, finalmente, terei que ser corajosa o suficiente para agir como uma adulta.

Maggie deu alguns passos para trás e, então, se aproximou para alisar uma bolha que se formou no papel machê.

— Eu te falei? — perguntou ela. — O pessoal da adoção vietnamita vai fazer uma visita.

— Eles estão vindo aqui? — berrei. Maggie ainda tinha esperança de estar grávida, mas também estava dando continuidade ao processo de adoção, para cobrir todas as bases. — Quando?

— Em algum momento desta semana — disse ela, aplicando uma nova camada de jornal molhado. — Eles deliberadamente deixaram vago.

— O quê? — indaguei, olhando freneticamente em torno da sala. Não entendia como um espaço com tão poucos móveis conseguia parecer tão bagunçado. — Temos que arrumar esse lugar todo!

Maggie balançou a cabeça negativamente, com um elaborado ar de despreocupação.

— Está tudo bem — disse ela. — Eles só querem ver como eu vivo. Não tenho nada para esconder.

— Mas eles querem ter certeza de que esse será um bom lugar para criar uma criança — falei. — Devíamos pelos menos arrumar um pouco, tirar toda essa cola, talvez colocar um tapete.

Maggie parou de trabalhar, mantendo as mãos grudentas no ar como uma cirurgiã.

— Não tenho a menor intenção de montar um grande show — informou Maggie. — Sou uma artista, e qualquer filho que eu tenha será criado em um ambiente criativo.

— Claro — falei. — É só que...

— Não quero ser escolhida sob falsas premissas — afirmou ela.

— Certo — concordei, pensando em como uma mentirosa como eu não tinha o direito de discutir com a pureza de Maggie. — Claro.

Ela ainda mantinha as mãos para cima.

— Merda — xingou ela. — Preciso ir ao banheiro. Acho que eu devia começar a usar luvas, mas eu adoro a sensação da cola fria em minhas mãos.

Ouvi a água correndo no banheiro enquanto ela se apressava para lavar as mãos antes de usar o sanitário, e resolvi experimentar tocar na cola, que realmente era estranhamente gelada, como se tivesse saído de algum lugar das profundezas da terra. Eu desejei, com uma pontada mais aguda que eu jamais poderia prever, que eu tivesse minha própria carreira criativa, algo que só eu tivesse controle, algo que ninguém precisasse me dar e que ninguém poderia levar embora. Pensei no livro que desistira de escrever e que nunca mais havia olhado depois que o guardei no sótão. Eu desisti com tanta facilidade porque tinha muito medo de fracassar. Era algo que não podia permitir que acontecesse novamente.

— Merda — ouvi vindo do banheiro. — Merda, merda, merda.

A porta do banheiro foi escancarada, e lá estava Maggie, parecendo que iria começar a chorar, algo que eu não via acontecer desde a terceira série.

— Fiquei menstruada — disse ela.

— Ah, Deus — exclamei, ficando arrasada por ela. Ela tinha certeza de que a inseminação tinha dado certo. — Sinto muito.

— Bom, acho que agora é um bom momento para esse pessoal da adoção vir logo, né? — Ela enxugou uma lágrima incipiente no canto do olho.

— Sim — falei. — Ótimo que você tenha essa outra opção encaminhada.

E então me lembrei do que eu queria falar antes, o que estava entalado na garganta porque Maggie estava sendo tão inflexível sobre não querer mudar nada no loft para impressionar a agência de adoção. Jamais conseguiria me perdoar se eu achasse que estar morando ali fosse o motivo para Maggie não se tornar uma mãe.

— Sabe, talvez fosse melhor se eu não estivesse aqui quando o pessoal da agência de adoção vier — falei gentilmente. — Posso arrumar minhas coisas e encontrar algum lugar para ficar uns poucos dias. O que quero dizer é que parecer que outra pessoa mora aqui pode complicar um pouco as coisas para você.

Maggie me encarou.

— Mas isso seria mentir — concluiu ela finalmente.

— Não mentir — lembrei a ela. — Não pergunte, não responda.

Ela ficou me olhando fixamente por outro minuto.

— Eu não vou fazer isso — decidiu por fim. — Na verdade, vou fazer questão de contar que você mora aqui. Você é minha melhor amiga. Você é mãe. O que poderia haver de errado nisso?

Eu poderia pensar em centenas de razões, mas antes de ter a chance de começar a enumerá-las, Maggie voltou para dentro do banheiro e bateu a porta.

Capítulo 12

Eu me ofereci para ficar em casa naquela noite com Maggie, mas ela insistiu para que eu saísse, falando que poderia muito bem cuidar de sua menstruação sozinha, e, além disso, queria ficar sozinha com seu coração de pato. Embora eu não me incomodasse de passar a noite reconfortando-a, eu também estava louca para ver Josh novamente.

Nós tínhamos saído algumas vezes durante a semana, mas hoje ele iria fazer um jantar para mim. Eu estava esperando algo como salsicha e batata frita congelada, ou uma substancial tigela de chili — o tipo de coisa que Gary costumava preparar nas raras ocasiões em que cozinhava. E como depois de comprar aquilo tudo, eu acabei não cozinhando nada muito elaborado para Josh da última vez, ele não tinha um padrão alto para comparação.

Por isso fiquei surpresa e impressionada ao encontrar um prato gourmet em andamento quando cheguei à casa dele. Legumes e ervas exóticas estavam espalhados pelo balcão de aço inoxidável, e algo com um cheiro maravilhoso fervia no fogão.

— Não tinha ideia de que você sabia cozinhar — comentei, beijando o canto de sua boca. Ele obviamente estava provando seus esforços; a prévia estava uma delícia.

— Eu não sei — admitiu ele. — Liguei para minha mãe umas dez vezes hoje.

A mãe. Tinha esquecido que as pessoas têm mães — quer dizer, pessoas com quem eu estava transando. Só podia torcer para que ela fosse mais velha do que eu.

— Então, o que vamos comer? — perguntei.

— Tipo uma salada. Com, deixe-me ver, camarão, alho e legumes. E esse risoto de cogumelo, que é uma especialidade da minha mãe.

Era uma das minhas especialidades também.

— Que tal um drinque? — sugeri.

— Tenho algo melhor — disse ele, pressionando os dedos contra os lábios e fazendo um som de sucção. — Um pouco de...

Não tinha ideia do que ele estava falando, e isso deve ter ficado aparente em meu rosto.

— Comprei um pouco de erva — disse ele. — Sabe, uns baseados.

E como continuei completamente perdida, ele disse:

— Maconha.

— Ahhhh — exclamei, finalmente entendendo. — Acho que não.

Eu já tinha fumado maconha, claro. Mais ou menos da última vez que tinha tido um encontro: vinte e cinco anos atrás.

— Ah, vamos lá — insistiu ele. — No mínimo vai fazer minha comida ficar mais gostosa.

Isso realmente me deixou nervosa. Tinha boas lembranças de minhas poucas experiências com maconha, mas havia passado tantos anos alertando Diana dos perigos da droga que comecei eu mesma a acreditar neles. Poderia fazer mal aos pulmões. Poderia confundir seus pensamentos. E poderia levar a drogas mais pesadas. No final da noite, eu poderia estar embaixo da ponte de Williamsburg vendendo meu corpo por um pouco de crack.

Mas o que realmente me assustava era o que eu poderia falar para Josh sob influência da maconha. Minhas turvas lembranças de fumar incluíam declarações ultrajantes e risadas desenfreadas. Sabe-se lá o que eu poderia confessar, com todas as minhas inibições desmanteladas?

Eu estava prestes a sugerir que prepararia um ótimo martíni, mas Josh já tinha acendido o baseado. Deu uma tragada profunda e o passou para mim.

Talvez, mais do que estar com medo de me tornar uma prostituta viciada em crack, eu tinha medo de que Josh me visse como alguém que não era descolado. Aceitei o baseado e dei uma leve tragada, tentando não inalar. Josh, por sua vez, me serviu uma taça de vinho branco, e eu sentei em um banco alto perto do balcão da cozinha, bebericando o vinho enquanto ele mexia o risoto, e ficamos passando o baseado um para o outro, em uma parceria silenciosa.

Então Josh sugeriu que colocássemos música e disse que tinha algumas coisas que ele queria que eu escutasse para atualizar meu gosto por Marvin Gaye.

Olhei ceticamente.

— Não o tipo de rock que estavam tocando no bar aquela noite — falei. — Porque se for aquele...

— Não é aquilo — afirmou ele. — Você gosta de rap?

— Hummm, na verdade não. — Um Everest de maconha não me faria ser tão descolada.

— Mas se você gosta de Marvin — disse ele — e de Aretha, eu realmente acho que vai gostar disso.

Ele colocou algo para tocar que tinha um pouquinho de rap, mas muito mais de soul. "I'm going down...", uma mulher cantava, e pensei, Gata, eu sei o que você quer dizer.

Transamos. Talvez, pensei, se eu e Gary tivéssemos fumado maconha, nossa vida sexual teria sido muito melhor. Mas então eu pensei, nahhhhhh.

A jovialidade de Josh era o que me encantava mais do que qualquer outra coisa, e por isso eu me sentia como uma criança, não apenas uma jovem mulher. No meio de um beijo, de uma carícia mais apaixonada, ele falava alguma coisa que me fazia rir tanto que tínhamos que parar o que estivéssemos fazendo para que eu me deitasse de costas e gargalhasse, um prazer mais intenso do que qualquer orgasmo. A única coisa que fazíamos mais do que tocar um no outro era rir.

O risoto queimou, e decidimos abandonar os planos de um elaborado jantar à mesa e fomos comer na cama. Josh colocou a panela com o camarão e a tigela de salada diretamente em cima do lençol, me passou um garfo, e sugeriu que atacássemos. Estava delicioso, me parecia o melhor jantar que já tinha comido. De sobremesa, em vez de preparar os sundaes que ele planejara, pegávamos sorvete e cobertura de caramelo direto dos potes, e então espremíamos chantilly um dentro da boca do outro.

— Vamos jogar — sugeriu ele, depois que terminamos de comer.

— Vamos — concordei, me espreguiçando. — Que tal Palavras Cruzadas?

Ele me olhou como seu eu tivesse sugerido que jogássemos um pouco de croqué ali mesmo na cama.

— Eu tinha algo eletrônico em mente — disse ele. — Você conhece Doom?

— Não.

— Final Fantasy?

— Também não.

— Tudo bem. Só vou mostrar como se joga o jogo no qual eu estou trabalhando. Meu próprio design.

— Adoraria isso. Mas eu, na verdade, nunca joguei video game — admiti.

Não creio que ele tenha realmente entendido o que quis dizer com nunca, porque ele me entregou os controles, me deu uma explicação rápida e pareceu pensar que eu saberia o que fazer. Mas o meu patético homenzinho continuava sendo aniquilado por armas alienígenas, incapaz de esboçar a menor tentativa de reação para sair do caminho.

— Sei que você não tem irmãos — disse ele —, mas não tem amigos homens? Namorados, talvez, que tentaram ensinar você a jogar?

— Não — declarei, tentando e falhando mais uma vez em fazer com que o homenzinho pulasse por sobre uma rocha. — Nunca nem mesmo tentei jogar um desses.

Josh balançou a cabeça e pegou o controle de volta.

— Você tem que pressionar X com a mão esquerda e Seta Direita com a direita, assim — explicou ele. O homenzinho saltou habilmente no ar, para depois se deparar com outra rocha.

— Ok — falei, pegando o controle de volta. — Agora eu entendi.

O homenzinho bateu com a cabeça na rocha e, então, o jogo o evaporou completamente.

— Chega — exclamou Josh, roubando o controle de mim. — Você está banida.

Rindo, tentei agarrar o controle.

— Ah, não — disse ele, segurando o controle além do meu alcance.

Ao me esticar para apanhá-lo, ele deslizou o controle pelo chão e fechou suas mãos em volta de meus pulsos, me fazendo ir para o chão como em uma luta livre. Dei um puxão para cima com meu joelho — um golpe do Krav Maga — e consegui surpreendê-lo e fazê-lo cair para o lado, mas ele rapidamente se recuperou e me fez rolar novamente para a posição em que eu ficava com as costas no chão, montado em mim, respirando pesadamente.

— O que você tem feito todos esses anos? — perguntou ele.

Soava como uma brincadeira, mas eu sentia que levantava minha guarda. Queria contar a verdade a Josh. E tinha decidido que enquanto não pudesse contar, eu tentaria não falar absolutamente nada.

— Você sabe — falei, minha vòz suave e provocante.

— Não, eu não sei — disse ele sério. — Sei que você estudou em Mount Holyoke. Sei que passou um tempo viajando. Mas não sei por quanto tempo, ou onde você foi, ou o que você fez. E se você tem 29 anos agora, muitos anos ficam em branco.

— O que você quer saber?

— Bem, por que você tem esse nome, para começar? Alice soa tão... velho.

— Era o nome da minha avó — expliquei, aliviada por ele ter feito uma pergunta que me permitia ao mesmo tempo revelar algo sobre mim mesma e responder honestamente. — Ela era italiana, Alicea.

— Alicea. Que bonito. Talvez eu possa chamar você assim. Ou Ali. Você tem mais jeito de Ali.

Fiz cara de nojo, me lembrando do cara detestável do restaurante.

— Eu realmente prefiro Alice.

— No que você trabalhava antes de conseguir esse emprego em uma editora? — perguntou Josh, largando o controle, o rosto subitamente sério.

— Eu, na verdade, não trabalhava — confessei. — Tentei escrever um pouco, mas isso não foi para a frente.

— Então o que você fazia? — perguntou ele. — Como você se sustentava?

— Eu não me sustentava. Eu recebia dinheiro da minha... família.

— Da sua mãe.

— Minha mãe pagou a minha faculdade — contei de forma sincera. — Mas depois recebi outro dinheiro de família. — Ou seja, o dinheiro de Gary.

— Eu gostaria de conhecer a sua família — disse ele.

Eu ri, até perceber que ele estava falando sério.

— Mas eu já falei. Meu pai morreu quando eu era criança, e minha mãe se foi no verão passado. Estou basicamente por conta própria agora.

— E Maggie? — perguntou ele. — Você sempre diz que Maggie é como se fosse sua família. Por que eu não posso conhecê-la?

Na verdade, Maggie ficara curiosa para conhecer Josh também, mas eu tinha medo de que esse encontro levantasse mais questões que eu não poderia responder, com Josh se perguntando como eu era amiga de alguém "tão mais velho", e Maggie conseguindo mais material para as piadas sobre sexo com as quais ela já me provocava.

— Só acho que não é uma boa ideia — argumentei.

— Você tem vergonha de mim? — perguntou Josh.

Vergonha? Como ele poderia imaginar tal coisa? Eu queria apresentá-lo para todo mundo que conheci na minha vida inteira. Na teoria, claro.

— É claro que não — assegurei a ele.

Levantei e fui até a geladeira, de repente sedenta por uma cerveja. Talvez a visão do meu corpo nu também o distraísse.

— Por que todas essas perguntas?

— Meus pais estão me perguntando — informou ele. Podia ouvir sua respiração trêmula. — Eles querem conhecer você.

— Não! — grunhi, apertando a cerveja gelada no meu peito.

— Jesus, qual é o problema? Eles estão vindo para a cidade e querem me levar para jantar e estavam pensando se você gostaria de ir também. Nada demais.

— Ótimo — falei. — Fico feliz em saber que não é nada demais. Porque eu não quero ir.

— Por que não? Meus pais são muito legais.

Tinha certeza de que eles eram. Ele já tinha me contado que eles moravam em Fairfield, Connecticut, que seu pai era advogado do governo e que sua mãe tinha se tornado professora de jardim de infância assim que Josh e sua irmã entraram no ensino médio. Eles tinham uma velha casa — muito parecida com a minha casa em Homewood, podia apostar — e sua mãe adorava jardinagem. Tinha certeza de que ela e eu teríamos muitas coisas em comum, muito mais do que Josh algum dia poderia imaginar.

— Escute — falei para ele. — Eu realmente gosto de você. Quero estar com você. Mas pensei que o acordo era que nenhum de nós estava interessado em um relacionamento. Você vai se mudar para Tóquio, Josh. Desde o início, nós sabíamos que isso era algo temporário.

— Mas por que você precisa ficar colocando todos esses limites? Às vezes, mesmo quando estamos apenas conversando, é como se você sempre tivesse um limite do quanto você me conta, como se tivesse medo de que poderia revelar demais.

E lá estava ele, a pessoa de quem eu tinha medo o tempo todo: o garoto com um MBA de Harvard emboscando o jogador.

— Quando nos conhecemos, você falou que não queria se casar — lembrei a ele. — Que não queria levar nada nem ninguém a sério. Essa foi a única razão para que eu quisesse sair com você.

Josh me olhou como se estivesse me vendo pela primeira vez.

— Essa foi a única razão?

Peguei sua mão, suavizando as coisas.

— Não, claro que não. Claro que não foi a única razão. Eu gosto muito de você, Josh.

Se na semana passada eu me sentia com 28 ou 29 anos, hoje eu me sentia com 14.

Ele expirou pelo nariz e parecia tão vulnerável quanto um garotinho — o que não me atraía, que fique bem claro, nem um pouco. Mas eu o tinha deixado naquele estado.

— Justamente *porque* gosto muito de você é que eu quero ter certeza de que estamos de acordo sobre aonde essa relação vai chegar — tentei explicar. — Eu não quero um relacionamento sério agora. Preciso estar livre para focar minha energia no trabalho, me colocar em primeiro lugar. Não tenho feito isso faz muito tempo.

— Por que não? — perguntou Josh, me olhando com curiosidade.

Balancei a cabeça como se quisesse apagar aquela afirmação de nossa memória coletiva.

— Isso também é sobre você, Josh — lembrei a ele. — Você fez essa enorme mudança na sua vida, passou por toda a dor de romper compromissos que você tinha, para estar livre para ir para Tóquio e estudar. Essa tem que ser a sua prioridade.

— Mas eu acho que eu te...

— Para! — berrei. — Não diga isso.

— Por que não? Por que eu não posso falar isso: é o que eu sinto.

— Porque isso me assusta — admiti. A verdade. — Por que isso me faz querer fugir. — A verdade.

E justamente por ele não ter dito, eu pude ficar feliz por ele estar sentindo isso, e pude também sentir o mesmo.

Capítulo 13

Na quinta-feira pela manhã, sentei-me à minha mesa, perscrutando em torno de meu cubículo a cada minuto para confirmar se Teri não conseguira entrar furtivamente no escritório sem eu perceber. A despeito da tranquilidade de Maggie, eu estava tentando sair de sua casa ainda mais cedo do que de costume para não correr o risco de encontrar com as pessoas da adoção. Gastava o tempo trabalhando na minha proposta, a qual estava literalmente debaixo da ponta dos meus dedos, esperando pela aprovação de Teri. Eu estava contando em ter um tempo para revisar antes da reunião — não que Teri tivesse acrescentado ou mudado algo alguma vez. Ela simplesmente dava ok no meu trabalho e colocava o seu nome nele. Mas hoje, no dia da nossa grande apresentação, ela estava exatamente vinte minutos atrasada.

O telefone em minha mesa tocou, fazendo com que eu pulasse da cadeira. Fiquei aliviada, e depois alarmada, em ouvir a voz de Teri.

— Meus filhos estão gripados — informou Teri. — Todos os três.

— Mas a babá não pode cuidar deles? — perguntei. — Quer dizer, pelo menos pelo tempo suficiente para você vir para a reunião.

— A babá também está gripada.

— A babá de emergência? — arfei.

Em uma de suas aulas sobre mães que trabalham fora, Teri me dissera que o segredo era ter não apenas uma ajudante confiável com as crianças, mas um eficiente sistema de apoio, "como hospitais tem geradores de emergência para o caso de apagões ou de terremotos".

— Ela se mudou para Montana com o entregador de pizza — contou Teri. — Mas isso não vem ao caso. A questão é que eu não vou.

— Mas a reunião... — argumentei.

— Temos que marcar uma nova data. Ou adiar.

— Tudo bem — concordei afobada. — O que devo dizer para a Sra. Whitney?

— Diga a ela... merda — xingou Teri. — Isso é um problema, não uma solução. Ela não vai gostar disso.

— Não, não vai — concordei.

Senti minha mente engatando o modo solucionador-de-problemas que eu aperfeiçoara durante os anos cuidando de casa e de uma criança. Forno quebrado/jantar queimado/parecer de livro para amanhã de manhã? Não importava o quão atemorizante fosse a combinação de problemas, eu sempre conseguia pensar em uma dúzia de soluções.

A questão, neste momento, é que eu não tinha certeza de qual era o problema. Como cancelar a reunião sem deixar a Sra. Whitney irritada? Como arranjar alguém para cuidar das crianças e fazer com que Teri possa vir à reunião? Ou como conduzir uma reunião sem Teri? O que, estava começando a ficar claro para mim, poderia significar que eu não tinha um problema no fim das contas.

— Eu poderia falar em particular com a assistente da Sra. Whitney, talvez a Sra. Whitney nem esteja sabendo dessa reunião e nem perceba se mudarmos a data — sugeri.

— A Sra. Whitney me disse ontem o quanto estava ansiosa para ouvir meu plano — informou Teri.

Meu plano, disse ela, não nosso plano, jamais *seu* plano. Dane-se ela, pensei. Ela não estar ali era a melhor coisa que poderia ter acontecido comigo. Irei à reunião e farei a apresentação, me dando total crédito, sem ter que sofrer com seus olhares de raiva.

Mas assim que esses pensamentos cruzaram minha mente, uma pontada de culpa atravessou meu coração. Não era culpa de Teri que seus filhos tivessem ficado doentes, que sua babá estivesse impossibilitada também. Na verdade, pela primeira vez, ela parecia falível, simpática — absolutamente humana.

Eu realmente queria dizer o que estava pensando em dizer? Ela não merecia isso. Por outro lado, era a coisa certa a fazer, a coisa que, se eu tivesse conquistado uma posição como a de Teri, gostaria que minha assistente fizesse por mim.

— Posso pegar o trem até aí — ofereci. — Posso cuidar das crianças para você. Eu levo o projeto comigo e você pode analisá-lo no trem para cá, e daí pode fazer a apresentação sozinha na reunião.

— De jeito nenhum — disse Teri, sem nem mesmo fazer uma pausa para considerar minha oferta. — Não existe a menor possibilidade de você dar conta de três crianças doentes.

— Sério, eu não me importo — argumentei. — Já cuidei de crianças antes, várias vezes. Cuidei dessa menininha quando ela teve gastroenterite, pneumonia, quando teve catapora, mono...

Um desfile de imagens de Diana doente, fraca e com dor, passaram pela minha mente.

— Não sei que tipo de mãe deixaria seu filho doente com uma jovem babá — declarou Teri. — Está totalmente fora de questão; você não tem noção do que fazer. Tenho mais confiança em deixar você a cargo da reunião.

— Sinceramente — tentei mais uma vez. — Posso assegurar que...

— Já me decidi — concluiu Teri. — Você vai fazer a apresentação na reunião, e apenas ignore minha ausência. Na verdade, diga a Sra. Whitney que eu deleguei esse projeto para você. Dessa forma, se fracassar, não será minha culpa.

— Mas preciso avisar... Você nem mesmo viu...

Houve um som distante de alguém fazendo esforço para vomitar, e então um grito assustador, seguido por um apressado "Ai, Deus" de Teri.

— Mande o projeto pro meu e-mail — pediu Teri. — Se eu tiver alguma alteração, envio para você. Apenas se certifique de que seja meu nome no topo daquele relatório.

E com isso ela desligou.

✤

Minhas mãos estavam molhadas de suor. Sentia cólicas. Tive que me forçar a respirar longa, profunda e conscientemente, e depois expirar. Eu estava tão nervosa, esperando por minha vez para apresentar a proposta à Sra. Whitney, que achei que eu poderia desabar em cima do braço da cadeira e vomitar.

Fique calma, disse a mim mesma. Você está esperando por este momento há mais de vinte anos. A única pessoa que conhece mais a Gentility Press do que você, a única que *acredita* mais na Gentility Press, é a própria Sra. Whitney, e ela está bem ali, esperando para ouvir você. Ela é uma mulher inteligente, é uma mulher justa. Além do mais, como eu sabia por ter dissecado o histórico dos números de vendas, ela era uma mulher desesperada, a empresa estaria à beira da falência se ninguém apresentasse uma nova estratégia de marketing, e rápido.

Eu estava convencida de que a minha ideia era a única esperança para a Gentility. Apesar de tudo, eu desejei, por um momento, que Teri estivesse ali para apoiar as ideias com sua experiência em marketing. Mas o nome dela estava na proposta, lembrei a mim mesma — apenas não estava na parte da apresentação, que era totalmente minha. Só Lindsay sabia que as ideias eram apenas minhas, e do outro lado da sala ela me deu um sorriso encorajador. Ela tinha feito um resumo para Thad do meu projeto, e até ele estava impressionado.

— Alice Green?

A Sra. Whitney olhou em volta da sala. Eu me levantei desajeitadamente.

— Estou aqui, Sra. Whitney.

Florence Whitney me olhou séria.

— Uma outra Alice Green trabalhou aqui, por pouco tempo, muitos anos atrás.

Fiquei impressionada que a diretora da empresa pudesse ter qualquer lembrança do meu nome. Senti meu rosto enrubescer.

— Garota inteligente, uma carreira brilhante à frente — falou a Sra. Whitney, continuando a me analisar. — Pelo que eu me lembro, ela saiu para ter filhos. Uma pena. — Ela pareceu meditar por um momento sobre a tragédia do parto. E depois me olhou de forma penetrante e disse: — Você lembra tanto ela que poderia ser filha dela.

Dei um sorriso aliviado.

— Bem, eu não sou.

A lembrança da Sra. Whitney do meu antigo eu de alguma forma me fez ficar mais relaxada, mais real. Eu não era alguém totalmente sem experiência, lembrei a mim mesma, alguém que estava começando. Eu vinha fazendo coisas, coisas difíceis e interessantes — incluindo a criação de uma criança, do que eu não tenho a menor vergonha — nas últimas duas décadas.

Respirando fundo mais uma vez, comecei a sentir, finalmente, que o oxigênio estava atravessando minhas células e animando meu cérebro. Andei em torno da sala, distribuindo cópias do relatório para Lindsay, Thad, o diretor comercial, a diretora de arte, a assessora de imprensa, algumas outras pessoas da equipe editorial, e para a própria Sra. Whitney.

— Este é o relatório sobre o qual Teri falou com vocês, resumindo nossas novas ideias para o marketing dos clássicos — comecei. — A última grande mudança que a Gentility fez nessa linha foi há mais de dez anos, quando Teri começou aqui e excluiu as apresentações escritas por grandes autoras feministas dos anos 1960 e 1970.

— Como eu! — A Sra. Whitney riu. — Sim, tenho receio de que nós nos tornamos peças de museu. Teri argumentou que as mulheres com quem ela tinha estudado na faculdade não pensavam mais em si mesmas como feministas. E sua geração nem ouviu falar da gente, não é mesmo, Alice?

— Eu ouvi — admiti. Embora quando tivesse mencionado *Por que os homens têm de morrer* e títulos similares para Lindsay ou Josh, o que encontrei foram expressões de não sei sobre o que você está falando.

Apoiei em uma parede um gráfico que Josh tinha me ajudado a criar no computador.

— A força da Gentility no mercado feminino sempre foi centrada nas mulheres — afirmei. — Mas nós não estamos tirando proveito do...

Parei. Eu estava colocando aquilo como um problema. Comecei novamente.

— É o momento de aproveitarmos o fenômeno recente de livros escritos e divulgados especificamente para jovens mulheres, com suas atrativas capas sensuais e narrativas espirituosas. Esses livros estão vendendo milhões de exemplares.

— Eu gosto desses números — disse o gerente comercial.

— Mas não vejo como podemos esperar fazer algo assim com Jane Austen.

— Sim, sim — concordou a Sra. Whitney impaciente.

— Onde está a solução nisso?

— Eu... nós estamos... propondo que tragamos as estrelas dessa nova geração de autoras para o nosso lado para nos ajudar a vender os clássicos, da mesma forma que fizemos com a Sra. Whitney e outras famosas escritoras da era do feminismo — expliquei. — Muitas dessas autoras são fãs de Austen, de Wharton e das Brontë, e ficariam honradas em escrever apresentações para livros como *Orgulho e preconceito* e *A idade da inocência*.

— Nós não temos dinheiro para pagar essas grandes autoras modernas — declarou um dos editores.

— Mas nós podemos oferecer a elas status — sugeriu Lindsay, ficando de pé e balançando alguns papéis. — Tenho aqui o compromisso preliminar de dez das maiores escritoras dessa geração para escrever novas apresentações para nossos clássicos. De graça.

A Sra. Whitney franziu a testa. Mas eu a conhecia suficientemente bem para saber o que aquela franzida significava: isso é interessante, mas não estou convencida de que irá funcionar.

— Também estamos trabalhando em um novo projeto de capa — interrompi. — É um caminho novo e surpreendente.

Eu havia escolhido capas que eu lembrava que minhas amigas do clube do livro tinham achado especialmente atraentes, e Lindsay me ajudara a confirmar o sucesso daqueles livros fazendo uma pesquisa do número de vendas. Eu até pedira a Maggie para fazer alguns esboços para mim — um sutiã de renda vermelho podendo ser vislumbrado em um corpete de um vestido do século XIX, um pé arqueado usando um salto agulha por debaixo da bainha de um vestido longo —, embora não estivesse segura se eu devia, na verdade, mostrá-los, pois esperava que Teri estivesse na reunião.

Agora, porém, eu ergui o primeiro desenho ainda enrolado acima da minha cabeça e deixei que ele se desdobrasse.

A sala ficou em silêncio. Como eu estava com o rosto atrás do desenho, e meus braços começavam a doer, eu não podia ver a reação das pessoas.

— Uau — exclamou a diretora de arte finalmente, levantando-se de sua cadeira e, eu podia ouvir, se dirigindo para onde eu estava. — Isso é da Maggie O'Donnell?

— É sim — afirmei. — Como você sabe?

— Eu amo o trabalho dela — disse a diretora de arte. — Tento convencê-la a fazer uma capa para mim desde que comecei a trabalhar aqui. Como você a persuadiu?

— Ela é uma velha amiga.

— Bom, estou muito impressionada — comentou a diretora de arte.

— Eu também — disse a Sra. Whitney. — Bravo, Alice.

E então ela fez a coisa mais incrível. Ela começou a aplaudir. De início, o resto da sala permaneceu em silêncio, mas então Lindsay começou a bater palmas, seguida por Thad e a diretora de arte, e depois o gerente comercial, até todos estarem acompanhando.

— Quero que todos vocês comecem a implementar as ideias da Alice o mais rápido possível — ordenou a Sra.

Whitney, ficando de pé para indicar que a reunião tinha acabado. — Quero que entrem em contato com essas autoras para escrever as apresentações, quero novas capas encomendadas para todos os livros o mais rápido possível, e quero que enviem um release para a imprensa sobre esse novo conceito assim que tudo estiver organizado.

Pigarreei para chamar a atenção.

— Lindsay trabalhou muito também — disse. — E Teri, claro. Sou parte da equipe de Teri.

A Sra. Whitney parou e me olhou diretamente nos olhos.

— Aliás, onde está Teri?

— Ela, hum, ela teve um probleminha de agenda — respondi.

— Bem, diga a ela o quanto estamos todos satisfeitos com esse conceito. Esse tipo de pensamento novo e atual é exatamente o que o nosso departamento de marketing precisa.

Fiquei emocionada. Até começar a imaginar a reação de Teri quando soubesse da reunião. Então fiquei apavorada.

Capítulo 14

Depois do trabalho, eu e Lindsay descemos e fomos para o Gilberto's comemorar o nosso sucesso. Pedimos dois drinques com champanhe, brindamos aos nossos futuros brilhantes, e depois Lindsay sugeriu que pedíssemos outra rodada.

— Não posso — revelei. — Estou indo encontrar o Josh.

Ele foi a primeira pessoa para quem liguei depois da reunião, e ele queria me levar a um lugar especial hoje à noite em homenagem à minha vitória.

— Fure com ele — sugeriu Lindsay. — Saia comigo.

— E o Thad?

— Ele viajou logo depois da reunião. Uma semana de trabalho na Califórnia — informou ela. — Vamos, essa é a nossa chance de uma supernoite só de meninas.

Eu hesitei. Certamente queria encorajar Lindsay a fazer algo independente de Thad. Mas também me sentia péssima em cancelar com Josh.

— Eu não posso simplesmente desmarcar com ele — falei. — Ele me deu muito apoio nesse projeto, fazendo todos aqueles gráficos para mim, realmente me ajudando a entender como mexer neles.

— Achei que não era sério com esse cara.
— Não é. Mas eu gosto dele de verdade. Quer dizer, eu gosto muito, muito dele.
— Mas você não quer se casar com ele.
Balancei a cabeça com firmeza.
— Não.
— Nunca.
— Não.
— Então você se vê, tipo, morando com ele para sempre, como Goldie Hawn e Kurt Russell, ou algo do gênero?
— Ele vai para o Japão daqui a uns meses, e eu não tenho nenhuma intenção em deixar nossa relação se arrastar depois disso.
— Então por que você está se sentindo culpada? — indagou Lindsay. Ela virou o segundo drinque e fez sinal para o barman. — Acho que vou mudar para apple martíni — disse ela. — E você?
— Eu definitivamente não suporto apple martíni.
— Bom, você precisa de algo para ficar mais solta. Eu não entendo você, Alice. Se não quer se comprometer com esse cara, por que está perdendo tempo sendo monogâmica com ele? Você deveria estar saindo. Se divertindo!
Tinha que admitir, ela tinha um pouco de razão.
— Sou eu que estou praticamente casada — disse Lindsay —, ao menos nos meus sonhos. Mas até ter a aliança no dedo, estou reservando meus direitos como jogadora livre.
— Jogadora livre? — Nunca ouvira Lindsay se referir a si mesma daquela forma, nem mesmo admitir que via algum atrativo no conceito.

— Ao menos na teoria — admitiu ela. — Estou cansada de Thad não me dar valor. Se ele não tivesse tanta certeza de que fico sentada em casa todas as vezes que ele viaja a trabalho, talvez me pedisse em casamento.

— Não tem nenhum motivo para você não sair — opinei.

— Você também — disse ela, pegando na minha blusa e abrindo mais dois botões. — Você não está mais no terceiro mundo.

Ela insistiu em ficar ao meu lado observando enquanto eu discava o número de Josh e falava que não poderia encontrá-lo hoje à noite, que iria sair com Lindsay. Ele foi tão compreensivo, tão doce, que me senti ainda pior por não encontrá-lo, desejando novamente que eu fosse sair com ele. Quando comecei a pedir desculpas de novo, provavelmente pela décima vez, Lindsay arrancou o telefone da minha mão.

— Não espere acordado, Joshie — disse ela, rindo no telefone e fechando-o em seguida.

— Vamos lá — falou para mim. — Vou te mostrar como se divertir de verdade.

Em vez de pedir o apple martíni no Gilberto's, Lindsay pulou do banco e foi andando na direção da porta, fazendo com que eu tivesse que correr atrás dela, e por cima do ombro ela dizia que estávamos indo para o Martini, um bar especializado em drinques. Fiquei surpresa com o quanto estava quente do lado de fora, e claro. Havia quase uma sensação de festa naquela noite, uma celebração de algo simples como ter sobrevivido a outro inverno, o que nos deixou ainda mais animadas.

Nós caminhamos por quase uma hora, rindo e nos sentindo alegres pelo sucesso de nossa apresentação. Isso *era* divertido, e fiquei feliz por ter deixado Lindsay me convencer a sair com ela. Eu estava sempre afirmando que não tinha nada sério com Josh, que a nossa relação era a curto prazo, embora eu estivesse permitindo que meus sentimentos por ele me dominassem. Como tinha sido com Gary, como tinha sido com tudo o que eu me importei em minha vida. Era bom que estivesse me forçando a ser mais independente, ousada, *desenfreada*, da maneira como jurei que seria quando desejei pela primeira vez ser mais jovem.

Finalmente, chegamos ao Martini, um bar escuro com luzes azuis e paredes curvas de aço. Do cardápio, que listava 128 tipos diferentes de martíni, Lindsay pediu para nós duas o Multa de Velocidade: vodca e uma dose gelada de espresso, servido sem bater em uma taça com a borda coberta de açúcar.

— Para dar energia! — declarou Lindsay, erguendo sua taça.

Estávamos perto do bar, cercadas por uma multidão de gente. Todas as mulheres, pelo visto, eram lindas. E todos os homens, gays.

— Qual é a dos homens aqui? — sussurrei no ouvido de Lindsay.

— Quê?

— São todos gays.

Lindsay analisou o lugar.

— Não, não são.

Olhei novamente. Vi caras vestindo camisetas pretas apertadas e calças de couro pretas, caras usando pulseiras e botas com saltos e camisas listradas brilhantes, esvoaçantes e abertas, mostrando a pele nua. Um cara vestia uma camiseta na qual se lia "Megera".

— Pra mim eles parecem gays.

— Metrossexual! — exclamou Lindsay.

Eu sabia o que era metrossexual, homens que gostavam de roupas, gastronomia, arte e compras, mas eram heterossexuais. Josh tinha os interesses e o temperamento, mas não o guarda-roupa de um metrossexual; Thad era o antimetrossexual. Mas esses caras no bar, eu estava convencida, tinham cruzado a linha para o outro lado.

— Eu não acredito em você.

— Ok — disse Lindsay. — Vou provar para você.

Eu ri.

— E como você vai fazer isso?

— Você vai ver. Quem você acha que é o cara com mais jeito de gay no bar?

Havia tantas possibilidades, mas eu finalmente me decidi por um homem louro com feições delicadas e camisa lilás.

— Boa escolha. — Lindsay sorriu com desdém. — Não vai demorar muito.

— Aonde você vai?

— Venha comigo.

Passei com dificuldade pela multidão indo atrás de Lindsay, e hesitei quando ela se aproximou do homem de camisa lilás.

— Que que isso — ouvi Lindsay falando, com um sotaque sulista que era pura encenação. — Sou mais gostosa que pãozinho quente.

Não pude deixar de revirar os olhos, mas ouvi o Camisa Lilás rindo de volta.

Lindsay continuou flertando descaradamente, e a cada vez que eu dava uma olhada em sua direção, o Camisa Lilás estava um pouco mais perto. Primeiro, ele estava apenas rindo, mas logo estava se curvando na direção dela e tocando seu ombro, depois sua cintura, e então ele pousou a mão no quadril de Lindsay e, finalmente, ele estava colado nela e começou a fazer movimentos sensuais — que eram, eu supunha, parte da coreografia — seguindo o ritmo da música da Beyoncé que tocava ao fundo.

Antes que eu pudesse fazer uma careta de nojo, Lindsay deu um beijinho no rosto do Camisa Lilás e disparou na minha direção, me pegando pelo pulso e me levando em direção à porta.

— Convencida? — perguntou Lindsay quando conseguimos chegar ao lado de fora.

— Estou. Mas talvez um daqueles outros caras fosse gay.

Lindsay balançou a cabeça em negativa. Estávamos andando depressa pela rua, passando por grupos de pessoas fumando do lado de fora dos bares.

— Você reconhece pelo jeito da pessoa — afirmou ela. — Ou até necessariamente pelo que ela faz. Não tem metrossexuais no terceiro mundo?

Eu ri.

— Vamos comer alguma coisa?

Andando pelas ruas cheias de gente, percebi que estava meio altinha não apenas por causa da bebida, mas também por não ter comido nada.

— Estamos bebendo nossas calorias hoje à noite - informou Lindsay.

— Acho que eu preciso comer alguma coisa.

— Então peça um martíni com azeitona.

Dobramos em uma rua estreita com sobrados imponentes, com fachadas pintadas de branco, cinza e rosa, e depois por outra via residencial. Estávamos indo cada vez mais para o lado oeste do Village, onde as ruas eram mais escuras e vazias. Finalmente, Lindsay pegou minha mão e me levou por uma avenida movimentada e indicou uma aglomeração de pessoas um pouco mais adiante na calçada, um quarteirão que acabava nas luzes silvantes da West Side Highway, com o rio e os rochedos, e os prédios altos de Nova Jersey ao fundo.

— Chegamos.

A única coisa que diferenciava esse prédio de tijolos vermelhos das outras fachadas vazias que devem ter sido armazéns ou fábricas no passado era a multidão de pessoas que persistia do lado de fora, e cordas vermelhas que impediam o acesso à pequena porta de metal. Cheia de confiança, Lindsay foi abrindo caminho pelas pessoas, beijou o gigantesco segurança asiático no rosto e me empurrou pela pequena porta de aço detonada. Descemos devagar uma escada pouco iluminada que dava em um porão cavernoso, lotado de pessoas dançando o que parecia ser disco music.

Eu e Maggie tínhamos assistido a *Embalos de sábado à noite* uma dezena de vezes, dançando a trilha sonora em meu quarto com todas as luzes apagadas, exceto a do globo de discoteca que tinha me custado quase vinte horas de trabalho de babá. Em Mount Holyoke, gostar de disco music era considerado altamente brega — as garotas estavam mais ligadas em Joni Mitchell e The Roches — e por isso eu mantive minha curiosidade sobre o Studio 54 e meu amor pelo Bee Gees bem escondido. E, naquele momento, quando a música me envolveu e comecei a balançar os ombros no ritmo da batida, acho que extravasei aquilo tudo.

— Night Fever! — berrei no ouvido de Lindsay.

Lindsay me olhou com uma cara estranha.

— Eu e minha amiga Maggie costumávamos ouvir isso em...

Então eu parei. Percebendo o que estava prestes a dizer, e também que não poderia dizer. E, ao mesmo tempo, comecei a suspeitar que no fim das contas a música não era Night Fever.

Lindsay pediu mais dois martínis para nós, e eu soube, assim que dei um gole, que estava prestes a cruzar a linha de estar alegremente altinha para verdadeiramente bêbada. Eu não ficava bêbada havia... quanto tempo? Desde a noite em que Gary foi embora, e antes disso, desde a minha lua de mel, bebendo margaritas o dia todo com ele enquanto nos espreguiçávamos no sol. E, antes disso, tinha sido na faculdade.

— Isso é disco music? — perguntei no ouvido de Lindsay.

— Trance — disse Lindsay.

— Só chamam de dance?

— Não, *trance*. Sabe. Trip-hop.

Encolhi os ombros e dei um grande gole no meu drinque. Lindsay dançava longe de mim e perto de uma pessoa qualquer, e comecei a dançar por um minuto com um homem alto de suéter vermelho, até fechar os olhos para dançar alegremente sozinha. Sempre gostei de dançar, mas isso nunca fora uma das especialidades de Gary, e depois, conforme Diana ficava mais velha, ela era tão implacável em criticar meu jeito de dançar que nunca mais consegui me soltar e aproveitar, mesmo quando estava sozinha.

Eu estava curtindo agora, no escuro com as luzes pulsando, a massa de corpos em volta de mim. Eu sabia que todos ali eram mais jovens e bonitos do que eu, mas em vez de isso fazer com que me sentisse mal, fez com que me sentisse livre. Antes de Maggie fazer a minha transformação, passei por um momento libertador em que pude ser abertamente uma mulher de meia-idade, que ninguém nunca notava. Só agora que voltei a ser notada por causa da minha aparência, passei a apreciar totalmente a qualidade libertadora de ser invisível. Mas neste lugar, eu não era especial, invisível mais uma vez — o que poderia ser algo ruim se eu estivesse procurando por sexo, mas era ótimo para dançar.

— Hora do martíni! — cantou Lindsay em meu ouvido.

Fomos nos acotovelando de volta até o bar e pedimos mais drinques. O lugar estava definitivamente começando a girar. E, então, eu notei algo que não tinha visto antes.

— Tudo bem — falei para Lindsay, apontando para os casais de mulheres agrupados em volta do bar, trocando carícias. — É algum tipo de piada?

— Do que você está falando?

— Agora *este* é um bar gay! — afirmei.

— Não, não é — contrariou Lindsay, parecendo bem séria.

— Qual é — fiz um gesto na direção das mulheres se beijando. — Não estamos mais falando sobre roupas aqui. Isso é ação de verdade!

— Ah, elas? — comentou Lindsay. — Elas não são gays.

— Como assim?

— Por onde você andou? Isso é só curtição. Até mesmo as pró-virgindade curtem.

Agora eu estava totalmente perdida.

— Pró-virgindade?

— As garotas que estudaram comigo na universidade em Nashville e usavam anéis para mostrar que permaneceriam virgens até o casamento. Até elas iam aos bares e davam uns amassos nas amigas.

Fiz a única pergunta que fazia sentido para mim.

— Por quê?

— Ah, você sabe, é "ousado" — disse Lindsay, fazendo pequenos sinais de aspas com as mãos. — E é seguro.

— Não consigo entender — comentei, olhando com espanto para as lindas mulheres ali. Isso era definitivamente um novo patamar no LAF — Lésbicas Até a Formatura — de Mount Holyoke. Fiquei pensando se Maggie sabia sobre isso e, se sim, por que ela própria não estava aqui em ação. Ou talvez você não pudesse participar se *fosse* gay de verdade?

— É divertido — exclamou Lindsay. — Olha só.

Mas em vez de fazer algo, como tinha feito antes, que eu pudesse observar, ela se inclinou na minha direção e me beijou. Na boca. De língua.

Fiquei completamente chocada, e meu primeiro impulso foi empurrá-la. Mas eu também estava inegavelmente excitada.

— Nunca beijou uma garota antes? — perguntou Lindsay, quando finalmente parou para respirar.

Tudo o que eu consegui fazer foi balançar minha cabeça em negativa. Claro que eu já tinha visto Maggie beijando. E garotas na universidade. Mas eu sempre fui certinha demais — certinha em todos os sentidos da palavra — para isso.

— É bom, né? — comentou Lindsay. — Delicado.

E Lindsay se aproximou de novo. Sim, delicado era a palavra, seus lábios eram mais macios que os de Josh, sua língua tão pequena e rápida. Podia sentir os seios dela tocando os meus, seu longo cabelo com cheiro adocicado em minha bochecha, sua mão pequena no meu quadril. Eu gostava daquilo, realmente gostava, mas tinha que me forçar a esquecer que era Lindsay quem eu estava beijando — não exatamente porque Lindsay era uma garota, mas porque ela era minha amiga. Era como se estivesse jogando Salada Mista no oitavo ano, fechando os olhos bem apertados para que pudesse me concentrar no beijo e bloquear o fato de que era Tommy DiMatteo, que morava algumas casas adiante e se sentava na minha frente na aula de matemática, quem eu estava beijando.

Quando finalmente nos separamos, havia dois homens parados ao nosso lado, assistindo. Eu me afastei, odiando a ideia de que tínhamos sem querer proporcionado um show para esses caras. Estava prestes a gesticular para Lindsay que devíamos ir para o outro lado do bar quando ela, para minha perplexidade, começou a conversar com um deles.

Eles conversavam dançando; o mais bonito dos dois era todo sorrisos para Lindsay, e o outro ficava me avaliando como se estivesse tentando decidir se eu valia a pena, já que obviamente nós dois tínhamos sobrado. Uma nova taça de martíni apareceu na minha frente, e os homens ergueram as suas em um brinde. Lindsay dava gargalhadas altas, e se curvou para a frente enquanto o homem mais bonito falava algo em seu ouvido. Ela assentiu, e os dois começaram a se afastar, mas então ela se virou e fez um sinal para que eu os seguisse.

Havia uma cabine oval na parte de trás do bar, perto dos banheiros, e estava totalmente lotada. O homem mais bonito retirou discretamente um papelote dobrado do bolso da frente de seus jeans, abriu-o e tirou um saquinho de plástico. Dentro do saquinho, eu podia ver pedaços de algo branco, como açúcar que ficou do lado de fora durante um período chuvoso. Ele despejou um dos pedaços no verso de um cartão de crédito e começou a cortá-lo com uma lâmina que ele desdobrou de um pequeno canivete suíço que pendia em seu chaveiro.

— Isso é cocaína? — arfei.

— Ssssshhh — os outros três falaram em uníssono.

— Temos que sair daqui — falei para Lindsay.

— Eu quero fazer isso — afirmou ela.

O homem mais bonito enrolou uma nota de um dólar e passou-a para Lindsay, que habilmente cheirou uma carreira de pó.

— Chega — falei, puxando Lindsay pelo braço. — Temos que ir.

Eu, na verdade, tinha experimentado cocaína, no início dos anos 1980, em uma boate em Londres algumas noites antes de conhecer Gary. Tinha sido divertido, eu me lembrava; tinha feito com que eu me sentisse maravilhosa, até que acordei na cama com alguém que fedia tanto que achei que poderia vomitar. Então eu conheci Gary, rapidamente nos apaixonamos, e percebi, para meu enorme alívio, que um futuro seguro e feliz se desenhava à minha frente, e a lembrança da cocaína para mim estava ligada a um mundo perigoso do qual eu tinha tido sorte de escapar.

Agora, o homem mais bonito estava cheirando a sua própria carreira, e ele passou a nota enrolada para o amigo. Depois se curvou e beijou Lindsay, que levou a mão dele diretamente para seu seio.

— Lindsay — repeti, com mais insistência.

Lindsay continuou beijando o cara, e seu amigo ficou me olhando. Se ele tentasse qualquer coisa daquilo comigo, eu arrancaria sua traqueia com as minhas unhas. Acho até que eu curtiria fazer isso.

Josh, pensei. Tudo o que eu queria era Josh.

— Lindsay — chamei, puxando seu braço agora, ficando de pé para conseguir impulso para arrastá-la para fora da cabine. O homem mais bonito tentou segurar o outro braço de Lindsay, mas eu lancei um olhar ameaçador para ele, mantendo a imagem de arrancar a traqueia em minha mente como tinha aprendido na aula de Krav Maga.

— Solte-a agora mesmo — disse com a voz firme que usava quando queria que minha filha soubesse que eu realmente estava falando sério — ou vou arrancar suas bolas.

Ele a largou imediatamente, e Lindsay, rindo loucamente, caiu longe dele, se jogando no colo do amigo, que colocou o braço em volta dela.

— Hora de ir embora — declarei.

— Eu não quero ir para casa — disse Lindsay.

Deliberadamente, ela se virou de costas para mim e então, para meu espanto, começou a beijar o segundo cara. O amigo mais bonito sorriu com desdém para mim e deslizou pelo sofá de forma a apertar seu corpo contra as costas de Lindsay, pegando em seus seios enquanto ela beijava o amigo.

— Lindsay — chamei alto. — Temos que ir agora.

Lindsay me olhou com olhos de bêbada.

— Me deixa em paz — disse ela. — Você não é a minha mãe.

Eu queria sair dali logo, mas não podia abandoná-la. Fiquei no bar, bebendo club soda e observando. Pelo menos ela não estava mais sendo o recheio de um sanduíche para os dois esquisitos, embora ainda estivesse ficando com o homem mais bonito. Ela também sabia que eu estava ali. Quando saiu do bar com ele, olhou na minha direção, mas rapidamente desviou o olhar.

Assim que consegui sair de lá atrás deles, eles já tinham sumido. Fiquei parada por um momento respirando a fumaça dos cigarros, tentando decidir o que fazer. Finalmente, fiz sinal para um táxi e dei ao motorista o endereço de Maggie. Mas então, quando estávamos cruzando a cidade pela Houston Street, mudei de ideia e pedi ao motorista que fosse para Williamsburg. Para a casa de Josh. Ele tinha hábitos noturnos, normalmente ficava assistindo à TV ou mesmo trabalhando bem depois de eu ter ido para a cama, e subitamente senti que eu precisava vê-lo, da mesma forma como você ansiava por tomar um banho depois de ficar em um lugar cheio de fumaça e gordura.

O taxista, irritado por se sentir ludibriado em ir ao Brooklyn no meio da noite, me deixou na rua escura e zarpou dali. Esta era a diferença entre o Brooklyn e Manhattan: enquanto a rua de Maggie ficava cheia a qualquer hora do dia ou da noite, na de Josh tudo fechava à meia-noite, sem bares ou restaurantes abertos, nenhum pedestre à vista. O único movimento veio de algum lugar perto de um carro estacionado em frente ao prédio de Josh, um vulto que pensei primeiro ser de um gato, mas percebi logo em seguida, com um gritinho, que era um rato.

Corri para a porta, e apertei o interfone do apartamento dele freneticamente. Como ele não atendia, sem pensar, comecei a discar seu número em meu telefone. O rato ainda escavava algo perto do carro, provavelmente tentando comer os pneus, e eu estava com medo de que ele desse o bote em mim em seguida. Como Josh não atendeu o telefone também, comecei a pensar que ele tivesse saído. Conhecido alguém. Não tivesse voltado para casa.

Com cautela, dei uns passos para trás na calçada, esticando o pescoço para olhar a janela de Josh. Merda. Estava tudo escuro. Isso significava que ele realmente tinha saído, ou esta era a primeira noite em que ele dormia antes da meia-noite desde que eu o conheci.

Se houvesse táxis por perto ou se fosse mais cedo para pegar com segurança o metrô de volta para Manhattan, eu teria ido embora naquele instante. Se ele realmente tivesse saído, eu não poderia ficar ali esperando por ele até sabe-se lá que horas, e se ele estivesse dormindo, eu odiaria acordá-lo, principalmente depois de tê-lo trocado pelo meu fiasco de noite com Lindsay.

Mas não tinha saída. Toquei o interfone e liguei novamente, sem sucesso, e finalmente fui para o meio-fio, recolhi algumas pedrinhas e arremessei em sua janela berrando

— Josh! Josh!

Por fim, vi uma luz se acender em seu apartamento e ouvi o estrondo da janela sendo aberta. E depois vi a cabeça abençoada de Josh surgindo.

— Josh! — implorei. — Me deixe entrar.

Ele levou um momento, com os olhos semiabertos, para entender o que estava acontecendo. E soltou uma risadinha.

— Não acredito — disse ele. — Anda, entra.

Subi as escadas de dois em dois degraus, sem parar para respirar até que eu estivesse em segurança dentro de seu apartamento, nenhum rato à vista.

Aí me atirei em seus braços, e fiquei ali pendurada nele, me sentindo como um navio que tivesse finalmente atracado no porto. Ele me abraçou por um longo tempo, até que, por fim, me afastou e perguntou:

— O que aconteceu? A noite das meninas deu errado?

Balancei a cabeça negando, relutante em ser, de alguma forma, desleal com Lindsay, mas então assenti angustiada.

— Eu deveria estar com você.
— Deveria estar? — perguntou ele.
— Queria estar. Desejei estar.

Em seguida, ele me beijou, um beijo suave usando apenas seus lábios, e mais uma vez e outra, como os beijos que eu lembrava da escola, antes que o sexo tornasse tudo complicado. Com ele, eu me sentia em casa, e aquela casa era o único lugar onde eu queria estar. Era demais para a minha desenfreada versão jovem. O primeiro homem com quem eu tinha estado desde o meu marido com quem me casei aos 21 anos, e tudo o que eu queria era estar em casa com ele todas as noites.

Pela primeira vez, ao tirar minha roupa, deitar na cama com Josh, me enrolar nele como se fosse possível nos tornarmos um só, eu comecei a considerar que talvez a nossa relação não precisasse acabar apenas porque ele estava indo para Tóquio. Talvez eu não tivesse que colocar tantos limites nela, poderia permitir que nossos sentimentos determinassem o quanto nós nos envolveríamos. Comecei a imaginar, já que eu tinha sido bem-sucedida em desafiar o tempo, se eu poderia pensar sobre o para sempre.

Capítulo 15

Meus inquilinos estavam se mudando, de volta para sua casa recém-reformada, me obrigando a decidir mais uma vez o que fazer com minha casa. Uma opção, claro, era voltar para lá, mas o único motivo que eu via para fazer isso era se Diana voltasse para casa. Será que a minha filha tinha alguma intenção em voltar para casa? Seus e-mails e telefonemas, raros como sempre, não faziam nenhuma menção sobre o que ela estava fazendo, e eu, absorta em minha própria vida nova, tinha parado de sufocá-la.

Mas agora precisava saber. Deixei uma mensagem para ela em seu escritório de campo na África, e ela me ligou de volta três dias depois. Não, disse ela, ela não tinha planos para voltar.

— Que ótimo — comentei.

— Que *ótimo*?

— Eu quis dizer que com isso eu fico livre para alugar a casa novamente e ficar com a Maggie em Nova York.

— Parece que você quer se mudar para lá permanentemente.

— Não, não — neguei, embora, para minha surpresa, eu não achasse aquela ideia de todo ruim. — Só é mais conveniente agora. Não se apresse em voltar para casa.

— Tudo bem, eu não vou — garantiu Diana. — Na verdade, estou pensando em me candidatar para mais um ano.

Outro ano. Senti meu coração ficar apertado com a perspectiva de não ver minha filha por outro ano inteiro. Mas talvez eu conseguisse persuadi-la a vir para as festas de fim de ano. Ou talvez, agora que eu estava ganhando dinheiro, poderia até mesmo visitá-la.

— Estou feliz que as coisas estejam dando certo para você — falei, sendo sincera. — Talvez ficar outro ano seja uma boa ideia.

Durante os dias seguintes, percebi que a ideia de alugar a casa por um período mais longo ou mesmo colocá-la à venda estava crescendo cada vez mais dentro de mim. Essa ideia de ser mais jovem havia começado como uma brincadeira, um experimento de uma noite. E, então, levei o plano adiante para ver se me ajudava a conseguir um emprego, recomeçar a minha vida.

Agora tudo estava indo tão bem que eu não queria desistir daquilo. De nada daquilo. Maggie disse que embora o pessoal da adoção tenha achado curiosa a sua "combinação pouco usual" — ela fez aspas no ar quando disse essas palavras —, ela achava que a visita tinha ido bem, e eu fiquei mais à vontade para ficar no loft. E no escritório, com Teri ainda em casa — assim que seus filhos finalmente ficaram bons, ela caiu de cama com o resfriado —, meu projeto estava indo de vento em popa.

A única coisa estranha era Lindsay. Desde que nos separamos no bar, ela parecia fria comigo, embora alegasse que estava tudo bem, que só estava atolada de trabalho. Bom, eu também estava atolada. Chegando à conclusão de que Lindsay estava com vergonha pelo que tinha acontecido ou chateada por eu ter tentado dizer a ela o que fazer, decidi aproveitar a oportunidade para ficar mais na minha, me enfurnando na sala de Teri para trabalhar no projeto desde de manhã cedo até tarde da noite.

Quando não estava trabalhando, eu passava todo o tempo que podia com Josh. Sua partida para o Japão ainda estava longe o bastante para que pudéssemos relaxar e nos divertir sem nos preocuparmos que nosso tempo juntos estava para terminar.

E, afinal, por que precisava acabar? Eu começava a me perguntar isso. Quero dizer, em algum momento, é claro, eu teria de confessar, talvez, mas por que isso deveria ser em dois meses ou dois anos ou em algum período de tempo específico?

Eu tentava calcular por quanto tempo conseguiria fingir que era mais ou menos 15 anos mais jovem do que realmente era? Quando eu tivesse 50, poderia passar por 30 e muitos? Perto dos 60, poderia me passar por 40 e poucos?

Claro, eu tinha a vantagem de parecer naturalmente mais nova, mas isso não duraria para sempre. Poderia fazer exercícios o dia todo, mas as coisas um dia, por fim, cairiam. Vincos se formariam, a pele ficaria mais enrugada, as gengivas recuariam, e o cabelo ficaria mais ralo. Isso acontecia com mulheres da minha idade ou um pouco mais velhas; certamente aconteceria comigo também.

Mas havia aquele sentimento de culpa impregnado em mim. No trabalho, mesmo com Lindsay, eu dizia a mim mesma que não estava prejudicando ninguém, que meu desempenho como funcionária, mesmo como amiga, não tinha nada a ver com minha idade, real ou fictícia.

Mas com Josh a culpa era mais persistente. Nossa relação podia ter começado como um caso passageiro, e mesmo sem que nenhum de nós estivesse disposto, tinha se tornado algo maior. O sentimento que um tinha pelo outro era sério e genuíno; eu não deveria ser sincera com ele sobre a minha idade?

Suponhamos que nós decidíssemos ter um relacionamento mais longo, e eu confessasse a minha verdadeira idade, e Josh aceitasse isso. Suponhamos que eu revelasse que tenho 44 anos para todo mundo. Ainda faria sentido tentar parecer tão jovem quanto pudesse? O mundo dos negócios era, sem dúvidas, muito mais aberto para alguém que parecia jovem, e mesmo que Josh soubesse a verdade, eu iria querer parecer sua namorada, não sua mãe. Isso não significava, necessariamente, recorrer a cirurgia plástica, mas a métodos menos radicais. Cremes e esfoliações. Botox. Restylane. Luvas que davam pequenos choques em sua pele.

Ao comentar com Maggie, da forma mais casual possível, que estava pensando em testar um desses procedimentos anti-idade, ela grunhiu e cuspiu seu espresso.

— O quê?

— Não é nada demais. É completamente natural.

— Você perdeu completamente a cabeça! Por que diabos você iria querer dar um tratamento de choque no seu rosto?

— Para parecer mais nova — revelei.

— Você já parece suficientemente jovem! — exclamou Maggie. — Estou cansada disso. Quero minha amiga de volta!

— Eu estou aqui — afirmei.

— Ah, não, você não está — disse Maggie. — Não totalmente.

Aquilo me deixou espantada e me fez ficar calada. Eu não tinha ideia do que ela estava falando.

— Como eu não estou aqui para você?

— Nas pequenas coisas — explicou Maggie. — Sinto falta de você falar sobre seu jardim. Prefiro saber que suas tulipas estão crescendo a ouvir sobre algum bar estúpido em que você foi com sua coleguinha que usa fraldas ainda.

Assenti, embora não estivesse convencida. Suspeitava que Maggie achasse os dois assuntos igualmente entediantes.

— Estou com saudade de você me convidar para um belo jantar na sua casa — disse Maggie.

Isso, pelo menos, me fez rir.

— Você sabe que você nunca iria, nem uma única vez, se eu a convidasse para um belo jantar.

— Eu iria agora.

— Não, você não iria. Só está dizendo isso porque eu não moro mais lá.

De uma rua distante do apartamento de Maggie, o som de salsa chegava até onde estávamos sentadas, lado a lado na chaise, bebericando nossos espressos.

— Estava pensando... — arrisquei.

— Oh-oh.

— Meus inquilinos acabaram de se mudar — disse —, e eu fiquei pensando sobre o que queria fazer. Acho que pode ser uma boa ideia me mudar para cá. Sabe, de vez.

Ficamos em silêncio por um longo tempo, até que finalmente Maggie disse:

— Não acho que seja uma boa ideia.

— Ah — disse, sentindo meu coração ser esmagado no chão de madeira. — Claro que não. Estou enchendo sua casa, você tem seu trabalho...

— Não é isso — interrompeu Maggie. — Mas enquanto você trabalhava 16 horas por dia e passava as noites no Brooklyn, eu recebi uma notícia ruim.

— Ai, Maggie — exclamei, sentindo que ficava corada com a constatação de que, de fato, eu *tinha* ficado tão concentrada na minha própria vida que perdi completamente a noção do que estava acontecendo na dela.

— Aquele pessoal da adoção vietnamita me recusou — revelou. — Eu fracassei totalmente no dever de casa.

— Ah — disse. — Eu sinto muito, Mags.

— Não é sua culpa, você tentou me alertar. Estou me inscrevendo em outra agência agora e vou seguir o seu conselho.

— Sério? — Freneticamente, tentei buscar nos empoeirados arquivos da minha mente qual teria sido o conselho.

— Você disse que eu deveria arrumar esse lugar — me relembrou Maggie. — Adoraria que você pudesse me ajudar com isso.

— Ah — exclamei, me animando com o pensamento de trazer para o apartamento vazio de Maggie mais móveis, alguns travesseiros macios e mantas confortáveis. — É claro.

— E acho que você deveria se mudar — sugeriu Maggie. Queria que o chão se abrisse embaixo de mim.

— Não para sempre — Maggie se apressou em dizer. — Mas no fim você estava certa. Foi um problema para a primeira agência que você estivesse morando aqui.

— Oh — exclamei, ficando ainda mais vermelha.

— Se companheiros estão morando juntos, os dois precisam ser averiguados — explicou Maggie.

— Mas eu não sou...

— Dã. Mas dada a minha orientação sexual, eles não acreditaram necessariamente em mim. E parece que mesmo um casal de lésbicas que está adotando uma criança normalmente estabelece residências separadas e apenas uma delas entra com o pedido e depois a outra mãe adota a criança assim que ela passa a fazer parte da família, pois parece que é bem mais fácil desse jeito.

— Eu não tinha noção disso — confessei.

— Nem eu, até agora. Mas eu não posso me dar ao luxo de cometer os mesmos erros. Estou percebendo que preciso lidar com isso de uma forma muito inteligente — disse Maggie. — Você se incomoda?

— Não — me apressei em assegurar a ela. — Claro que não.

— Você sempre pode voltar — disse Maggie. — Depois. Embora não saiba quando.

— Óbvio — disse, minha mente girando em busca de alternativas. — É claro.

— Ei — disse Maggie. — Talvez a gente possa ir a Nova Jersey esse fim de semana e pegar algumas coisas para ajeitar esse lugar. Você tem algo que possa fazer o apartamento parecer mais, sabe, normal?

Bem, pensei, o que *não* faria? Para começar, o loft de Maggie tinha ficado ainda mais esquisito ao longo dos últimos meses, com muitas das mulheres de arame agora suspensas no teto para dar lugar para os blocos de cimento que lotavam o chão. Mas as esculturas de arame eram tão grandes que não dava para caminhar simplesmente por debaixo delas. Ao contrário, elas pendiam a um metro, um metro e meio do chão e você tinha que se agachar e desviar delas para passar, ou corria o risco de levar uma pancada na cabeça de uma coxa de ferro.

— Tenho algumas cadeiras de veludo azul-escuro que podem combinar com a chaise — falei, me esforçando para esconder a incerteza em minha voz. — E um belo tapete persa que ficaria ótimo nesse chão de pinho, talvez uma mesinha de centro...

— É por isso que eu preciso desesperadamente do seu velho eu de volta — disse Maggie, batendo as mãos com excitação. — Preciso de seu olhar hétero. *Straight eye for the queer guy.* Garota.

— Obrigada — disse. — Acho.

— Podemos ir a um shopping quando formos à Nova Jersey? — perguntou Maggie.

Um shopping? Comecei a achar que ela realmente queria uma experiência completa de Jersey.

— Claro.

— Você vai cozinhar um presunto? E fazer uma torta?

— Se eu lembrar como.

Pensar em passar o fim de semana em Nova Jersey, de volta à minha antiga casa, minha antiga vida, me atingiu com um inesperado arrepio de medo. Eu me sentia tão insegura em tentar ser a pessoa que eu era antes quanto eu senti, não muito tempo atrás, em começar a minha nova vida em Nova York. Tinha certeza de que não estava pronta para voltar. Mas tinha sido Maggie quem havia pedido. E por Maggie eu faria qualquer coisa.

Medi a farinha, duas xícaras, e coloquei em minha tigela preferida, de cerâmica azul e verde.

— Você quer uma cobertura crocante ou a massa cobrindo tudo? — perguntei a Maggie.

Maggie, que estava sentada à mesa de pinho escovado, bebendo uma taça de vinho, olhava para o teto como se eu tivesse pedindo um conselho à deusa das tortas.

— Amo as duas — disse ela finalmente. — A que for mais fácil para você.

— As duas são fáceis. Mesmo.

— Ate parece. — Maggie sorriu.

— Ah, nada disso. Não é difícil mesmo. Quer que eu te ensine?

Maggie me olhou, intrigada e assustada ao mesmo tempo.

— Sério — insisti. — Vamos preparar a crocante. É totalmente à prova de erros.

— Tudo bem — concordou Maggie, levantando-se e experimentando um dos meus velhos aventais. — O que eu faço?

— Bem, pegue uma vasilha — instruí. — Tem que ser uma vasilha bonita.

— Por quê?

— Porque assim toda a experiência será mais prazerosa. Pegue uma de que você goste.

Enquanto eu continuava trabalhando na massa, Maggie explorava os armários em volta, observando e rejeitando vasilhas, até que ela encontrou uma velha vasilha verde-maçã com bico que minha mãe costumava usar para preparar a massa líquida de panquecas quando eu era criança.

— Perfeito — falei. — Agora despeje um pouco de farinha.

— Quanto?

— Não importa. Você pode pegar um pouco com uma xícara, se quiser.

Repentinamente, me veio a lembrança de fazer exatamente a mesma coisa com Diana quando ela tinha 5 ou 6 anos, ela ajoelhada na cadeira ao lado de onde Maggie agora estava. A imagem de Diana era tão vívida, que, pensei, se eu piscasse, ela estaria ali em sua versão menininha, despejando a farinha na vasilha tão devagar como se estivesse apertando um pote de ketchup. Ela tinha ficado tão nervosa, assim como Maggie, em fazer algo sem receita, mas foi relaxando conforme ia dando certo, mordiscando a cobertura crocante ao longo do processo e, por fim, preparando tudo com perfeição.

— Isso é algo que você pode fazer com a sua filha um dia — falei, sorrindo ao visualizar uma pequena menina asiática com uma franja reta preta ajoelhada na cadeira como Diana tinha feito, ajudando Maggie a preparar a massa.

Maggie me olhou e deu um sorriso.

— Nunca me imaginei como uma mãe cozinheira. Meio que pensei que iria levá-la para comer sushi toda noite.

Sabia que ela não estava brincando totalmente e, quem sabe, talvez Maggie tenha sorte o suficiente para ter o tipo de criança que fica quietinha em um restaurante, mastigando peixe cru. Minha filha fora mais do tipo guloseimas em frente da TV, mas talvez tenha sido assim porque não exigi nada mais sofisticado dela.

— E se você tiver um menino? — perguntei, instigando-a.

Maggie pareceu ficar perplexa, como se isso nunca tivesse ocorrido a ela. E então disse:

— Bom, vou levá-lo para comer sushi também.

— Talvez você esteja com o pensamento certo — comentei. — Acho que tornei tudo tão confortável para Diana, facilitei tanto seu caminho, que foi um grande choque para ela entrar na escola e descobrir que o mundo na verdade não girava em torno dela.

— Diana é uma garota ótima — afirmou Maggie. — Sério, você deve se orgulhar do trabalho que fez criando sua filha. Vendo a adulta que ela se tornou, observando como a maternidade foi gratificante para você, isso tudo pesou muito na minha decisão de finalmente querer ter um filho sozinha.

Fiquei muito emocionada, senti as lágrimas se acumulando em meus olhos.

— Uau — exclamei. — E eu aqui sempre preocupada que você achasse que eu estava desperdiçando minha vida, comparado a algo importante como ser uma artista.

— Diana é sua obra de arte — disse Maggie. — E agora você está começando essa nova fase em sua vida. O que eu faço agora?

— Bem — disse. — Está na hora de colocar o açúcar.

Tínhamos comprado açúcar refinado e mascavo em nossa ida à mercearia, e a agora Maggie segurava um punhado para minha inspeção.

— O quanto você achar que está bom. — Sorri. — Você decide.

— Você realmente acha que posso fazer isso sozinha? — indagou, despejando o açúcar com um sorriso vacilante, sem me olhar de verdade.

Eu sabia que a pergunta ia além da cobertura crocante da torta. Não tínhamos mais conversado abertamente sobre a questão do bebê desde o Ano-Novo, quando disse a Maggie que eu achava que ela podia ser velha demais para as exigências da maternidade. Tinha me esforçado ao máximo para apoiá-la desde então, mas agora percebia o quanto acreditava em sua busca por um bebê. Ela concedeu tanto de si para mim, abriu a si mesma e seu mundo de uma maneira que eu sabia que ela não teria feito nem mesmo alguns poucos anos antes. Ela claramente estava mais do que preparada para deixar uma criança entrar em sua vida.

Eu ainda não podia, se fosse eu, me imaginar tendo energia para cuidar de um bebê, de manter o ritmo de uma criança pequena, mas também não podia imaginar minha vida estando completa se eu não tivesse tido um filho. Ao pensar nisso, meu coração se encheu de alegria por Maggie, por ela saber o que queria antes que fosse tarde demais, por estar fazendo tudo o que estava a seu alcance — e mais ainda — para transformar seu sonho de ser mãe em realidade.

Alcancei seu braço e o apertei.

— A Verdade Verdadeira? — perguntei.

— Claro — respondeu ela, mas parecendo apreensiva sobre o que eu iria falar.

— Acho sim — assegurei a ela.

Ela então me olhou.

— Sinceramente, você acha que eu posso me tornar uma boa mãe?

— Sei que pode — afirmei. — Você já está fazendo coisas para essa criança que eu jamais imaginei que fosse capaz.

Maggie me olhou com ar de interrogação.

— Usando calças cáqui, por exemplo — falei, deixando um sorriso irromper em meu rosto.

Maggie sempre fora uma militante antibege em todas as áreas de sua vida, mas hoje na J.C. Penney — logo na J.C Penney! — ela tinha escolhido para si calças cáqui de poliéster, supondo que o pessoal da adoção ficaria mais seguro se ela estivesse vestida com "roupas de mãe".

Apontei para a vasilha verde, na qual ela usava os dedos para misturar o açúcar e a farinha.

— E cozinhando — ressaltei.

Ela olhou com uma cara feia para a mistura, branca e em pó.

— Isso não se parece muito com uma cobertura crocante.

— Precisa de açúcar mascavo — avisei. — E manteiga. E um pouco de especiarias, canela, noz-moscada... o que você quiser.

— Ah, com certeza quero especiarias — disse Maggie, sorrindo. — Quantas e o máximo que for possível. Tudo bem, né?

— Fica totalmente a seu critério.

— Fica mesmo? — perguntou Maggie, de repente ficando séria de novo. — O que quero dizer é: você acha que eu ainda posso ser eu mesma e ser uma boa mãe, também? Porque eu não estou confortável com isso, com toda a mudança.

Estava prestes a responder de pronto que sim, é claro, ela ainda poderia ser ela mesma e ser uma boa mãe, que as mudanças eram apenas temporárias, apenas superficiais, nada que extirpasse a essência do que havia de mais essencial em Maggie.

Mas então eu pensei: podia mesmo? Eu pensara, na noite de Ano-Novo, que eu estava apenas pintando meu cabelo, só mudando meus sapatos. E agora eu sentia que não tinha sido apenas a minha vida, mas também o meu eu interior que tinha mudado no mínimo tão radicalmente quanto o exterior.

E aquelas mudanças não tinham sido positivas? E as mudanças pelas quais Maggie inevitavelmente passaria com a maternidade não seriam igualmente positivas, mesmo que menos previsíveis? Claro, era assustador ver sua vida virar do avesso. Mas eu me lembrei da própria Maggie, no tempo da escola, me dizendo que medo e excitação eram dois aspectos diferentes da mesma emoção.

— Uma das coisas mais inteligentes que alguém já me disse — contei para Maggie — é que antes de ter filhos, você tenta compreender como vai encaixá-los em sua vida. E quando o bebê chega, você tenta compreender como irá encaixar sua vida na dele.

Maggie piscou.

— Não sei se entendi mesmo — disse ela.

Estava prestes a explicar como esse conceito tinha funcionado para mim, como tinha funcionado para todas as mães — e para muitos pais — que eu conhecia. No entanto, como a idade, como o amor, isso poderia ser uma daquelas coisas pelas quais você tem de passar para realmente compreender.

— Você vai entender — alertei Maggie. — Ah, se vai.

Tarde da noite, quando estava deitada em minha velha cama em meus lençóis macios, totalmente desperta com a estranha familiaridade daquilo tudo, desacostumada à quietude da noite lá fora, ouvi meu telefone tocar. Não o telefone na mesinha de cabeceira, mas meu celular, que estava na minha bolsa no andar de baixo. Não tive nenhuma dificuldade em achar o caminho pelo corredor, iluminado pela luz da lua, descer as escadas e ir até minha bolsa que eu deixara, como era um antigo hábito meu, no banco do hall de entrada.

Esperava que fosse Josh. Tinha dito a ele que faria uma viagem de meninas no fim de semana com Maggie. "Posso ir?" ele perguntou brincando — e eu deduzi que estava ligando para dizer que estava com saudades.

E por isso fiquei surpresa ao ouvir a voz de Diana na linha.

— Querida — falei rapidamente, sentindo minha pulsação disparar. — Está tudo bem com você?

— Está — respondeu ela. — E com você?

— Tudo bem. — Olhei em volta. Mesmo no escuro, podia quase visualizá-la pequenininha, pulando de cômodo em cômodo. — Sabe onde estou agora? Em casa. Em Nova Jersey. Na nossa casa.

Esperei, aguardando sua exclamação de surpresa, ou mesmo um grunhido de indiferença antes que ela começasse a contar sua última aventura. Fiquei chocada quando ela, pelo contrário, começou a chorar.

— Meu amor! — exclamei alarmada. — O que foi? O que aconteceu?

— Estou com saudades — disse Diana. — Sinto como se eu não tivesse mais uma casa.

— Ah, querida! Claro que você tem uma casa! Mesmo que eu venda a casa, você sempre terá um lar comigo.

— Então é isso — disse Diana, sua voz ficando mais dura. — Você vai vender a casa.

— Não, não, não é isso o que eu estou dizendo. Quero dizer, talvez um dia, mas... — percebi que eu estava confusa.

— Achei que você não estava pronta para voltar.

— Achei que você não me queria de volta.

— Claro que não. Óbvio que eu quero que você volte — falei, tentando telegrafar a convicção que eu sentia pelos cabos telefônicos —, se isso é o que você quer. Adoraria que você estivesse aqui, mas mais do que qualquer outra coisa, quero que esteja feliz e satisfeita com o que está fazendo.

Houve um silêncio tão longo que achei que a ligação tinha caído, até que finalmente eu arrisquei:

— Diana?

— Bom, eu não sei se quero voltar logo agora — revelou ela, como se despertando de um devaneio. — Ainda preciso fazer muita coisa aqui.

Isso se parecia com a nossa conversa mãe-filha de sempre.

— O que você decidir — falei para ela. — Só quero que você saiba que se quiser voltar para casa, eu quero você aqui.

Capítulo 16

Tinha certeza de que encontraria Teri ao chegar ao escritório na segunda-feira pela manhã. Mas ela ainda estava em casa, embora estivesse bem o suficiente para começar a olhar o trabalho que eu enviaria pelo mensageiro para ela.

Ao terminar de preparar o primeiro pacote, senti minha boca seca e meu coração começando a palpitar, como se eu também estivesse resfriada. Mas meu problema era emocional, não físico. Fiquei preocupada de repente, pela primeira vez, com o que Teri iria fazer com todo o trabalho que eu havia feito no projeto dos clássicos. Durante o período em que ela ficou completamente afastada, me senti segura com o apoio da Sra. Whitney e com a força das ideias em si. Mas agora eu começava a cogitar que Teri poderia se sentir seriamente ameaçada por eu já ter levado o projeto longe demais.

Perguntei-me se deveria enviar tudo o que tinha feito para ela, ou se deveria talvez reter alguns relatórios e e-mails, e ir contando tudo gradualmente? Nossa, Teri, a Sra. Whitney adorou a nossa apresentação. Ela me pediu para seguir em frente. Meus planos para a linha foram um grande sucesso. E agora, oooops, parece que eu vou ser a *sua* chefe!

A última parte ainda era apenas fantasia, mas eu não conseguia parar de pensar em como Teri reagiria se *ela* visse isso como uma progressão lógica das coisas. O que, sabendo como a mente dela trabalhava, ela poderia muito bem pensar.

Precisava do conselho de Lindsay, mas quando fui à sua sala, ela estava sentada lá, lívida — o que, considerando o quão pálida Lindsay normalmente era, significava muito —, movendo pilhas de papel de um lado da mesa para o outro. Ela nem ao menos ergueu os olhos quando eu disse oi.

— O que aconteceu? — perguntei.

Ela apanhou uma pilha de manuscritos e depois largou-os do outro lado da mesa.

— Thad terminou comigo — revelou ela, ainda sem olhar para mim.

— Meu Deus! — exclamei. — Sinto muito.

Então, finalmente, Lindsay encontrou meus olhos.

— Sente? — indagou ela. — Achei que fosse ficar feliz.

Senti minhas bochechas ficarem vermelhas de culpa. Embora eu *sentisse* muito por Lindsay parecer tão triste, também ficava, de certa maneira, feliz por ela finalmente sair de uma relação que eu não achava muito legal. Thad parecia tão controlador, pronto para aniquilar o espírito livre de Lindsay, o qual ela parecia estar disposta a trocar, sem questionar, pela segurança do casamento — um tipo de segurança, eu sabia, que não duraria necessariamente.

Mas não dava para dizer aquilo claramente para ela. Eu era sua amiga, não sua mãe, como ela tinha deixado isso bem claro naquela noite no bar. Sendo sua contemporânea teórica, como eu poderia colocar aquilo mais em perspectiva do que ela? E fazia tempo que ela avaliara o meu desinteresse em me casar como uma completa maluquice, declarando inútil qualquer conselho romântico que eu pudesse oferecer.

— Achou? Por que você acharia isso?

— Ah, por favor — disse Lindsay. — Você nunca gostou do Thad.

Supus que eu não estava escondendo isso tão bem quanto esperava.

— Isso não é sobre se eu gosto ou não do Thad — falei. — Mas sim se ele é realmente o cara certo para você. O que aconteceu, aliás?

— Quando Thad descobriu sobre o cara do bar — explicou ela —, ficou furioso e terminou comigo.

Isso não estava fazendo sentido.

— Mas isso aconteceu faz uma semana e meia — comentei. — Ele estava fora da cidade. Como ficou sabendo disso agora?

— Eu contei para ele — revelou ela, arrasada. — Quando ele voltou para casa.

— Por que diabos você contou para ele? — perguntei. — E sobre aquela história de ser uma jogadora livre até estar com a aliança no dedo?

— Foi exatamente isso o que eu disse para ele — argumentou ela. — Ele voltou da Califórnia achando que eu tinha ficado em casa tricotando durante todo o tempo em que ele ficou fora. Quis mostrar que se ele quisesse esse tipo de compromisso da minha parte, nós precisaríamos ficar noivos.

Ou talvez, me ocorreu, ela tenha contado a Thad sobre o outro cara para provocar o término. Talvez, no fundo, ela soubesse que ele não era o homem certo para ela, que ela precisava ter mais experiências antes de formar uma família.

— Talvez tenha sido melhor — falei gentilmente. — Agora é a hora para você sair, se divertir...

— Sabia que você diria algo assim — exclamou Lindsay.

— Escute — comecei. — É com você que eu me preocupo. Com a sua felicidade. E eu acredito que você pode encontrar mais felicidade em algum outro lugar, sem o Thad.

— Minha vida está arruinada — exclamou ela, cobrindo o rosto com as mãos e soluçando.

— Lindsay, que isso... — falei, pousando minha mão em seu ombro.

— Só porque você está determinada em ferrar a sua própria vida — acusou ela, se afastando do meu toque —, não significa que vou permitir que você ferre a minha.

Eu estava determinada a ferrar a minha vida? Eu não encarava dessa forma, embora as palavras de Lindsay continuassem ecoando em meus ouvidos. Com certeza, eu me sentia mais insegura no trabalho, mais preocupada sobre o que aconteceria quando Teri voltasse, sem Lindsay e Thad do meu lado. E é claro que sentia falta da nossa amizade, da diversão que ela trouxe para a minha vida. O longo trajeto de ônibus de volta para casa em Nova Jersey, viajando em meu próprio passado e futuro ao mesmo tempo, tinha reaberto uma série de questões que eu estava me esforçando para deixar de lado.

A questão Josh, por exemplo.

Ao mesmo tempo que queria passar a contar a ele apenas a verdade, eu me pegava mentindo mais e mais. Meu crescente número de pequenas mentiras derivava de uma única grande mentira: eu estava escondendo o fato de que tinha voltado para casa em Nova Jersey, sendo que ele nem mesmo sabia que *havia* uma casa em Nova Jersey. Graças ao milagre dos telefones celulares e dos códigos de área sem significados, eu poderia estar em qualquer lugar, no que dizia respeito a ele — então eu fingia que estava trabalhando até tarde ou que estava me recuperando de trabalhar até tarde no loft de Maggie.

Não que eu não quisesse encontrar com ele. Vê-lo me confundia ainda mais. Voltar para Nova Jersey, recuperar minha casa, redescobrindo a cada minuto de cada dia quem eu tinha sido por todos aqueles anos — o que me fazia lembrar também há quantos anos eu era aquela pessoa — fazia com que eu sentisse que não poderia encontrar Josh e continuar encenando esse papel. Mas como poderia confessar a ele a enormidade da minha farsa? Eu queria contar a verdade, mas cada vez que pensava nesse assunto, terminava com a certeza de que isso significaria perdê-lo. E uma das poucas coisas sobre as quais eu estava segura era que eu não queria que isso acontecesse.

— Estou com saudades — disse Josh.

Eu estava falando pelo celular, sentada na sala de estar da casa em Homewood. Era uma noite quente de primavera e deixei as janelas abertas, mas também acendi a lareira, só porque eu a tinha. A pequena luminária chinesa estava acesa; e o resto da luz vinha das velas ao redor da sala. Tudo estava em seu lugar agora, os porta-retratos de prata com fotos da Diana estavam na cornija da lareira, todas as minhas almofadas preferidas e livros, pratos e quinquilharias estavam dispostos da maneira como eu gostava. Eu ainda não tinha decidido o que faria com a casa, além de aproveitar ao máximo pelo tempo em que estivesse aqui.

— Estou com saudade mesmo — repetiu ele, aparentemente achando que eu não tinha escutado da primeira vez.

Suspirei profunda e involuntariamente com a força de todos os sentimentos e pensamentos que eu estava sufocando.

— Também estou com saudades — confessei por fim.
— Vamos nos ver logo.

Mas eu me vi querendo aproveitar cada minuto que tinha em minha casa. Com Teri ainda afastada, eu tinha liberdade para fazer meu horário, indo um pouco mais tarde pela manhã e saindo apressada à tarde, saboreando todas as coisas de casa que tinha esquecido que amava. Bebia meu café pela manhã no lugar mais ensolarado da cozinha, posicionando minha cadeira para que eu pudesse ver a cerejeira crescendo no jardim. Quando lia, eu me enrolava em um grande assento de janela em vez de me sentar preguiçosamente na cama. Tomava banho em uma enorme banheira no quarto de casal, a banheira tinha sido um dos principais motivos para eu ter escolhido esta casa, mas antes raramente me dava ao luxo de ficar nela.

E eu usava as minhas coisas preferidas, tudo o que eu acumulara por tantos anos. Os lençóis brancos de algodão com as pontas feitas à mão em crochê. As canecas grossas azuis de cerâmica e a louça creme. Os anéis de guardanapos de prata de lei com a letra *A* gravada neles, e a colher de prata com a borda dentada que era simplesmente perfeita para toranja.

Arrumei meu tapete kilim favorito e enganchei os tapetes para que pudesse passar de um para o outro sem ter que pisar no chão de madeira ao fazer meu caminho costumeiro pela casa. Nas refeições, usava a taça de vinho de cristal lapidado — da avó de Gary, da qual ele aparentemente se esquecera — e acendia cada uma das velas douradas de cera de abelha do candelabro de ferro forjado à mão.

Eu lavei à mão a colcha vermelha bordada com pontos em cruz e a pendurei em um dos galhos do arbusto de lilás para secar. Depois a engomei, junto com os guardanapos de linho e as toalhas de mão. Poli os candelabros de prata e as panelas de cobre, e fiquei de quatro no chão para encerar o piso de pinho. Usei uma escova de dente velha de Gary para limpar o rejunte dos azulejos no banheiro.

A cada refeição, eu folheava meu enorme arquivo de receitas, permitindo a mim mesma cozinhar as minhas preferidas, não me importando nem um pouco de preparar tudo aquilo só para mim. Fiz o molho de espaguete da vovó, cozinhando em fogo baixo até que a casa estivesse embebida com o cheiro doce dos tomates. Fiz para mim um bolo de chocolate e uma torta de cebola; montei uma salada Cobb e até fritei o precursor caseiro dos nuggets de frango, a guloseima que, quando criança, eu sempre requisitava nos meus jantares de aniversário.

No entanto, o jardim era o lugar onde eu passava a maior parte do tempo. Esse sempre foi meu período favorito do ano, com tudo saindo do chão tão rápido que, se ficasse parada ali, quase poderia vê-los crescer. Tirei todas as folhas velhas e os caules mortos do último ano, e arranquei a aquilegia amarela que tomaria conta de tudo se eu não a tirasse agora. Podei as rosas, fiz um novo caminho com tijolos e plantei gerânios brancos em todas as jardineiras.

Eu não podia me dar ao luxo de permitir que esse tempo na casa se arrastasse sem decidir se eu a alugaria de novo, ou se pelo menos começaria a sondar o valor de venda. Mas, antes de fazer isso, eu queria passar um fim de semana inteiro sozinha e sem interrupções. Além disso, refleti, essa era a minha chance de enfrentar as grandes tarefas de organização que sempre adiara no passado, que agora eu teria de fazer se a casa fosse vendida.

Percorri todas as prateleiras, enchendo caixas com livros para doar para a biblioteca, e outros para vender para o clube da universidade.

Olhei cada uma das roupas que não estavam sendo usadas e ficavam guardadas no sótão, finalmente me livrando de tudo que não era especial da infância de Diana, todas as minhas roupas com tamanho maior que 42, e qualquer coisa que tivesse pertencido a Gary.

Joguei fora todos os cadernos de Gary da faculdade de odontologia, minhas anotações das aulas de literatura russa, o projeto de estudos sociais de Diana do sétimo ano. Por fim, juntei todos os desenhos feitos por ela quando criança em um bonito portfólio, e vasculhei as caixas de papel da casa da minha mãe, dispensando velhas contas de gás, emoldurando, porém, um prêmio de caligrafia que ela ganhara em 1933.

E lá, no fundo empoeirado de uma das caixas mais empoeiradas do sótão, eu o achei: o manuscrito do romance que comecei a escrever quando Diana começara a andar, os capítulos nos quais trabalhara por meses, até perder as esperanças. Achei que tinha jogado fora tempos atrás, e então sentei nas tábuas quebradas do chão do sótão e comecei a ler. E continuei lendo.

Eu me imaginei recebendo esse manuscrito na Gentility Press. Eu ficaria animada, pensei. A história soava familiar, mas não antiquada, uma comédia doméstica sobre uma mãe do subúrbio com uma filha pequena, sentindo que queria mais da vida mas sem saber como conseguir. Eu via agora que não tinha sido a parte da história do "sem saber como conseguir" que tinha me feito tropeçar. Eu não sabia como continuar a escrever o romance porque não sabia o que eu queria mais da vida. Não podia imaginar o quê, para minha heroína ou para mim. Pensei que tinha ficado sem ideias e energia para escrever o livro, mas eu realmente tinha ficado perdida em como prosseguir com a minha própria vida.

Agora, no entanto, parecia tão óbvio o que a mulher na história deveria fazer, no que ela deveria fracassar, o que deveria tentar em seguida. Se eu tivesse uma caneta, teria começado a escrever ali mesmo no sótão, mas em vez disso desci até a cadeira perto da lareira, meu laptop apoiado nos joelhos, esquecendo que eu estava coberta de poeira, só parando quando me dei conta de que já estava escuro demais para ver.

Então me obriguei a acender a lareira, preparei uma xícara de chá, passei um pouco de pasta de amendoim em uma fatia de pão italiano e corri de volta para a cadeira e recomecei a escrever.

Ainda estava sentada lá quando ouvi uma porta de carro batendo do lado de fora, e depois passos nas escadas do pórtico e o barulho da chave na fechadura.

Eu me levantei, o coração martelando no peito, páginas rabiscadas caindo do meu colo, a tempo de ver minha filha Diana escancarando a porta da frente.

— Oi, mãe — disse ela. — Cheguei.

Capítulo 17

Não importava o quanto eu queria ficar em casa com Diana — e depois da longa ausência dela era tudo o que queria —, não podia ligar dizendo que estava doente. Teri estava finalmente voltando ao trabalho. Mas também não podia deixar Diana me ver toda arrumada em meu habitual figurino de uma jovem assistente. Na noite anterior, usando antigas roupas de moletom e coberta de poeira, aos olhos turvos dela depois da longa viagem, eu parecia exatamente a mesma velha mãe de sempre. Ficamos enroscadas no sofá exatamente como fazíamos quando ela era pequena, sua cabeça no meu ombro enquanto falava calmamente e eu acariciava seu cabelo e coçava suas costas. Embora partisse meu coração sair de casa sem ao menos dar uma olhada na minha filha dormindo, eu me arrumei na ponta dos pés e deixei para fazer minha elaborada maquiagem no ônibus. E isso era a única redenção por deixar Diana: usar a longa viagem para trabalhar no meu romance.

Ao chegar ao escritório, estava exausta — por ter dormido tarde, pela excitação com a chegada de Diana, minha tensa saída pela manhã. E, então, meu telefone tocando no segundo em que saí do elevador.

— Alice — veio a voz de Teri assim que ergui, sem fôlego, o bocal. — Venha à minha sala imediatamente.

A porta estava fechada e, ao entrar, vi que ela estava sentada em sua mesa com uma expressão impiedosa, várias folhas de papel arrumadas na sua frente.

— Alguém está usando esta sala — afirmou ela, no segundo em que eu passei pela porta.

Eu tinha trabalhado esparramada no chão, tendo o cuidado de recolocar o grampeador e o porta-clipes na exata posição em que os tinha encontrado, nunca usando seu telefone com receio de que ficasse uma marca de impressão digital.

Mas agora eu não tinha escolha a não ser confessar. Como guardiã da sala, minha única outra opção — alegar ignorância — teria sido pior que a verdade.

— Eu trabalhava um pouco aqui quando precisava de silêncio — confessei a ela. — Mas realmente não acho que tenha quebrado alguma...

— Essa não é a questão — Teri me interrompeu. — A questão é que essa sala não é sua.

— Certo — admiti, sentindo minhas bochechas começando a queimar. — É claro.

— Ou você se esqueceu disso? — questionou Teri. A gripe parecia ter deixado seu rosto mais severo e ainda mais atormentado do que antes. — Talvez você tenha começado a achar que enquanto estivesse roubando as minhas ideias, poderia também afanar minha sala e até mesmo meu trabalho.

Pela primeira vez na minha vida, entendi o que as pessoas queriam dizer quando falavam que não conseguiam acreditar no que estavam ouvindo. Estava me preparando para a volta de Teri, antecipando que ela me confrontaria sobre eu reivindicar o que eu encarava como meu crédito por direito pelas ideias no projeto dos clássicos. Mas daí ela dizer que eu roubara as ideias dela...

— Você sabe que eu não roubei nenhuma ideia sua — falei, tentando manter meu tom de voz normal.

— Não sei nada sobre isso — contrariou Teri. — Você não só pegou minhas ideias como as desvirtuou de uma maneira que eu nem mesmo reconheço, e menos ainda desculpo.

Tudo o que consegui fazer foi balançar a cabeça, as palavras entaladas na minha garganta.

— Não sei do que você está falando — consegui falar por fim.

— Isso é um insulto — disse Teri, batendo na primeira página do que eu reconheci como meu relatório mais recente. — Abominável. Vai além do meu entendimento como você pode sugerir que nós usemos... lixo!... para divulgar os melhores livros já escritos por mulheres.

— O quê? — arquejei. — Posso assegurar, Teri, não. Pensei que você estivesse tão animada quanto eu sobre esse conceito.

— Minha ideia era aumentar as vendas da linha de clássicos — afirmou Teri —, não colocar Jane Austen nas estantes perto dos produtos de higiene feminina. Isso é tão ofensivo, Alice. É... moralmente censurável repaginar Jane Austen ou Charlotte Brontë como um livro estúpido de menina.

— Mas você não acha que é bom qualquer coisa que faça as pessoas lerem mais Jane Austen e Charlotte Brontë? — perguntei, me sentindo mais consciente do que nunca da cor loura do meu cabelo, do batom rosa nos meus lábios. — Que qualquer coisa que faça o livro parecer mais jovem e mais excitante não é para o bem? Eles continuam sendo os mesmos grandes livros.

Teri balançou a cabeça em negativa e começou a falar duramente.

— Eu poderia mandá-la embora agora mesmo se não fosse pelo fato de você ter, de alguma forma, ludibriado a Sra. Whitney a acreditar que isso era uma boa ideia. Não sei que tipo de golpe você está tentando dar, mas eu pretendo descobrir.

— O que você quer dizer com isso? — perguntei debilmente, mas Teri já tinha parado de falar. Ela simplesmente apontou para a porta com um dedo mais ossudo que o da personificação da morte, e quando o silêncio se tornou insuportável, eu escapei dali.

Mais tarde naquela manhã, tentei contar a Lindsay o que tinha acontecido, mas a porta da sala dela estava fechada, e sua assistente disse que ela estava em uma reunião. No que dizia respeito a mim, parecia que Lindsay pretendia permanecer em uma reunião pelo resto da vida.

Por volta das três, Diana me ligou, sondando que horas eu voltaria para casa. Expliquei para ela que tentaria sair às cinco e que deveria estar em casa por volta de seis ou seis e meia.

Aquele tinha sido o único ponto alto do meu dia: dizer para minha filha que horas eu chegaria em casa, e saber que ela estaria esperando por mim.

Teri ficou trancada em sua sala o dia inteiro, sem sair nem mesmo para gritar comigo; então, pouco antes das cinco, comecei a juntar as minhas coisas. Mal podia esperar que o relógio batesse a hora e eu pudesse sair correndo dali; se eu calculasse bem o tempo, encontraria a Sra. Whitney indo para casa — ela sempre pegava o trem das cinco e catorze — e mesmo se eu encontrasse Teri, ela não poderia ser grosseira comigo.

Eu estava a uma respiração de terminar meu horário quando meu telefone tocou. Ao ouvir a voz de Josh do outro lado da linha, todo o ar escapou de mim. Durante todo o fim de semana, fiquei esperando por essa noite, quando eu e Josh, supostamente, estaríamos juntos. Mas, com a emoção do retorno de Diana, nosso plano tinha escapado completamente da minha cabeça.

— Queria saber aonde vamos nos encontrar — disse ele, decididamente atrevido.

— Ah... — exclamei. — Josh. Desculpa. Eu não vou poder ir hoje.

Ele fez uma longa pausa, e então disse:

— Você prometeu.

— Eu sei — falei. — Eu sinto muito mesmo. Surgiu algo totalmente inesperado.

Nesse momento, ele explodiu.

— O que está acontecendo, Alice? Eu não te vejo faz uma semana, e eu não tenho tanto tempo assim ainda. Você desapareceu completamente.

— Eu sei, eu sei. É que estou me sentindo tão perdida.

— Perdida — repetiu ele. — Tem algo que você não está me contando?

Agora foi a minha vez de hesitar. Eu odiava mentir para ele. Isso parecia um insulto à intimidade que nós tínhamos, todas as revelações que tínhamos compartilhado. Eu devia isso a ele — a Diana, a *mim mesma* —, contar a Josh toda a verdade.

E eu iria. Mas não neste minuto.

— Eu prometo — falei. — Nós vamos nos encontrar nos próximos dias. Mas hoje eu tenho que ir para casa.

— Casa?

— Para a casa da Maggie — corrigi, com dor ao falar uma grande mentira.

Ainda enquanto me despedia dele, comecei a me perguntar o que faria para conseguir encontrá-lo. E quando, e o que eu contaria para ele quando fizesse isso. A verdade? Ou algo que, no momento, parecesse ainda mais doce.

Quando eu finalmente virei a chave na porta de casa, novamente depois de ter escrito durante todo o percurso do ônibus, quase não reconheci minha casa. Parecia que o lugar tinha sido revirado, com roupas sujas espalhadas por toda a entrada, cestos de roupa lavada sem dobrar em cima dos móveis, livros e revistas jogados por todo lado. Um som de rap estava bombando na cozinha, além do cheiro de algo queimando.

— Oi, mãe — disse Diana.

Ela estava empoleirada em um dos bancos da cozinha, tomando sorvete direto do pote. Aparentemente, tinha ido as compras: chips saindo de um pacote em cima do balcão, perto de um pote aberto de guacamole. Outras sacolas de mercado estavam, ainda cheias, em frente à despensa.

— Fiz as compras para você — disse Diana com orgulho.

— Ah, obrigada.

Fui dar um abraço em minha filha, senti-la de uma maneira que eu não tinha sido capaz de fazer na noite passada pela surpresa de sua chegada. Ela parecia mais velha e mais magra, a pele mais morena, os braços musculosos, o cabelo claro mais dourado.

— Estou faminta desde que cheguei — revelou Diana, voltando ao sorvete.

— Que tal se eu fizer o jantar para você? — ofereci, tirando o cabelo da frente do seu rosto. — Posso fazer uma lasanha vegetariana.

Sempre o seu preferido.

— Obrigada, mãe — agradeceu Diana. — Seria ótimo.

Ela voltou a tomar o sorvete, lendo uma revista e movimentando a cabeça no ritmo da música, basicamente me ignorando. A princípio, fiquei magoada que, depois de todos aqueles meses sem me ver, Diana não tivesse feito nenhum comentário sobre como eu tinha emagrecido, ou sobre meu novo cabelo louro ou o corte moderno.

Mas então eu pensei, ufa. Eu podia relaxar agora, e ser apenas mãe de novo. Na verdade, quanto mais eu pensava sobre isso, melhor eu me sentia sobre o fato de Diana ter sido capaz de voltar tão rapidamente ao seu velho jeito de estar aqui comigo. Tinha sido tão tumultuado quando Gary anunciou que estava saindo de casa, e logo depois Diana foi para a África, antes mesmo de nossas lágrimas secarem, fazendo parecer que nós nunca mais iríamos aproveitar uma noite comum como esta.

Fiquei cantarolando enquanto montava a lasanha, e depois andei pala casa, juntando papéis, dobrando a roupa lavada, organizando o conteúdo das malas abertas de Diana, colocando tudo de volta em seu lugar. Eu me peguei pensando sobre meu romance, tendo uma ideia de algo que meu personagem poderia fazer, me perguntando se eu teria chance de escrever à noite, mas então me repreendi: era a primeira noite de Diana em casa. Você quer ficar com ela. E amanhã à noite, claro, eu tinha de encontrar Josh. Ao imaginar que tipo de desculpa teria que inventar para Diana, fiquei à beira de um ataque de pânico, por isso achei melhor me concentrar em arrumar a mesa, acender as velas, tirar a lasanha borbulhante do forno e cortá-la em nove quadrados perfeitos.

Quando Diana sentou-se à mesa, eu já estava com a espátula posicionada em seu pedaço favorito.

— Quadrado do meio? — perguntei, sorrindo.

Diana ficou ali contemplando a lasanha, e subitamente empurrou sua cadeira para longe da mesa.

— Eu não posso comer isso — disse ela.

— Por que não? — Eu estava tremendo.

— Isso é nojento, mãe, todo esse laticínio. Você poderia alimentar minha vila inteira com isso.

— Eu adoraria poder alimentar sua vila — falei sem alterar a voz, pensando que ela devia ter perdido o apetite com o sorvete. — Sei que é muita comida só para nós duas. Podemos congelar o que sobrar.

— É só que... — disse Diana, olhando em volta da casa, fazendo uma expressão de desdém com a boca — todo esse excesso. Sério. Queria muito que pudéssemos vender toda essa tralha e doar o dinheiro para pessoas que realmente precisam dele.

— Bem — suspirei, relutante em, precipitadamente, trazer algo à tona com Diana ainda nesse estado fragilizado —, talvez a gente acabe tendo que vender esse lugar. Mas temo que a pessoa que realmente vai precisar do dinheiro seja eu.

— Ahhhh — disse Diana, levantando-se. — Isso é ridículo. Desculpa, mãe. Talvez eu coma um pouco de cereal mais tarde.

Comi a lasanha sozinha na mesa da sala de jantar, piscando para impedir que lágrimas se formassem enquanto eu olhava para os narcisos no gramado e a penugem verde em todas as árvores. Eu estava tão empolgada por Diana estar aqui, tinha sido um prazer ter devotado minha noite inteira a ela — teria adorado ter passado o *dia* inteiro —, tentando fazer coisas especiais para ela. E ela não apenas não tinha dado o menor valor, como parecia pressupor que eu não tinha sentimentos.

A culpa era só minha, pensei. Sempre fora tão altruísta, tão disposta a servir sem pedir nada em troca. Eu a criei para que ela me tratasse como um capacho.

Não seja tão dura com você, pensei, ou com Diana. Ela vai melhorar assim que descansar de verdade e se readaptar novamente à América. Ao voltar para casa de meu verão em Londres, lembrava de ter me sentido seriamente desorientada. Até lá, eu teria que ser paciente.

Mais tarde naquela noite, sentada na cama escrevendo, ouvi Diana remexendo na cozinha. Pensei em me levantar e ver se ela queria algo, mas então disse a mim mesma que não, que era melhor deixar que ela cuide de si mesma. Era o momento de as coisas entre nós começarem a mudar, pelo bem dela e pelo meu. Pela manhã, encontrei a travessa de lasanha na geladeira, descoberta, vazia a não ser por um pequeno quadrado seco no canto. Sem querer acordá-la, andei lentamente até o andar de cima e fui espiar Diana em seu velho quarto, roncando em sua cama branca de menininha.

Durante anos, ao observá-la enquanto dormia, eu podia ver a Diana bebê em seu rosto mais crescido. Mas agora não havia mais nenhum traço do bebê, da menina da primeira infância ou mesmo da criança que um dia ela fora. Em vez disso, eu percebi, com surpresa, que o que eu via agora era eu mesma — a jovem com quem eu estava tentando parecer, a jovem que eu tinha sido um dia.

Capítulo 18

— Aonde você vai? — perguntou Diana.

Levei um susto e acabei soltando um gritinho. Estava andando na ponta dos pés em nosso quintal escuro, um saco de lixo na mão. Tentando pensar rápido, levantei o saco e o balancei.

— Só jogando o lixo fora.

— Você está toda arrumada — comentou Diana.

Ela estava parada na porta aberta da cozinha, vestida em seu pijama. Quando ela foi dormir logo depois que eu cheguei em casa do trabalho — o jet lag tinha virado seu horário de cabeça para baixo —, esperei algumas horas e calculei que já dava para escapar e encontrar Josh. Eu já tinha ligado para ele e combinado tudo. Pela manhã, quando Diana acordasse e não me visse em casa, iria pensar que eu já tinha saído para o trabalho. Não esperava que ela me visse assim.

Apertando os olhos, ela se inclinou na minha direção.

— Você está usando *maquiagem*?

— Ah — disse, minha mão tremulando em meu rosto como se eu tivesse esquecido do que estava ali. — Eu estou usando maquiagem?

Odiava mentir para minha filha. Mas eu ainda estava mais relutante em contar a verdade a ela: "Ah, querida, só estou fugindo para ver meu jovem amante. O sexo é fantástico, e ele é só alguns anos mais velho que você!"

— Está sim, mãe, você está usando maquiagem. E salto alto. E calças justas. O que está tentando fazer?

— Estou tentando parecer bonita — revelei, ficando mais ereta, sentindo como se a pessoa que eu realmente estava tentando convencer era eu mesma. — Você não acha que estou bonita? Você não falou nada sobre os quilos que perdi.

— Eu não quis dizer nada — disse Diana, fazendo cara de quem estava tentando se segurar para não vomitar. — Achei que você poderia ter, tipo, um distúrbio alimentar.

Aquele tipo de comentário grosseiro de adolescente facilitou, ao menos, a minha saída.

— Escute, estou saindo — falei.

— Quando você volta?

Hesitei. Obviamente, Josh esperava que eu passasse a noite com ele. Eu *queria* passar a noite com ele.

— Vejo você amanhã depois do trabalho — disse a ela. — Só vou ficar com a Maggie.

— Eu quero ver a Maggie — disse Diana. — Vou me vestir e vou com você.

— Não! — exclamei.

E então, com o olhar de espanto de Diana, me apressei em explicar:

— Hoje foi a última tentativa da inseminação. Ela vai ficar o tempo todo deitada. Não queria nem que eu fosse.

Essa parte, pelo menos, era verdade. O apartamento de Maggie tinha sido aprovado pela agência de adoção, e seu médico tinha dado sinal verde para mais uma tentativa com o banco de esperma. Dessa vez, ela tinha jurado passar o fim de semana inteiro com o quadril para cima, ficando em repouso e o mais quieta possível para maximizar as chances de sobrevivência do esperma.

— Mas você vai estar lá.

— Mas só estou indo para ajudá-la — salientei, decidindo que eu precisava tornar a perspectiva ainda menos atraente. — Esvaziando a comadre, limpando banheiro, esse tipo de coisa.

— Oh — disse Diana, parecendo que estava prestes a chorar. — Talvez outro dia.

Me senti imediatamente tomada pela culpa. Nunca fora capaz de dizer não para a minha filha. E eu odiava mentir para ela.

— Não preciso ir — falei. — Posso ficar aqui com você.

— Não, não, vá sim — disse Diana, voltando para dentro de casa. — Eu não queria mesmo sair com um bando de pessoas velhas de qualquer forma.

Eu me esforçava para não me lembrar do quanto Josh era bonito. Como era sexy. Como era doce. Tinha bloqueado o quanto ele era louco por mim. E vice-versa. Tinha bloqueado completamente o vice-versa.

Não esperava pelo enorme sorriso de Josh quando ele abriu a porta, pela pressão de seus lábios no canto da minha boca, o toque de sua mão em meu quadril, instantaneamente fazendo o bico do meu seio enrijecer em resposta. Eu não contava que meu corpo inteiro se derreteria ao seu olhar, em como eu me pegaria rindo e me esforçando para que ele risse, fazendo de tudo para que ele continuasse me desejando.

Ele estava me falando sobre seus preparativos para Tóquio, algo sobre seu aluguel, alguma confusão sobre o apartamento onde ele achava que iria ficar no Japão, e durante todo esse tempo, eu pensava: como vou contar a verdade para ele?

Não havia simplesmente um momento perfeito, uma transição fácil. Eu não conseguia imaginar como sair do seu:

"Você não vai acreditar no preço de um quarto minúsculo em Tóquio."

Para o meu:

"Nossa, é pior do que em Nova York. E sabe o que mais? Sou uma dona de casa de 44 anos."

Não apenas dona de casa, lembrei a mim mesma. Ou só mãe, ou assistente da diretora de marketing do inferno. Uma escritora agora também. Pelo menos isso era algo importante na minha vida que eu podia compartilhar com ele.

— Estou trabalhando em um romance — revelei.

Seu rosto se iluminou, e ele me abraçou.

— Isso é fantástico! — exclamou ele. — Me conta mais sobre ele.

— Ah, não tem muito o que falar — disse. — Eu comecei muito tempo atrás, e o reencontrei há alguns dias, então tenho trabalhado nele.

— Onde ele estava? — perguntou ele, ainda sorrindo.

Olhei para ele, confusa.

— Como assim?

—- Onde você encontrou o romance? Estava, tipo, numa mala, ou você tinha guardado em algum lugar no loft de Maggie?

— Estava em um baú — disse, tentando evitar uma mentira absoluta. — Guardado.

— Ah — disse ele, parecendo que me faria mais perguntas. Porém, balançou um pouco a cabeça e, para meu alívio, decidiu seguir uma linha diferente de perguntas.

— Posso ler? — perguntou ele, com a mesma animação se eu tivesse dito a ele que tinha desencavado uma peça há muito tempo perdida de Shakespeare. — Eu adoraria ler o livro.

— Não — respondi rapidamente.

— Ok, ok — disse Josh, rindo. — Eu entendo. Só me conta sobre o que é. Qual é o título? Quero saber de tudo.

Eu não tinha planejado contar a ele nada disso. Mas conforme ele me indagava uma coisa após outra, comecei a ficar mais e mais animada. E a cada detalhe que eu contava, ele me pedia mais. Qual era a primeira frase? Quantos capítulos eu tinha feito? Como era o personagem principal? Como eu tinha escrito tanto tão rápido? Ele aparecia na história?

Eu me senti desabrochar com a atenção de Josh. Isso era o que o tornava tão diferente de Gary, muito mais atraente do que qualquer homem mais velho que eu conhecia. Não era sua aparência ou seu desempenho na cama — embora isso fosse bastante notável também. Era sua disposição —

não, seu *desejo* — em ao menos concentrar tanta atenção em mim quanto em si mesmo.

Eu queria abrir meu coração, falar sobre Diana com ele. Não queria sobrecarregar Maggie com os riscos da maternidade, não agora quando ela precisava se sentir apenas otimista. Mas Josh, eu sentia, entenderia qualquer coisa que eu contasse a ele. Eu estava tão magoada por minha filha me tratar como se o maior prazer em minha vida fosse lavar suas roupas, queria dizer isso a ele. Mas o pior, eu via agora, eu fiz com que ela fosse assim! Fiz com que fosse assim porque permiti que lavar as meias dela *fosse* meu maior prazer por anos demais.

Eu estava tentando ser paciente, queria dizer a Josh. Eu ainda era mãe; tenho de dar a ela tempo para se ajustar a essa nova maneira de estar comigo. Tenho de mostrar a ela o caminho.

E, enquanto isso, tudo o que eu quero é estar aqui com você, transar com você.

Como se estivesse lendo meus pensamentos, ele se aproximou e me beijou suavemente nos lábios.

— Estava com saudades de você — disse ele.

— Eu também.

Verdade. Verdade com cerejas no topo.

— Preciso te contar uma coisa — falei, sentindo como se eu estivesse olhando para baixo do topo de uma plataforma muito alta.

— Você pode me contar na cama? — perguntou ele. — Se eu não arrancar as suas roupas e deitar nu em cima de você neste exato minuto, vou morrer.

Uma última vez, disse a mim mesma. Vou dormir com ele uma última vez. E depois eu, decididamente, vou contar toda a verdade.

Fiquei deitada nua, com os braços e pernas estendidos, respirando profundamente, com suor cobrindo o meu corpo. Do outro lado do loft, podia ouvir Josh andar de um lado para o outro, enchendo dois copos com pedras de gelo, colocando água neles para gelar, o gelo tilintando enquanto ele voltava até onde eu estava. Podia senti-lo parado ao lado da cama, imaginei Josh me oferecendo a água, mas eu não tinha forças nem para abrir os olhos, menos ainda pegar o copo d'água.

— Essa foi a melhor transa de toda a minha vida.
Ele riu.
— A minha também.
— Sim — disse. — Mas eu sou mais velha que você.
Ele riu novamente.
— Mas isso não significa que você tenha feito mais sexo do que eu.

Eu estava prestes a contradizê-lo, mas pensei que ele provavelmente estava certo. Tinha estado com poucos homens antes de Gary, e eu fiquei grávida logo depois de nos casarmos, e depois o risco de perder o bebê tinha tirado o sexo da jogada por alguns meses, e nós passamos do período da nossa rápida lua de mel para uma rotina semanal de sexo. Uma vez por semana, digamos, por vinte anos. Quanto dava isso? Mil. Não parecia ter sido tanto, e durante meu casamento, eu sempre tentava fazer menos.

Mas com Josh eu sentia que nós tínhamos transando mais de mil vezes este ano, e eu ainda ansiava por mais.

Agora, todo o meu corpo vibrava, meus lábios inchados e formigando. Quando ele se sentou, senti a cama afundar com seu peso e então rolei em sua direção, abrindo os olhos preguiçosamente. Ele era tão bonito, sua pele tão macia e firme, seus músculos tão perfeitamente formados, como se ele tivesse sido gerado naquela manhã. Não pude resistir tocá-lo, correndo minha mão por sua cintura e quadril. Eu queria guardar este momento, tornar esta lembrança tão forte que pudesse durar para sempre.

Mais uma vez, fiquei surpresa comigo mesma ao começar a chorar. Virei de lado e me enrolei como uma criança, soluçando, e a cada vez que eu tentava me recompor e pedir desculpas, eu terminava chorando mais ainda. Josh finalmente largou os copos d'água que ainda segurava e deitou-se ao meu lado, me aninhando em seus braços. O cheiro dele me envolvendo, a pressão de seus dedos em minhas costas, o peso de sua perna cobrindo a minha, tudo aquilo me fez sentir ainda pior.

Havia algo que eu sabia agora e que não sabia quando tinha 20 e poucos anos: era quase impossível de se encontrar um relacionamento como o nosso. Eu poderia, com uma boa dose de sorte, daqui a bastante tempo, conhecer outro homem que seria mais apropriado para o meu eu verdadeiro. Mas sabia que nunca encontraria outra pessoa tão maravilhosa como Josh era.

E ele: será que teria a mesma dificuldade em se relacionar com uma pessoa jovem da forma como se relacionava comigo?

Minha primeira resposta automática foi: não, seria mais fácil para ele, ele era tão mais jovem, sua vida era menos complicada, e, além disso, ele era homem, com um vasto universo de mulheres ao seu dispor. Quando ele tivesse 44, sua idade seria até uma vantagem para atrair meninas de 25 anos.

Para mim, não haveria caras de 25 anos depois de Josh. Mesmo Josh, tão quente junto de mim, sentindo sua respiração pelo subir e descer de seu peito contra o meu, parecia efêmero. A qualquer minuto, ele desapareceria. Eu poderia tentar controlar: continuar não contando a maldita verdade, até mesmo ir com ele para Tóquio. Mas não importava o que eu fizesse, o tempo continuaria passando, tornando-se cada vez mais certo de que ele não seria mais meu.

Capítulo 19

Meu coração disparou quando cheguei cedo ao trabalho na segunda-feira de manhã e encontrei Teri lá, esperando na minha mesa.

— Você chegou cedo — comentei, me esforçando para que meu tom de voz não demonstrasse preocupação. — Tem alguma reunião agora de manhã?

— Venha até a minha sala — disse Teri, ficando de costas para mim. Ela tinha cortado o cabelo recentemente, um formato pontiagudo na base da nuca. — Preciso falar com você.

Segui Teri até a sua sala, sentindo o ar ficar preso na garganta. Eu mal tinha sentado quando ela disse:

— Eu me deparei com algo muito perturbador.

Ela empurrou um pedaço de papel pela mesa na minha direção: uma cópia da minha ficha de inscrição para o trabalho na Gentility Press.

— Qual é o problema?

— Gostaria que você mesma me dissesse — pediu Teri friamente. — Aparentemente nem tudo é verdadeiro nessa ficha.

— O que você quer dizer com isso? — Eu quase não consegui mais falar.

— Aparentemente você não se formou em Mount Holyoke em literatura inglesa, como afirmou.

Consegui respirar.

— Eu me formei, sim — afirmei.

Na verdade, eu tinha me deparado com meu diploma esse fim de semana, enquanto conferia os documentos importantes que tinha guardado no cofre que Gary instalara em casa.

— Eu mesma liguei para Mount Holyoke — informou Teri. — Pedi a eles que olhassem em seus registros de alunos, não apenas dos graduandos em literatura, mas de todos os cursos, e seu nome não estava lá. — Ela deu um sorrisinho triunfante. — Em nenhum deles.

— Quais anos? — consegui sussurrar.

— O quê?

— Quais anos? — repeti mais alto, subitamente certa do que eu estava fazendo. — Quais anos você checou?

— Eu notei que você espertamente deixou a data da sua formatura fora do currículo, o que tornou meu trabalho ainda mais difícil — disse Teri. — Mas eu fiz com que olhassem todos os anos até 1990. Quando você teria, na minha melhor estimativa, uns 10 anos de idade.

— Trinta — corrigi.

— O quê?

— Em 1990, eu tinha 30 anos — afirmei, sentindo, junto com o medo, o alívio de contar a verdade.

Teri abriu a boca e ficou me olhando.

— Eu não acredito em você — disse ela finalmente.

— É verdade. Eu me formei em Mount Holyoke em 1981. — Peguei o telefone na mesa de Teri. — Vá em frente, ligue para eles. Eles vão confirmar na hora.

— Mesmo assim você mentiu — disparou Teri.

— Como eu menti?

— Você se passou por uma recém-formada.

— De que maneira? Não há nada no meu currículo ou na minha ficha de inscrição que diga quando eu me formei ou afirme que fiz qualquer coisa que eu não tenha feito.

— Exatamente! — disse Teri, batendo com a mão fechada na mesa. — O que você não disse é que não é o correto. Se você se formou em Mount Holyoke em 1981, o que você fez nos últimos vinte e poucos anos? Certamente você não ficou "viajando pela Europa", como escreveu aqui, durante todo esse tempo.

— Eu fiquei em casa criando a minha filha. Fiquei em casa esfregando o chão e sendo a mãe perfeita e, sei lá, assando presunto. Ou, como mais de um diretor de recursos humanos chamou em uma das entrevistas de emprego com todas essas datas no meu currículo, "fazendo nada".

Teri me encarou.

— Você mentiu — concluiu ela por fim.

— Eu não menti. Sou mãe, Teri, como você. Mas quando tentei voltar ao mercado de trabalho, à minha carreira, depois de ter ficado em casa com minha filha, encontrei as portas fechadas. Então, eu simplesmente omiti uma parte da minha história, uma parte que não era relevante para minha profissão.

Eu deveria saber que Teri não teria qualquer simpatia pelas dificuldades de voltar ao trabalho depois de ter optado por ficar em casa cuidando dos filhos.

— Outras mães continuaram trabalhando apesar dos sacrifícios envolvidos — declarou ela. — Se você decidiu ficar em casa, tem que estar disposta a pagar o preço.

— Mas por que o preço deve ser a eterna marginalização? — indaguei. — Estou pronta para dar ao meu trabalho toda...

— Você é desonesta — interrompeu-me ela. — Você é ardilosa. Esse não é o único problema.

Prendi a respiração.

— Você está falando sobre o projeto dos clássicos.

— Estou. Você agiu pelas minhas costas. Tentou roubar todas as minhas ideias.

Abri minha boca. Fechei-a. E então abri novamente, bem aberta.

— Como você ousa? — falei. — Você que está roubando as minhas ideias desde o primeiro dia. E não apenas roubando as minhas ideias, como também roubou minhas exatas palavras.

— Isso é ridículo — exclamou ela. — Não sei do que você está falando.

— Você sabe muito bem do que eu estou falando. Você até mesmo admitiu na minha cara, lembra? A história de que "suas ideias são minhas ideias". Você só não chama isso de roubo.

— Não importa o que você diz — falou Teri. — Você é uma mentirosa, e assim que as pessoas souberem o que você fez, ninguém vai acreditar em nada do que você disser.

— Lindsay já sabe tudo sobre você usar as minhas ideias — contei. — Até o Thad sabe uma parte. E, sem dúvida, a Sra. Whitney vai somar dois mais dois e saber que essa é provavelmente a verdadeira razão para você precisar se livrar de mim.

Eu me levantei. Estava com tanto medo, apenas alguns minutos atrás, de que Teri fosse me demitir. Mas agora eu sabia o que eu queria fazer — o que eu *tinha* de fazer.

— Eu amo essa empresa, realmente amo — afirmei. — Eu até gosto do meu trabalho. Mas não posso mais trabalhar para você. Eu me demito.

— Mas... — balbuciou Teri — eu estou demitindo você.

— E lá vamos nós novamente — falei, até mesmo conseguindo dar um sorriso —, você tentando roubar as minhas ideias de novo.

Eu queria ter falado com a Sra. Whitney antes de ir embora, para ter certeza de que ela saberia da minha versão da história, mas isso teria que ficar para uma oportunidade mais tranquila. Neste momento, a única pessoa que eu tinha que ver era Lindsay. A empresa inteira estaria fofocando sobre a minha idade verdadeira em alguns minutos, eu sabia, mas queria que Lindsay soubesse a verdade por mim.

A assistente não estava em sua mesa — provavelmente no banheiro feminino, já ouvindo a história — então, em vez de bater, abri a porta e entrei na pequena sala de Lindsay. Ela me olhou e fez uma carranca: ainda que não oficialmente, ela continuava sem falar comigo. Antes que ela pudesse protestar contra a minha invasão, eu ergui minha mão.

— Só estou aqui para me despedir — falei. — Pedi demissão.

Imediatamente, um olhar de preocupação atravessou o seu rosto, o que, ao menos, me dava esperança de que minha amiga ainda estivesse ali em algum lugar.

— O que aconteceu? — perguntou ela. — Ela tentou novamente ficar com o crédito pelo seu trabalho?

— Não. Quero dizer, sim, isso foi parte do problema. Mas nós tivemos um confronto porque Teri descobriu que eu... imagino que você poderia chamar assim, *deturpei* informações sobre mim em meu currículo. Que eu não tinha sido totalmente honesta sobre o meu passado.

— Você aumentou a sua experiência? — perguntou Lindsay. — Ou alongou as datas em que você trabalhou em algum lugar? Porque se for esse tipo de adulteração, eu não estou nem aí, vou falar com Thad agora...

— Não é isso — interrompi. Respirei profundamente. — Eu não disse a verdade sobre a minha idade, Lindsay. Para a Gentility, para Teri, nem mesmo para você.

— Para mim? Acho que você nunca me disse exatamente quantos anos você tinha. Eu simplesmente supus...

— Esse é o problema. Eu deixei todo mundo presumir que eu tinha saído da faculdade havia pouco tempo, que eu tinha 20 e poucos anos. Mas não tenho, Lindsay. Eu tenho 44 anos.

Lindsay ficou boquiaberta, e ela ficou ali sentada me encarando, balançando a cabeça em negativa.

— Como assim?

— Eu sempre pareci mais nova do que realmente sou. E minha amiga Maggie, a artista que fez os esboços das capas para a reunião dos clássicos, me ajudou com meu cabelo,

a me maquiar, a montar um guarda-roupa mais moderno.
— Dei uma risadinha. — Não se lembra como você ficou perplexa quando viu que eu não me depilava?

— Então, aquilo era apenas porque você era velha e estava por fora — concluiu ela. — A coisa do terceiro mundo e viagem pela Europa era tudo uma mentira também.

Não sei o que me feriu mais, ser chamada de velha ou ter o que eu disse a Lindsay caracterizado como uma mentira.

— Minha intenção nunca foi mentir para você ou magoá-la de alguma forma, Lindsay — falei. — Por isso eu tinha que falar com você antes de ir embora, não só para contar quem eu realmente sou mas para tentar explicar também a maneira como eu me portei sobre seu relacionamento com Thad.

— Sobre o que você está falando?

— Fui casada por mais de vinte anos, Lindsay. Eu fui mãe em tempo integral; tenho uma filha que é quase da sua idade. E quando meu marido me deixou, no ano passado, fiquei completamente perdida.

— E então você decidiu sair e perpetrar essa enorme farsa no mundo?

— Não foi bem assim. Começou como uma brincadeira e depois se transformou em uma bola de neve. Eu me sinto péssima pelas pessoas para quem eu menti, incluindo Teri. Foi muito errado.

— Sim, foi mesmo — concordou Lindsay, cruzando os braços sobre o peito.

— Mas você não vê que essa é a razão para eu ter que contar a verdade agora? Acho que o principal motivo por que quis ser sua amiga foi por você me lembrar de mim mesma quando tinha a sua idade. Eu era como você, tão ansiosa para chegar à parte adulta da vida. Mas agora eu vejo que perdi muitos prazeres de ser jovem. Não, mais do que isso: eu usei meu casamento e minha filha como uma fuga para a parte mais difícil de me tornar adulta.

— Só porque você fracassou — afirmou Lindsay —, não tem o direito de pressupor que eu vou fracassar também.

— Não — concordei. — Claro que não. Mas tenho experiência para achar que você não deveria estar com tanta pressa em se casar, que não deveria dizer tão rápido que jogaria sua carreira fora quando tivesse um filho...

Lindsay ficou de pé em um pulo, como se eu estivesse pegando fogo. Como se ela estivesse pegando fogo.

— Você não sabe nada sobre mim — declarou ela. — Minha geração não é como você. Nós amamos homens. Nós queremos curtir nossas crianças.

— Eu amava meu marido — falei, perplexa. — Eu queria curtir minha filha, também. Eu *curti* a minha filha. Mas isso não quer dizer que eu me sinta indiscutivelmente feliz sobre ter passado meus 20 e 30 anos em casa com uma criança. Gostaria de ter trabalhado mais no passado, de ter visto mais do mundo...

— E eu gostaria que você saísse da minha sala — disse Lindsay.

Parei de falar.

— Estou falando sério — continuou Lindsay. — Quero que você saia.

— Achei que você gostaria de saber a verdade — falei.

Ela fez um sinal na direção da porta.

E, pela segunda vez naquela manhã, eu saí.

Liguei da rua tanto para Maggie quanto para Josh para contar, em diferentes graus de detalhes, o que tinha acontecido, e embora os dois quisessem me ver imediatamente, eu sentia que a única força que me restava era para me arrastar até o ônibus e ir para casa. Prometi a Josh que o veria no dia seguinte, quando, jurei a mim mesma, eu contaria para ele a verdade, toda a verdade — apesar das desastrosas consequências das revelações de hoje. E combinei de ficar com Maggie mais para o fim da semana, quando ela disse que teria mais mobilidade depois da inseminação e eu suspeitava que precisaria mais do seu apoio moral.

Diana ainda estava dormindo quando cheguei em casa, o que foi um grande alívio. Eu me enrosquei em um canto do sofá, puxei a única manta oriental que Maggie não tinha surrupiado e apaguei imediatamente.

Eu me desliguei completamente até sentir uma mão sacudindo meu ombro e então abri os olhos e vi Diana me encarando, uma expressão preocupada em seu rosto.

— Você está doente? — perguntou ela.

— Não — respondi. — Vim para casa mais cedo.

Fiquei esperando que Diana me perguntasse por que eu tinha voltado para casa mais cedo, e eu diria a ela que tinha pedido demissão, isso se não contasse a verdadeira razão para a minha saída, e ela ficaria comovida, prepararia uma xícara de chá para mim, e então sentaríamos no sol que batia na sala de estar, e eu ficaria feliz por estar em casa com minha filha.

Mas, em vez disso, ela disse:

— Ah, ótimo. Sabe o que eu queria muito? As suas panquecas.

Não importava que eu tivesse me oferecido para fazer panquecas no fim de semana, e ela me esnobou, dizendo que engordavam muito. Não importava que eu só precisasse despejar a mistura em uma vasilha, jogar um pouco de água e depois misturar, algo que ela poderia preparar facilmente sozinha.

Embora eu soubesse que isso era ridículo, parte de mim se sentia gratificada que minha menina crescida ainda precisasse que eu fosse sua mamãe — mais precisamente, ainda *queria* que eu fosse. Eu me levantei do sofá, engoli qualquer ressentimento que poderia sentir sobre sua demonstração de desinteresse em mim, e fui para a cozinha, com Diana me seguindo. Ela se sentou na mesa de pinho folheando os jornais matutinos enquanto eu colocava um bule de café para ferver, misturava a massa de panqueca na vasilha verde da minha mãe, aquecia a chapa que eu tinha desde a infância de Diana, com seus quatro círculos prateados perfeitos desenhados na superfície, nos quais as panquecas eram sempre preparadas.

Preparei panquecas no café da manhã para ela praticamente todos os dias enquanto ela crescia, progredindo da massa feita em casa para as prontas de mercado, adicionando chips de chocolate e mirtilos, colocando chantilly no topo ou vertendo a massa no formato das letras do seu nome, de acordo com seu capricho. Quantas panquecas daria isso? Quatro por dia numa média de seis dias por semana, durante 15 anos — perto de 20 mil panquecas. Vinte mil e quatro, contando com as de hoje.

— Lembra de todas aquelas manhãs — falei para ela, que estava sentada na mesma cadeira de sempre. — Que eu preparava panquecas para você? Quando eu acrescentava chips de chocolate ou frutas vermelhas nelas, você sempre insistia para que eu colocasse cinco pedaços em cada panqueca. Você ficava contando.

Diana sorriu, mas não me olhou. Senti uma onda de irritação percorrer meu corpo, mas a deixei de lado.

— E o que você vai fazer hoje? — perguntei a ela.

— Vou à casa do papai — disse ela, dando um grande bocejo. — Posso pegar o carro?

— Claro — respondi. — Quando você planeja voltar para casa?

— Não sei. Vou passar a noite lá, e talvez volte para o jantar amanhã, ou fique mais alguns dias. Não quero fazer planos, ok?

— Claro — concordei, virando as panquecas. — É só que, se você vai pegar o carro...

Diana largou o jornal e me olhou.

— Mãe, você tem que parar de me tratar como uma criança, tá? Se eu for morar aqui com você e se a gente quiser se dar bem, você precisa me tratar como uma adulta igual a você.

Respirei fundo, vendo o vapor subir pelos cantos da panqueca, esperando até tirá-las e pôr no prato e depois colocá-lo na mesa em frente a Diana para falar.

— Você está certa — concordei então, surpresa com o quanto minha voz soava determinada. — E você precisa me tratar como a adulta que eu também sou. Não a mamãezinha cuja única função é fazer panquecas para você pela manhã.

Diana piscou, o xarope escorrendo do frasco que ela segurava virado em cima de seu prato.

— Bom, você não precisa fazer panquecas se não quiser.

— Eu quis fazer — assegurei a ela. — Não estou dizendo que eu não quero ser sua mãe ou que não quero fazer as coisas para você. Só estou dizendo que quero que você tenha alguma consciência de que eu sou um ser humano, e que se eu cheguei em casa do trabalho no meio da manhã e não estou doente, deve haver algum motivo.

Diana pousou o frasco de xarope com um baque, mas era tarde demais, as panquecas estavam encharcadas em uma poça de gosma.

— Qual é o motivo? — perguntou ela.

E então comecei a chorar, não apenas por causa da discussão que estávamos tendo, mas pela intensidade de tudo o que tinha acontecido durante toda a manhã.

— Eu perdi meu emprego, ok? — consegui falar.

— Como assim perdeu?

— Eu pedi demissão. Mas se eu não tivesse pedido, eu teria sido demitida.

Diana não falou nada, mas subitamente ouvi sua cadeira se arrastando no chão e então ela estava ao meu lado, sua mão no meu ombro, cautelosamente a princípio, mas depois me puxando para mais perto dela.

— Não se preocupe — disse ela. — Você vai encontrar outro emprego.

— Não, eu não vou — solucei. — Foi tão difícil conseguir esse, e agora ninguém nunca mais vai querer me contratar.

— Que isso, mãe — exclamou Diana, acariciando minhas costas como se eu fosse um bebê. — Você disse que estava indo tão bem. Você teve todas aquelas ótimas ideias, e todo mundo gostou. Era só a sua chefe que era uma idiota.

Eu balancei a cabeça contra seu ombro.

— Você não sabe a história toda — admiti.

— Bom, então me conte! — explodiu ela, se afastando de mim e me segurando com os braços esticados. — Talvez eu às vezes não pergunte coisas a você, mas você também não me conta! Eu adoraria saber toda a história.

Olhei diretamente em seus olhos, tentando avaliar se ela estava pronta para ouvir o que ela chamava de toda a história, assim como se eu estava pronta para contá-la. Talvez Diana estivesse certa, eu tinha de estar mais disposta a contar a coisas para ela, e ela estar mais disposta a perguntar. Talvez eu até faça isso, algum dia em breve.

Mas não hoje, pensei, lembrando a reação de Lindsay essa manhã, antecipando a de Josh no dia seguinte. Perder um emprego, uma amiga e talvez um amor — esses golpes eram terríveis, mas, no fim das contas, eram golpes que eu sabia que poderia aguentar. Mas se eu perdesse minha filha, podia muito bem me encolher novamente no canto do sofá e morrer.

Capítulo 20

Quando virei a esquina do quarteirão do metrô para o quarteirão de Josh, eu literalmente não podia acreditar no que os meus olhos viam. Lá estava ele — ou pelo menos alguém que era idêntico a ele — do lado de fora do prédio, encostado em um Mustang conversível vermelho brilhante, com a capota arriada. Seu rosto se iluminou quando me viu, e ele balançou as chaves no ar triunfantemente.

— O que é isso? — perguntei

— Uma surpresa. Achei que você precisava de um pouco de diversão.

— Meu Deus — exclamei —, isso é tão *fofo*. Mas onde você conseguiu esse carro?

— Peguei emprestado — contou. — Do meu parceiro Russ, o cara que toca na banda que fomos ver naquela primeira noite. Mas não use isso contra ele.

Eu ri.

— Eu não entendo — falei, observando o carro, o estofamento preto luzindo como verniz, os detalhes em cromo brilhando como se eles tivessem sido cunhados ontem. — Aonde nós vamos?

— Jersey — sorriu ele.

— Nova Jersey? — indaguei, tentando conter meu horror. — Por que você quer ir lá?

— Não eu — disse ele. — *Nós*. Ah, vamos lá, esse não parece o tipo de carro que um cara numa música do Bruce Springsteen dirigiria? Esse carro está louco para estar em Jersey.

— Bom, mas talvez eu não esteja — declarei duramente Josh me olhou de forma estranha.

— Poxa, amor — disse ele, abrindo a porta do carona.
— Nunca achei que você fosse esnobe.

— Não é isso... — neguei, arrepiada que ele achasse que eu era o tipo de nova-iorquina que zombava de Nova Jersey, o tipo de pessoa que eu sempre odiei. — Eu realmente preciso conversar com você.

— Sobre seu trabalho — concluiu ele, me dando um empurrãozinho na direção do assento do carona. — Eu sei. Eu tenho um plano.

— E sobre outras coisas também — gritei enquanto ele dava a volta para chegar ao lado do motorista.

— Tem outras coisas que quero te falar também. — Ele tinha sentado atrás do volante, estava afivelando o cinto e colocando a mão na ignição. — Podemos conversar sobre tudo assim que chegarmos lá.

— Assim que chegarmos *aonde*? — perguntei, o pânico começando a se instalar em mim.

Pela primeira vez, ele hesitou.

— Bom, eu apenas pensei que poderíamos ir para Nova Jersey e procurar algum lugar legal por lá. Você já foi a Nova Jersey?

— Sim — admiti. — Eu cresci em Nova Jersey.

— Legal — disse ele, um sorriso largo tomou conta do seu rosto. — Então você pode nos guiar.

Ele virou a chave, e o Mustang rugiu para a vida. Rugir era a palavra certa: o barulho do motor era tão alto e, assim que começamos a andar, o vento chicoteava minha cabeça com tanta força que era impossível conversar. Guiei Josh com as mãos, indicando a direção da ponte de Williamsburg, cruzando Manhattan e depois serpenteando pelas ruas lotadas de Chinatown e do Soho até o túnel Holland.

— Isso não é o máximo? — comentou Josh enquanto o carro corria pela ponte.

— O máximo — respondi, torcendo para que a poeira não se alojasse em meus dentes.

Em Manhattan, em um raro momento que ele não estava mudando a marcha, Josh pegou minha mão, rindo e assentindo para mim acima do clangor das buzinas e do cheiro da fumaça do escapamento dos caminhões. Ficava cada vez mais difícil sorrir de volta ao imaginar a conversa que teríamos assim que cruzássemos o limite do meu estado natal.

— Talvez devêssemos parar aqui — sugeri a ele, durante uma trégua momentânea no barulho e no trânsito na West Broadway, apontando para os cafés na calçada. — Esse seria um lugar perfeito para conversar.

Ele balançou a cabeça com firmeza.

— Eu quero colocar essa belezinha na estrada. Ir a algum lugar totalmente novo com você.

— Eu já fui à Nova Jersey — lembrei a ele. — Muito.
Mas ele estava firme.

— Então vamos à Pensilvânia — berrou ele, mudando de marcha ao ultrapassar um sinal amarelo na Canal Street.

— Ou até a Califórnia.

Eu nunca sobreviveria até a Califórnia, não nesse carro. Correndo pelo túnel Holland, atacada pelo barulho e pela fumaça, imaginando o rio correndo na mesma direção acima da minha cabeça, eu duvidava da minha capacidade de sobreviver até Hoboken. Tudo em que conseguia pensar era que estava muito velha para isso. Cada dúvida que eu já tive sobre minha capacidade de continuar com Josh reapareceu neste momento. Sabia que isso era para ser divertido. Não tinha dúvidas de que Josh tinha se empenhado muito para me proporcionar uma experiência maravilhosa. Mas eu estava odiando. E eu não poderia continuar nem por um segundo além do necessário.

— Em qual direção? — berrou Josh assim que saímos do túnel.

— Pare! — gritei.

— Onde? — Ele olhou em volta, confuso. Só havia postos de gasolina, armazéns e pistas da rodovia que levavam para o oeste.

Eu sabia que o centro de Hoboken ficava logo à direita. Mas nunca havia vagas na rua por lá, mesmo para uma conversa rápida. À esquerda ficava Jersey City, tão misteriosa para mim quanto Calcutá.

— Tudo bem, apenas continue — falei, indicando para que ele fosse em frente.

Esse caminho eu podia dirigir dormindo, e algumas vezes quase o fiz. Era a Nova Jersey da imaginação de todas as pessoas: estradas sinuosas e descampados planos, as torres de metal negro e as estruturas de prédios feios. Eu conhecia cada pequeno atalho e caminhos secretos, guiando Josh pela Pulaski Skyway e pela Rota 280, além dos prédios de Newark e das rodovias para lugar nenhum.

Finalmente, quando passamos pelos montes verdes que escondiam os subúrbios além da rodovia, Homewood entre eles, Josh pareceu relaxar.

— Aqui é bonito — exclamou ele.

Assenti, me preparando psicologicamente para o que eu sabia que devia fazer.

— Tudo bem com você? — perguntou ele.

Assenti novamente, e indiquei a placa da próxima saída.

— Vamos entrar aqui — indiquei.

— Aqui? — Ele pareceu surpreso.

Ele deve ter imaginado que eu precisava ir ao banheiro, ou que tive uma urgência desesperada por água ou lenços de papel, enquanto eu o guiava pelas ruas do subúrbio, minha mente passando pelas possibilidades de lugares em que pudéssemos nos sentar sem sermos incomodados, onde pudéssemos parar sem que nenhum dos meus conhecidos de Homewood nos vissem, onde poderíamos ir para conversar sem tornar isso tudo mais difícil do que já seria. Um estacionamento parecia muito cruel, uma estrada isolada, muito romântico, e a ideia de alguma rua anônima do subúrbio — com as mães que ficam em casa nos espiando pelas janelas e os corredores olhando descaradamente enquanto se exercitam — fazia com que eu quisesse me deitar e me encolher ali no asfalto.

Finalmente, o guiei por um caminho que levava a um restaurante extravagante, onde eu e Gary fomos algumas vezes em nossos aniversários de casamento, e que ficava no topo de uma ribanceira com vista para Manhattan. Mas antes de chegar ao restaurante, havia um estacionamento público com vagas ao longo de uma calçada com uma vista espetacular da cidade. Foi para lá que eu e minha amiga Lori fomos no dia que as torres do World Trade Center foram atingidas, assistindo horrorizadas, junto com centenas de desconhecidos, os prédios se tornando colunas de fumaça.

Eu ainda vejo o fantasma das torres no horizonte, uma ausência palpável do que era, e, por outro lado, uma esplendorosa vista da cidade em que eu e Josh estávamos profundamente apenas algumas horas atrás.

— Isso é incrível — exclamou ele.

— Vou sentir tanto a sua falta — deixei escapar, colocando a culpa nas torres que não existiam mais, uma lembrança da dor que eu tinha esquecido quando escolhi esse lugar por conta de sua privacidade, sua beleza, sua calma.

Inexplicavelmente, ele sorriu.

— É sobre isso que eu queria conversar com você. Viu, não é uma coisa tão ruim o que aconteceu com seu emprego. Porque agora você está livre. Livre para vir para o Japão comigo.

— Oh, Josh — exclamei, assustada com o rumo que ele estava dando àquela conversa, tão diferente do que eu planejara. — Eu não posso ir para o Japão com você.

— Por que não? Você não tem mais seu trabalho te prendendo aqui. Pode escrever em qualquer lugar.

— Não é isso, Josh.

Era agora. Impreterivelmente. Este era o momento para contar a ele a minha idade.

— Existem coisas sobre mim que eu não te contei — comecei.

— Eu imaginei — disse ele, virando-se no assento do carro para me encarar diretamente. — Quero dizer... você é casada, Alice?

— Não! — respondi, perplexa com o que ele tinha especulado. Não, eu não devia ficar perplexa; era uma conclusão lógica. E não estava muito longe daquilo. — Não — repeti, mais suavemente dessa vez, porém com a determinação de que revelar tudo era o único caminho. — Mas eu era. Eu estava separada já fazia um ano quando nos conhecemos.

— Ah — disse ele, com o alívio inundando sua voz. — Comecei a pensar que isso era o óbvio quando você desaparecia por dias a fio e nunca me levava até o seu apartamento. — Ele deu uma risadinha. — Eu estava começando a pensar que você realmente tinha um marido e, tipo, cinco filhos.

— Só um filho — confessei.

Mais uma vez, ele pareceu atordoado.

— Mas como isso é possível? Todo aquele tempo na cidade, e não havia nenhuma criança. A não ser que ela fique com o pai ou algo assim, ou com algum parente, mas não faz sentido...

Eu, então, coloquei um dedo em seus lábios.

— Minha filha tem 22 anos.

Ele puxou a cabeça para trás e me olhou de forma esquisita, como se isso fosse uma daquelas charadas com uma resposta que deveria ser óbvia: a cirurgiã era a mãe da paciente! Não podia fazer mais nada agora além de contar tudo.

— E eu não tenho 29 anos, Josh. Tenho 44.

Tudo pareceu parar em seguida. As folhas das árvores pararam de balançar com a brisa, a linha do horizonte da cidade desapareceu de vista. Até mesmo o avião que zumbia acima no céu imaculado parecia ter se silenciado.

Finalmente, Josh balançou a cabeça como se tentasse arrancar dela uma visão perturbadora.

— Isso não é possível.

— É possível — afirmei. — Não só possível, como verdade.

— Jesus, Alice — explodiu ele. — Foi tudo mentira desde o início.

E com isso, ele empurrou a porta do carro e saiu caminhando pela grama vasta, indo em direção à fileira de árvores. Esperei um momento, pensando que ele certamente daria meia-volta, mas ele continuou, rapidamente desaparecendo, até que eu finalmente saltei do carro e corri atrás dele.

— Josh — berrei. — Pare!

Ele parou de andar, mas não se virou.

— Eu nunca menti — me justifiquei, ofegando, quando finalmente o alcancei. — Eu só não contei a verdade.

— Mas naquela noite no bar, no Ano-Novo — disse ele, se virando para me olhar. — Você fingiu desde o princípio que era mais jovem.

Aquilo estava certo? Eu me arrumei para *parecer* mais jovem, mas, a partir dali, muito foi suposição. Uma suposição que eu encorajei.

— Era só para ser divertido — confessei, meu coração afundando com a lembrança.

— Divertido para você. Mas você não se preocupou com como eu me sentiria.

— Eu fiz isso antes de *conhecer* você — falei. — Ou pelo menos antes que passasse pela minha cabeça que nós nos envolveríamos. A última coisa que eu esperava era me apaixonar por você.

Josh me olhou. Ele me olhou profundamente.

— O que você disse? — perguntou ele.

Senti o rubor subindo pelas minhas bochechas. Eu não pretendia falar aquilo. Não sabia nem mesmo que estava pensando naquilo. Mas agora que eu tinha falado tudo, por que esconder isso?

— Isso é verdade também — admiti. — Eu me apaixonei por você, apesar de termos falado que não queríamos compromisso. Não queria que isso acontecesse. Mas aconteceu. Desculpe.

Josh estava me encarando, boquiaberto. Então, subitamente, ele abriu os braços, jogou as mãos para cima e gritou:

— Mas isso é ótimo! Eu amo você também! Você não deixou que eu dissesse antes, mas é verdade. Eu amo você, Alice. Eu amo você!

Balancei a cabeça negando e dei um passo para trás, mais perplexa com a reação dele do que eu teria ficado se ele me dissesse que não queria nunca mais me ver.

— Mas você não me conhece — falei. — Não o meu eu verdadeiro.

Ele se aproximou e passou as mãos pela parte externa dos meus braços, os quais eu mantinha rígidos ao lado do meu corpo.

— Você está aqui — disse ele. — Essa é você, não é? Você me ama, e eu te amo. É tudo o que preciso saber.

— Ah, por favor, Josh! — gritei. — Não é tão simples assim. Talvez em um mundo perfeito nossas idades não seriam um problema, mas o fato é que são. O fato de nós nos amarmos não é o suficiente para fazer um relacionamento dar certo.

Ele cruzou os braços sobre o peito e levantou o queixo. Não parecia mais estar com raiva, nem magoado, em vez disso fez uma expressão que eu viria a reconhecer como determinação.

— Por que não? — questionou ele, projetando o queixo em minha direção. — É o suficiente para mim.

— Bom, para começar, eu não posso largar tudo e ir para o Japão com você. Tenho minha casa, minha filha, tenho uma vida aqui sobre a qual você não sabe nada.

— Então eu vou ficar aqui — decidiu ele. — Tem outros cursos de design de jogos ou eu posso trabalhar em uma empresa por um tempo...

Eu me aproximei e agarrei seu antebraço.

— Não vou permitir que você faça isso — afirmei. — Sei o quanto quer isso. Você não pode desistir por minha causa.

— Então podemos ficar indo e voltando — disse ele. — Vamos ter um relacionamento à distância até que a gente more no mesmo lugar novamente.

— E então o quê? — explodi. — Qual é realmente nosso futuro, Josh? Você é jovem. Em algum momento vai querer casar, ter uma família...

— Então vamos nos casar. — Ele deu um sorriso.

Não podia mais aceitar aquilo, já estava balançando a cabeça em negativa.

— Eu não posso mais ter filhos, Josh. Eu tentei durante anos depois que minha filha nasceu. Não dá para mim.

— Então a gente adota! — sugeriu ele, fazendo um movimento para me abraçar.

Mas fui mais rápida e me afastei novamente.

— Não — neguei. — Não quero um bebê a essa altura da vida, Josh. E essa é a maior diferença entre nós. Essa opção está descartada para mim porque eu quero que seja assim. Mas para você está tudo aí.

— Isso não é importante — afirmou ele, tentando se aproximar novamente. — Eu não me importo com bebês. Só quero você.

— Não vou permitir que tome essa decisão nesse momento da vida. Em cinco, dez ou vinte anos, você pode muito bem mudar de ideia. E você tem que se dar essa liberdade.

Josh ficou em silêncio por um longo e desconfortável tempo, e depois disse, em uma voz tão baixa que eu quase não ouvi:

— Achei que você tivesse dito que me amava.

Eu sabia o que eu devia dizer em seguida, mas eu precisava adiar o que ia falar, saborear o que eu subitamente sabia ser o último momento da minha juventude, da minha real juventude e inocência. Tudo isso, as roupas, a maquiagem, fingir ser mais jovem, o trabalho, mesmo esse relacionamento, não tinha sido um ardil maquinado por uma mulher madura, mas sim uma brincadeira de menina.

E então, me tornando mais jovem, eu tinha, de alguma forma, amadurecido. Eu me tornara o meu real eu adulto. A pessoa que agora pegava a mão de Josh na sua.

— Eu realmente te amo — falei para ele. — E é por isso que eu tenho que dizer adeus.

Capítulo 21

— Isso é tão romântico — exclamou Maggie, colocando as mãos com os dedos entrelaçados perto de seu coração. — É como um daqueles filmes antigos da Bette Davis, ou *Adeus às armas*.

— Eu nunca li *Adeus às armas* — respondi abatida.

— Eu também não — disse Maggie —, mas é totalmente o tipo de coisa "Nós nos amamos, mas não podemos ficar juntos". Você sabe o que eu quero dizer.

— Não acredito que você ficou toda sentimental para cima de mim — comentei. — Esperava que falasse que eu estou fazendo a coisa certa, que essa é a hora de parar de brincar com ele e seguir com a vida adulta.

— Verdade — concordou Maggie. — Poderia ter falado isso tudo, mas isso foi antes de eu ter percebido o que era *amor* de verdade.

Ela começou a piscar muito e deu um pequeno gole em seu vinho. Estávamos sentadas na varanda de um café perto de seu loft. Era um dia quente e claro, a princípio achei que o sol estava batendo nos olhos de Maggie. Mas então eu olhei mais de perto.

— Você está... chorando? — perguntei, perplexa. Maggie odiava chorar. Ao longo dos anos, eu testemunhei quando ela quebrou um braço, foi duramente repreendida pelos pais, perdeu amores, viu sua arte sendo rejeitada como lixo pelos críticos, e ela nunca chegou perto de derramar uma lágrima. E agora seus olhos estavam cheios de lágrimas por causa de algo que eu sentia.

— Não, é só que... — Ela passou a mão nos olhos com força, conseguindo apenas borrar o rímel. — Ok, estou, tá bom? Não sei o que está acontecendo comigo. Só ando meio emotiva ultimamente.

Meu coração começou a bater mais rápido.

— Você está grávida! — exclamei.

— O quê? Não. Com certeza não.

— Como você saberia? Só tem uma semana desde a inseminação.

— Eu não fiz nenhum teste nem nada, mas tenho certeza de que não. Não estou sentindo. Na verdade, acho que estou ficando gripada ou algo do tipo. Tenho andado muito cansada e chorosa. Chorei ontem à noite com um comercial de telefone celular.

Aquilo parecia gravidez para mim. Para ser sincera, quanto mais eu olhava para ela, mais grávida Maggie parecia, mesmo estando tão no início. Os contornos estavam mais suaves, sua pele parecia mais rosada, até seu cabelo se recusava a ficar espetado, em vez disso encaracolava-se gentilmente em volta de seu rosto.

— E você já teve alguma resposta da agência de adoção? — perguntei.

— Sim — respondeu ela, subitamente animada, pegando na minha mão. — Essas são as *minhas* novidades. Não quis contar pelo telefone. Estou oficialmente na lista de espera por uma criança.

— Oh, Maggie, isso é incrível! Alguma ideia de quando vai haver um bebê para você adotar?

— Isso ainda não está definido — explicou Maggie, em estado de excitação. — Pode levar anos, pode ser amanhã. Mas eu definitivamente vou ser mãe.

— Estou tão feliz por você — exclamei, me levantando para envolvê-la em um abraço. — Mal posso esperar para ver você com seu filho.

Pela primeira vez naquela semana horrível, meu humor melhorou, ficando alegre por Maggie e feliz em participar de seu futuro. Sentando-me novamente na cadeira, olhando em torno do café e para a calçada cheia de gente, fiquei surpresa em ver quantos bebês tinham subitamente aparecido, aconchegados no peito de suas jovens e novamente magras mães.

— Desde quando isso aqui passou a ser um bairro familiar? — perguntei a Maggie.

Ela olhou em volta.

— Não é estranho? Durante anos nunca vi uma única criança por aqui, e agora parece que elas estão por toda parte. Achei que talvez fosse só eu reparando pela primeira vez agora que eu mesma estava tentando ter um.

— Aparentemente você vai ter muita companhia — comentei. — Isso é ótimo.

— E você? — perguntou Maggie. — Por que você pelo menos não considera a ideia de ter outro filho, se você é tão apaixonada por ele? Podíamos ir para a China juntas, criar nossas meninas para serem melhores amigas. O próximo apartamento que vagar no meu prédio, eu alugo para você, Josh e o bebê, e vamos ser todos pais jovens juntos.

— E Diana? — perguntei, entretida com a visão de comunidade de Maggie, uma visão que teria me animado em meus primeiros anos de maternidade, e que Maggie, naquela altura de nossas vidas, tinha achado inacreditavelmente sem graça.

— Bem — disse Maggie —, ela também estaria lá.

— Tenho certeza de que ela vai se dar bem com o padrasto Josh. Provavelmente eles gostam das mesmas músicas. E podem jogar video games juntos.

— A higienista queridinha de Gary não é muito mais velha do que Josh — comentou Maggie.

— Ela tem uns 30 e poucos — disse. — E, além disso, você sabe que é muito diferente quando a mulher é mais velha.

— Não deveria — disse Maggie, franzindo a testa.

— Claro que não. Mas é assim. E o cara pode ter filhos com a idade que quiser.

— Mas você também — afirmou Maggie. — Se você adotar.

— Mas eu já fiz isso tudo, eu já vivi essa vida inteira. Não posso recomeçar tudo de novo e parar com a minha vida por causa de um filho.

— Você não seria uma mãe em tempo integral desta vez — disse Maggie. — Você continuaria trabalhando, assim como eu vou fazer.

Dei um suspiro. Nunca era tão simples assim; você nunca fica totalmente no controle. Mas também não dava para explicar tudo para as pessoas antes de elas mesmas terem os próprios filhos.

— Talvez — falei — eu pudesse balançar o berço com meu pé enquanto digito no meu laptop.

— Exatamente! — exclamou Maggie, como se tivesse descoberto a pólvora. — Eu planejo deixar minha filha brincando no estúdio bem ao meu lado. Vou dar a ela seu próprio cavalete e pincéis e permitir que ela crie.

— Ótimo. E se ela começar a pintar as paredes?

— Isso seria incrível! Eu acho que se você der liberdade às crianças, elas se tornam pessoas verdadeiramente criativas. Planejo oferecer orientação, mas basicamente vou deixar minha filha fazer as próprias escolhas.

Tudo bem! Um monte de mães de primeira viagem se apega a esse tipo de teoria, lembrei a mim mesma; eu inclusive. Mas assim que elas começam a lidar com rabiscos de giz de cera reais, com crianças cuspindo leite, rasgando livros, elas normalmente mudam de opinião. Maggie teria de passar ela própria por essa progressão na maneira de criar seu filho — ou decidir que poderia lidar com as consequências.

— As coisas estão um pouco melhores com Diana — contei, pensando que esse era um bom momento para mudar de assunto. — Ela está se esforçando para ajudar em casa e parece ter parado com aquela atitude adolescente.

— Que bom. Você contou o que aconteceu com Josh?

Balancei vigorosamente a cabeça.

— Ela nem mesmo sabe que houve um Josh nem vai saber. A esta altura, não tenho o menor motivo para contar sobre ele ou sobre toda a farsa da idade.

— Por que não? — quis saber Maggie. — Imagino que ela acharia divertido.

— Não — respondi com firmeza. — Tem coisas que você não conta para os seus filhos. Você não fala sobre sua vida sexual. Você não despeja seus problemas emocionais neles. E eu, definitivamente, não vou confessar que estava levando essa vida dupla, na qual eu fingia que ela nem existia.

— Colocando dessa maneira — disse Maggie —, entendo você.

— De qualquer forma, não importa mais — falei. — Estou exatamente no lugar onde comecei e preciso apenas retomar a minha vida como se toda essa peripécia estúpida não tivesse acontecido.

Levei um minuto para perceber que Maggie estava me encarando com um olhar de incredulidade em sua nova face rosada.

— Não seja ridícula — disse ela. — Você não está de forma alguma no mesmo lugar onde começou. Está escrevendo um livro agora, certo?

— Verdade — confirmei. Sem emprego nem namorado, eu tinha bastante tempo e energia para escrever, preenchendo páginas e mais páginas todo dia e pela noite. — Mas é um livro que eu tinha começado antes.

— Mas agora você tem a confiança e a experiência para terminá-lo — afirmou ela. — Além dos contatos para conseguir publicá-lo.

— Você está se referindo à Gentility Press? Duvido que eles algum dia queiram saber de mim outra vez.

— Está vendo, você não pode desistir tão facilmente. Além do mais, sempre teve a obstinação para correr atrás de algo que queria. Lembro o quanto e por quanto tempo você tentou ficar grávida de novo depois de Diana. Sempre foi uma verdadeira inspiração para mim.

— Uau — disse, percebendo pela primeira vez que minha persistência em tentar ficar grávida era algo que poderia aplicar na minha vida profissional. — Obrigada.

— No fim das contas, eu acho que a Sra. Whitney poderia se interessar em ouvir o seu lado da história — disse Maggie. — E aposto que Josh estaria disposto a falar com você novamente.

Nesse ponto, tive de discordar com firmeza.

— Nós iríamos terminar de uma forma ou de outra, quando ele partisse para Tóquio na semana que vem — falei. — Só facilitei para ele.

— E para você? — questionou Maggie.

— Para mim o quê?

— Você facilitou as coisas para você? Achei que se colocaria em primeiro lugar de agora em diante. Ou talvez seja isso o que você está fazendo. Talvez tenha terminado com ele por temer que se ele conhecesse a verdadeira você, por mais que estivesse disposto, ele não a amaria mais.

— Aiii — disse.

— A Verdade Verdadeira, querida.

Do nada, ela sentiu o cheiro de algo no abafado ar da primavera, seu lábio se contorcendo e o rosto passando de rosado para um tom de verde pouco lisonjeiro.

— Ai, meu Deus — disse ela. — Que cheiro horrível é esse?

— Acho que é frango grelhado — falei depois de tentar identificá-lo.

Ela gemeu e pareceu que ia passar mal.

— Não diga isso — pediu ela. — Não sei o que tem de errado comigo, mas só de ouvir essa palavra me dá enjoo.

— Que palavra? — disse intrigada. — Fran...?

Ela deu um pulo de sua cadeira e correu para dentro do restaurante, presumivelmente para o banheiro feminino.

Se ela não tivesse saído tão precipitadamente, eu teria começado diretamente essa outra questãozinha. Mas ela descobriria a verdade sozinha muito em breve. Ela sempre se revelava, no final. A Verdade Verdadeira, querida, de volta para você.

Passei tanto tempo escrevendo que quando acabou o fim de semana, eu já tinha páginas suficientes para enviar para a Sra. Whitney, no endereço de e-mail que eu sabia que ela abria pessoalmente, com uma carta explicando o meu lado da história. Eu não culpava Teri ou qualquer outra pessoa além de mim mesma. Disse que tinha sido errado da minha parte ter enganado todos. Mas eu também ressaltei que era uma profunda admiradora dela e de sua editora, que eu havia tentado conseguir um emprego como a minha versão de meia-idade e tinha sido recusada, e que eu acreditava que minhas ações tinham sido uma tentativa de encontrar uma solução criativa para o problema da discriminação etária que flagelava o ambiente de trabalho americano.

Eu fiquei tentada, assim que mandei a correspondência, a dedicar o resto do meu tempo a rezar por um desfecho positivo, mas sabia que se não continuasse trabalhando, eu terminaria limpando obsessivamente a casa, cozinhando, cuidando do jardim e minando qualquer progresso que tivera em fazer com que Diana ajudasse.

E ela tinha começado a ajudar. Ocasionalmente. Desleixadamente. Mas ainda assim ajudando. Minha parte do trato foi me retirar para o jardim ou para meu quarto com meu laptop, seguir trabalhando no livro e deixar que ela cuidasse de tudo.

Conforme os dias iam passando, eu pensava constantemente em Josh. Agora ele estaria empacotando as coisas em seu apartamento. Provavelmente arrumando a mala. Agora deve estar indo para a casa de seus pais, onde eu sabia que ele planejara passar os últimos dias antes da partida. A data e o horário, a companhia e até o número do voo estavam guardados na minha memória há semanas.

Ele estava tão incessantemente em minha cabeça que na tarde que voltei para casa do supermercado e encontrei Diana me esperando na porta da frente dizendo "Ligaram para você", pensei imediatamente que tinha sido Josh. A princípio, ele iria embora no dia seguinte, eu sabia, talvez ele só tivesse que falar comigo antes de ir. Talvez eu ligasse para ele de volta, para dizer adeus... Talvez...

Diana continuou falando, interrompendo meu devaneio. Aparentemente, não tinha sido Josh quem ligara afinal. Diana dizia algo sobre Lindsay.

— Espere um segundo — pedi. — Lindsay? Você deve ter entendido errado.

Diana sorriu.

— Ah, eu não entendi errado. Lindsay, a editora com quem você trabalhava.

Senti o calor subindo pelas minhas bochechas, as sacolas com as compras deslizando das minhas mãos.

— Ela pediu que eu ligasse de volta?

— Ela estava saindo do escritório. Mas pediu que eu te dissesse que ela quer publicar o seu livro.

Diana me levou para jantar naquela noite para comemorar. Quando protestei, dizendo que ela não poderia arcar com aquilo, ela deu uma piscada e disse que o pai tinha dado algum dinheiro para ela.

Depois de comermos, ela pediu uma garrafa cara de champanhe e ergueu sua taça em minha homenagem.

— À minha mãe — disse ela. — A mulher com a aparência mais jovem de todo o salão.

— Tirando você — ressaltei, me sentindo ruborizar.

— Sim, mas eu *sou* realmente jovem — corrigiu Diana. — Enquanto você, você tem 40 e poucos, mas qualquer um acreditaria que você tem, sei lá, 27 ou 28, certamente menos de 30.

Minhas bochechas estavam realmente pegando fogo agora, mas Diana sorria tão inocentemente que pensei que ela pudesse estar tendo essa reação pela maneira como eu parecia à luz de velas.

— É que está muito escuro aqui — comentei, me obrigando a rir.

— Acho que não — disse ela. — Mesmo, digamos, naquele tipo de luz fluorescente que se usa em escritórios, ou em academias de ginástica, qualquer um poderia achar que você é muito mais nova.

Congelei. Obviamente, ela descobriu.

— Lindsay — sussurrei.

— Isso, mãe — respondeu Diana, os cantos de sua boca se contraindo. — Sério, aulas de Krav Maga?

— Ela te contou isso?

Diana assentiu.

— Bar de martínis. Um namorado chamado Josh que é designer de video games?

Foi então que, em um espasmo involuntário da minha mão, eu derrubei minha taça de champanhe.

— Meu Deus. Ela te contou tudo.

— Ela não acreditou que você não tinha me contado! Por que *não* me contou?

Tentei sorrir, mas só consegui erguer um dos lados da boca. Brevemente.

— Por vergonha? — perguntei. — Com medo de que você fosse me odiar?

— Eu jamais iria odiar você! — exclamou Diana, pulando para o meu lado no banco estofado. — Você é minha mãe! E acho que isso foi a coisa mais maneira que você já fez.

— Sério?

— Você tá brincando? É uma inspiração! Você me faz querer sair por aí e fazer uma loucura também.

— Espero que nada tão louco assim.

— Deixa para lá, mãe. O que quero dizer é tentar alguma coisa diferente, correr riscos. É tipo nisso que estou pensando. Sei que estou só a um semestre de terminar a faculdade de história da arte, mas depois da minha experiência na África, acho que o que eu quero mesmo é ser enfermeira.

— Isso é ótimo — falei. — Você deveria fazer isso.

— Você acha mesmo? Significaria praticamente começar tudo de novo, ter todas aquelas aulas de ciências e matemática e ficar mais tempo na faculdade.

— Mas se é o que você quer, vale a pena.

— Então você não vai se importar em pagar os anos extras de faculdade que vou precisar para conseguir meu diploma de enfermagem? Posso voltar direto para a NYU, mas a maior parte dos meus créditos não vai valer para o curso de enfermagem.

— Diana — falei gentilmente —, você vai ter que conversar com seu pai sobre isso. Posso ajudar, é claro, mas do jeito que minha pensão é estruturada, eu não tenho dinheiro suficiente para me manter e pagar todas as suas despesas na faculdade. E qualquer valor que eles me derem de adiantamento, provavelmente só vai dar para me virar até terminar de escrever o livro. A menos...

Novamente, eu hesitei, sem ter certeza se estava preparada para seguir em frente.

— A menos que o quê? — pressionou Diana.

— A menos que eu venda a casa — sugeri. — E eu tenho certeza de que você não vai querer que eu faça isso.

— Por que não? — perguntou Diana, parecendo honestamente confusa.

— É a casa onde você cresceu — ressaltei. — Você sempre disse que eu jamais poderia vender a casa, que você queria que seus filhos passassem férias lá, talvez até se mudar para lá um dia.

— Isso já não é mais importante — disse Diana. — No outono, começam as aulas de novo, e, depois que eu me formar, espero voltar para a África ou ir para o sudeste asiático ou algum lugar assim.

Minha única filha planejando passar a vida do outro lado do mundo. Não havia nenhum motivo para que eu continuasse em Nova Jersey.

— Achei que você que tinha falado que queria ficar com a casa para sempre — comentou Diana.

— Eu queria — admiti. — Amo aquela casa. Mas sem você lá, não iria sentir mais que era a minha casa. Quer dizer, não a casa da pessoa que eu me tornei.

— Por causa desse cara? — indagou Diana. — Você acha que se vender a casa vai morar com ele?

Fiz não com a cabeça.

— Nós terminamos.

— Mas o que aconteceu? Lindsay disse que vocês dois estavam completamente apaixonados.

— Ah, não sei... — comecei, fugindo novamente do assunto.

E, então, me dei conta. Eu sabia a resposta, por mais que me esquivasse, negasse, contasse mentiras quando a verdade estava bem diante dos meus olhos, tão transparente quanto a minha taça de champanhe.

— Eu estava... — confessei para minha filha. — Eu estava apaixonada por ele. Mas terminei porque ele era muito mais jovem do que eu. Nós queremos coisas muito diferentes da vida, nunca daria certo.

— Que coisas diferentes vocês querem? — perguntou Diana, com o rosto sem expressão.

Fiquei pensando. Tinha o Japão. Mas Josh estava indo para o Japão porque ele queria seguir sua paixão em vez do que era esperado dele, e eu queria aquilo para mim agora também. E acho que ele era mais empolgado com carros conversíveis e velozes do que eu. Mas, fora isso, no dia a dia, nós parecíamos querer exatamente as mesmas coisas.

— Não é no agora que eu estou pensando — admiti. — Agora, nós concordamos em quase tudo; quero dizer, tudo o que é importante. Mas, em algum momento, ele vai querer ter filhos, vai querer uma casa, todas essas coisas normais de adultos, e eu já tive tudo isso. E então vai ser um desastre.

Diana balançou a cabeça e apertou os olhos da maneira como fazia quando queria mostrar que achava que eu tinha dito alguma idiotice.

— Eu não entendo — disse ela. — Você gosta dele, vocês se dão bem, mas está terminando com ele porque talvez vocês não concordem sobre alguma coisa daqui a dez anos?

— Não sobre alguma coisa. Sobre a coisa mais importante: filhos. Não quero que ele desista disso por mim. E não quero estar em uma relação que o obrigue a fazer um grande sacrifício ou que me deixe sozinha e sofrer daqui a cinco ou dez anos.

— Claro, você prefere ficar sozinha e sofrer agora — concluiu Diana. — Mãe, isso não faz sentido. Quer dizer, isso soa muito nobre, mas você tem que estar ou não estar com ele pelo que está acontecendo agora, não pelo que *pode* acontecer daqui a dez anos! Quem vai saber? Você talvez conheça outra pessoa, um cara mais velho cujos filhos também já são adultos. Ou talvez mude de ideia e decida que quer um bebê. Ou talvez ele morra em um desastre de avião amanhã...

Dei um gemido alto.

— Preferia que você não tivesse dito isso.

— Eu não falei sério — disse ela, horrorizada. — Foi só uma maneira de dizer que a vida é imprevisível...

— Eu sei, eu sei — concordei. — É só que ele viaja para o Japão amanhã de manhã.

— Então essa é a sua última chance de decidir se quer correr atrás disso.

Imaginando aquilo — tudo aquilo: o avião dele caindo, meu desespero em vê-lo mais uma vez, nossa corrida em direção a um futuro incerto —, eu tive certeza do que tinha de fazer. Tinha de arriscar e tentar fazer o relacionamento com Josh dar certo. Apesar da pequena probabilidade de sucesso, isso era mais do que o que eu tinha agora: a absoluta e insuportável certeza de que nunca mais estaria com ele.

Capítulo 22

Se Josh ainda estivesse no Brooklyn, eu teria ido direto do jantar com Diana para seu apartamento. Mas eu sabia que ele estava em algum lugar isolado em Connecticut com sua família, e iria sozinho para o aeroporto de Newark no primeiro trem do dia.

Quando cheguei em casa, fui direto para a cama, programando o alarme para as cinco da manhã, pretendendo dormir imediatamente. Mas havia uma mensagem de Maggie, pedindo que ligasse para ela, não importando a hora que eu chegasse.

Imaginei o que ela iria me falar assim que ouvi sua mensagem, eu tinha adivinhado duas semanas atrás, no café na calçada. E, de fato, assim que atendeu ao telefone, sem nem mesmo dizer alô, pois sabia que eu seria a única pessoa que ligaria à meia-noite, ela disse:

— Estou grávida.

— Isso é maravilhoso! — exclamei.

— Sabe de uma coisa? — disse Maggie. — Pelo menos uma vez, essa palavra se encaixa de verdade.

— Para quando? — perguntei.

Ela deu uma risada.

— Essa é uma das belezas da inseminação: nenhuma dúvida sobre a data. Vinte e nove de janeiro.

— Estou tão feliz por você.

— E tem mais — continuou Maggie. — A agência de adoção me ligou. Eles têm um bebê para mim. Bom, não é exatamente um bebê: ela tem quase 2 anos. Mas eu posso buscá-la em setembro.

Ai, meu Deus. Não apenas um, mas dois bebês.

— O que você vai fazer? — perguntei a Maggie. O sonho dela era ser mãe solteira de uma única criança, não cuidar de uma ninhada.

— Disse que sim, na mesma hora — contou Maggie. — Eu não ousei esperar por dois, considerando o quanto parecia difícil conseguir um. Mas estou encantada.

— Eu vou ajudar você — ofereci. — Diana também vai ajudar. Ela está planejando voltar para a NYU novamente no outono. E Maggie, a Gentility quer publicar meu romance.

— Viva! — exclamou Maggie. — Esse é o *seu* bebê. E ficou rica?

— Conhecendo a Gentility, vai ser um adiantamento modesto. Na verdade, eu ainda não falei com a Lindsay. Diana que atendeu a ligação.

— Oh-oh.

— Oh-oh mesmo. Lindsay não poupou nenhum detalhe. Diana sabe de tudo.

— Até mesmo sobre o garoto?

— Principalmente sobre o garoto. Ela acha que eu devo ir me encontrar com ele no aeroporto amanhã.

— Eu também acho — opinou Maggie.

— Eu também — concordei. — Bom, tenho que ir dormir para não parecer que tenho 103 anos amanhã.

Mas eu não consegui dormir, não por muito tempo, pelo menos. Coloquei o alarme para as cinco, mas levantei antes de ele tocar, tomei banho, me vesti e apliquei a maquiagem cuidadosamente. Eu estava quase tendo um ataque de nervos, mas não queria ficar horas vagando pelo aeroporto antes de ele chegar lá, então me obriguei a esperar.

Enquanto esperava, no entanto, todo o tipo de possibilidades terríveis passavam pela minha cabeça. E se ele tivesse decidido ir antes para Tóquio, ou de um aeroporto mais perto de casa, agora que ele achava que eu não estaria lá? E se sua família tivesse vindo com ele? E se ele estivesse com tanta raiva de mim e se recusasse a conversar comigo quando eu chegasse lá?

Qualquer uma dessas coisas poderia acontecer, além de uma lista enorme de possibilidades aterrorizantes sobre as quais eu nem tinha pensando a respeito, mas isso não podia me deter. Era isso, minha última chance.

No carro, para não pensar no que poderia acontecer com Josh, liguei do meu celular para Lindsay. Ela amou meu livro, me disse imediatamente, e sentia muito por ter ficado com raiva de mim por causa do Thad. Eu estava certa sobre ele o tempo todo, ele era um completo idiota — no fim das contas, em sua viagem a trabalho para a Califórnia, ele tinha transado com, tipo, três outras mulheres. E ela não tinha nem mesmo *cogitado* transar com aquele cara estranho do bar.

Ela estava começando a pensar que eu talvez estivesse certa sobre tudo — que esse era o momento perfeito para ela sair por aí, viajar, se aventurar. Minha filha tinha muita sorte em ter uma mãe sábia como eu.

— Ela nem sempre vê dessa forma — falei, dando uma gargalhada. — Além disso, percebo agora que o que aconteceu comigo quando eu tinha 20 e poucos anos não tem muito a ver com o que vai acontecer com você ou com minha filha.

— Mas podemos aprender algo com a sua experiência; só não queremos — explicou Lindsay. — Vemos toda essa merda pela qual você passou, lidando com um marido babaca e uma criança mal-educada, perdendo sua carreira, tendo celulite, e nós precisamos acreditar que isso não vai acontecer com a gente. Porque nós somos *diferentes*.

— Acho que nós fazemos o mesmo em relação a vocês — confessei. — Nós nos sentimos tão ameaçadas pelo quanto vocês são lindas, magras e sensuais, que precisamos acreditar que são imaturas e incompetentes para nos sentirmos melhor.

— Mas quando eu acreditava que você tinha a minha idade, achava que nós éramos tão parecidas.

— Nós somos — falei. — A única diferença de verdade é a idade.

E acabou que a Sra. Whitney foi solidária à minha explicação do motivo para eu ter me esquivado da questão da idade no trabalho. Porém, mais importante, ela gostou do meu livro. Acreditava que poderia atrair tanto mulheres jovens quanto maduras, e ela sabia que Lindsay era a pessoa perfeita para editá-lo.

— Isso quer dizer que Thad e Teri estarão envolvidos com o livro também? — perguntei, subitamente alarmada.

Lindsay riu.

— Uma das mulheres com quem Thad dormiu na Califórnia era uma autora, e ela ameaçou processá-lo por assédio sexual. Ele foi embora. E como a Sra. Whitney insistiu em continuar desenvolvendo as suas ideias para os clássicos, mesmo depois de você ter saído, Teri pediu demissão. Ela vai ficar em casa cuidando dos filhos.

— Deus — exclamei. — Talvez eu até pudesse voltar a trabalhar na Gentility.

— Nem ouse — ameaçou Lindsay. — Você tem um livro para terminar.

Comecei a ver as placas para o aeroporto, e prometendo a Lindsay que nos falaríamos novamente em breve, desliguei e manobrei em direção ao estacionamento mais perto do terminal da linha aérea de Josh. Calculei que chegaria mais ou menos na mesma hora que ele, e esperava vê-lo na fila do check-in. Aguardaria até que ele estivesse se dirigindo ao portão de embarque e falaria com ele ali. Minha intenção não era impedi-lo de partir; apenas vê-lo e falar com ele antes que fosse embora.

Mas ele não estava na fila. Ele não estava na livraria. Ele não estava tomando um cappuccino ou comendo um Krispy Kreme.

Ainda faltavam mais de duas horas para o seu voo, eu sabia. Talvez ele ainda estivesse a caminho do aeroporto, o trem de alguma forma mais lento que meu carro. Eu devia ficar na porta e esperar que ele aparecesse.

Mas e se ele já estivesse lá? Se já tivesse passado pelo controle de segurança e passaporte, e estivesse na sala de embarque aguardando o voo? E se ele já tivesse, de fato, ido embora?

Ele não foi, lembrei a mim mesma com firmeza. Seu voo só partiria por volta das onze horas. E, até lá, ele estaria em algum lugar bem perto.

Eu estava torcendo para não ter que ligar para o celular dele. Não queria dar a ele a chance de me rejeitar pelo telefone, antes de estar perto o suficiente para ver seu rosto, tocar em seu braço.

Mas agora era a minha única esperança. Eu disquei, e ele atendeu no primeiro toque.

— Graças a Deus — exclamei. — Onde você está?

— No aeroporto. E você?

— Estou no aeroporto também. — Olhei em volta. — Não estou te vendo.

Ele riu.

— Eu te odeio por me fazer rir. Já estou no embarque.

Meu coração parou.

— Eu preciso falar com você.

Ele não disse nada por um longo momento e então falou:

— Você terminou comigo duas semanas atrás, Alice. Disse que não queria me ver de novo, nunca mais. O que você vai falar agora, quando estou prestes a entrar no avião, que faria qualquer diferença?

— Eu quero explicar — falei. — Quero contar a verdade. Antes que você vá embora, e eu nunca mais tenha a chance.

Ele hesitou.

— Achei que você já tinha me contado a verdade.

— Contei — jurei. — Mas tem mais.

Enquanto eu esperava por ele, parada ali olhando para o espaço livre perto das máquinas de raio X, tentei pensar em algo que pudesse dizer, algo que pudesse fazer, que tornaria isso mais fácil para nós dois. Mas me dei conta de que se existisse alguma abordagem fácil para esse relacionamento, eu já teria descoberto a esta altura.

E então eu vi seu rosto, numa expressão séria enquanto passava pela saída, mas abrindo um sorriso assim que me viu. Ele tentou parecer carrancudo novamente, mas não conseguiu.

Ele foi direto até mim e me pegou nos braços. Eu o abracei com força para que ele soubesse o que eu estava sentindo, antes que minhas palavras pudessem ferrar com tudo. Quando finalmente nos separamos, ele deu um sorrisinho e disse:

— E aí, qual é essa outra verdade que você quer me contar? Você é uma matadora de aluguel da máfia? Uma espiã do Oriente Médio?

— Nada tão dramático — assegurei. — Só compreendi agora que eu não deveria ter terminado com você naquele dia. Eu não estava tentando, na verdade, proteger você; eu estava tentando me proteger.

— Do que, Alice? Você sabe o quanto eu te amo, o quanto quero ficar com você. Eu disse que não ligo para sua idade, nada dis...

Coloquei um dedo em seus lábios para interrompê-lo.

— Eu estava tentando me proteger do sofrimento de te perder.

Ele balançou a cabeça como se não estivesse entendendo.

— Mas você não estava me perdendo. Era exatamente o contrário.

— De perder você, para sempre — admiti. — Pensei que se eu terminasse com você agora, você não poderia terminar comigo no futuro.

Ele apenas me fitou. E finalmente disse:

— Isso é muita maluquice.

— Eu sei — concordei. — Eu sei. Estou constrangida só de te contar isso. Mas tinha que te ver, e não queria inventar um motivo. Eu não quero contar mais nenhuma mentira, nunca mais.

— Você realmente me magoou naquele dia no parque — confessou ele.

— Eu sinto muito — falei, me mexendo para colocar os braços em volta dele. — Você acha que pode me perdoar?

Ele se afastou.

— Não sei — respondeu, se recusando a me olhar nos olhos. — Não sei se posso confiar em você de novo.

— Você pode confiar em mim — garanti — daqui em diante.

Ele deu um longo suspiro e olhou para cima, para a grande janela onde os aviões estavam enfileirados.

— Mas eu estou indo embora agora — disse ele. — Nós não vamos nem mesmo ficar juntos.

Uma opção passou pela minha cabeça, como uma possibilidade real pela primeira vez.

— Talvez eu pudesse ir para o Japão — sugeri impulsivamente. — Não neste minuto, mas depois que você estiver instalado. Por um tempo, quero dizer. Ando conversando com minha filha sobre vender a casa. E ela vai para a universidade no outono.

Mas Josh já estava balançando a cabeça.

— Eu não sei — disse ele novamente. — Vou precisar de um tempo para pensar sobre isso. Para pensar sobre tudo.

Abaixei a cabeça.

— Então é isso — concluí. — Você está indo embora, e nós não vamos ficar juntos nunca mais.

— Eu não sei, Alice! — exclamou ele, agitando as mãos em desespero. — Talvez se um dia nós ficarmos juntos de novo, você vai simplesmente ter que deixar acontecer o que quer que esteja acontecendo nesse momento e não tentar prever o que vai acontecer depois.

Ele pegou a mochila e deu alguns passos para trás. Instintivamente, dei um passo em sua direção, mas ele ergueu as duas mãos indicando que eu não continuasse. Parei. Mas achei que a qualquer segundo ele pararia também, viria em minha direção, me pegaria em seus braços e, no mínimo, me faria sentir que ele ainda me amava.

Em vez disso, ele se virou e se afastou de mim. Colocou a mochila na esteira para passar pelo controle de segurança, e eu berrei seu nome. Não tinha ninguém em volta, e eu sabia que ele tinha me ouvido, mas ele não se virou. Em vez disso, passou pelo detector de metais, ergueu os braços como se estivesse sendo preso enquanto o agente passava o detector de metais em volta de seu corpo, e então ele seguiu em frente, a caminho de seu futuro, sem nem mesmo olhar para trás, nem por um instante.

E, naquelas circunstâncias, eu fiz a única coisa que poderia: deixei acontecer.

Capítulo 23

Na noite de Ano-Novo seguinte, foi Maggie quem quis ficar em casa e eu quem fiz uma campanha para que saíssemos. A noite de Ano-Novo do ano passado tinha sido o início de uma nova vida para mim, e eu queria celebrar o feriado novamente. Josh tinha me enviado um e-mail dizendo que o Ano-Novo era o maior feriado do ano no Japão, onde dias inteiros de rituais simbolizavam a criação de um novo início para o ano que viria. Isso parecia o certo para mim. Venha me visitar, instigou Josh. E então você poderá passar por essa experiência comigo. E vamos ver que tipo de novo início podemos querer construir juntos.

Fiquei tentada. Durante todo o verão, não tive notícias dele. Mas aí ele começou a me mandar e-mails, primeiro apenas para me dizer onde ele estava e que estava indo tudo bem. E, aos poucos, começamos a escrever sobre o que tinha acontecido entre nós, e como cada um se sentia sobre isso. E então passamos a falar sobre como cada um se sentia sobre a sua vida agora. Em parte, a proteção do e-mail fazia com que eu me sentisse mais livre, como se eu e Josh fôssemos apenas as nossas mentes, nossos espíritos, nossa existência corporal imaterial. E, em parte, porque, com ele, eu me sentia completamente compreendida de uma maneira física — sexualmente, sim; mas também como um ser humano, com todos os artifícios arrancados. Não fazia mais nenhum sentido tentar esconder algo dele.

Eu o amava, ele me amava, isso era uma certeza. Mas nós podíamos nos apaixonar de novo? Eu sabia que nós não poderíamos responder a essa pergunta até que conhecêssemos um ao outro novamente, em carne e osso, em nossos verdadeiros eus, com a mesma profundidade e paixão com as quais tínhamos conseguido nos reconectar no plano virtual. E isso exigia tempo, e proximidade, e teríamos de esperar, e podia ser que nunca acontecesse.

Nesse meio-tempo, tinha começado a nevar, os grandes flocos brancos, que tinham nos poupado por todo um suave dezembro e um Natal com clima de primavera, agora caíam rápido e forte. Um pouco de neve tinha sido prevista, mas isso, eu achava, olhando para a Lower East Side da janela onde estava sentada com meu computador — eu tinha vendido minha casa e me mudado para um apartamento no prédio de Maggie —, começava a parecer uma nevasca.

No fim das contas, tinha sido uma boa ideia que Maggie tivesse insistido em celebrarmos o feriado em casa. Seu motivo não tinha sido a nevasca, mas a gravidez e sua relutância em deixar Edie, sua filha de quase 2 anos que tinha vindo da China três meses antes. Diana tinha se oferecido para cuidar dela, mas Maggie dissera que não, que Diana deveria sair com seus amigos. Além disso, Maggie achava que passava tempo demais longe de Edie quando trabalhava — ela tinha mudado seu estúdio e também as enormes esculturas para um espaço próprio em outro andar — e ela queria que a menina se sentisse completamente segura antes da chegada do bebê.

A verdade é que Maggie precisava estar em casa com Edie mais do que Edie precisava que ela estivesse em casa. Edie parecia tão à vontade com Diana — que estava cuidando da menina e passando a maior parte do tempo no loft de Maggie — quanto ficava com Maggie. Era minha amiga quem saboreava cada momento com sua garotinha.

Ouvi o barulho de chave virando na fechadura e me virei para ver Diana, que tinha passado a maior parte do dia na casa de Maggie.

— Maggie me pediu para ver se estava tudo certo com o jantar — disse Diana. — Ela perguntou se você precisa de alguma coisa, se ela pode ajudar de alguma maneira. Fora isso, ela me pediu para avisar que está morrendo de fome.

A gravidez tinha aumentado muito o apetite de Maggie, e seu corpo magro de sempre tinha se arredondado tanto que ela agora lembrava uma de suas esculturas da deusa da fertilidade.

— Avise que eu subirei em meia hora — falei. — Ela pode ir arrumando a mesa se quiser.

Diana revirou os olhos.

— Nós tentamos — contou ela. — Tudo o que colocávamos na mesa Edie puxava. Ela estava correndo pela casa segurando uma faca de manteiga.

Eu ri. Edie era uma graça, mas dava trabalho. Parecia que era necessária a energia de nós três — eu, Maggie e Diana —

para conseguir acompanhá-la. Sair de casa — e pior, subir de volta os cinco lances de escada — era uma operação de guerra que requeria ter, no mínimo, três adultos.

— Eu era assim? — perguntou Diana. — Quero dizer, eu amo a Edie, mas ela dá uma canseira! Não sei o que vamos fazer quando o bebê nascer.

— Maggie pode acabar querendo se mudar para o subúrbio — comentei.

Na verdade, Maggie chegou brevemente a cogitar comprar a minha casa no subúrbio quando descobriu que ia ter uma família de uma hora para a outra. Mas então nós duas decidimos, por mais que aquilo fosse adorável, que a casa vinha com um fardo muito grande e que seria melhor para nós individualmente e para a nossa amizade que a deixássemos para trás.

— Ela continua jurando que não, mas vamos ver — disse Diana, saindo novamente do apartamento. — Enquanto isso, faça o que puder para adiantar o jantar. Quando eu saí para vir aqui embaixo, vi que ela estava pegando um sorvete.

Eu estava escrevendo, algo que agora fazia todo dia, mesmo aos domingos, mesmo no Natal, até na noite de Ano-Novo. Meu primeiro livro seria publicado a tempo do Dia das Mães, e eu estava começando a escrever algo novo, já contratado pela Gentility. Dando um longo suspiro, deixei meu trabalho de lado com relutância, salvei o arquivo e fui terminar de preparar o jantar.

Eu assumi o aluguel deste apartamento no início de setembro, um pouco antes de Maggie ir à China pegar Edie, uma outra época do ano muita boa para recomeços.

Eu trouxe para cá as minhas coisas preferidas da casa, percebendo que não poderia suportar, ao contrário do que tinha afirmado que faria, me livrar de tudo. O apartamento estava aconchegante e caloroso, repleto dos meus kilims e tapeçarias, com minha colcha bordada na cama e minhas panelas de cobre penduradas na parede da pequena cozinha. Era realmente um lar, mais lar do que minha casa tinha sido naqueles meses finais, e a única coisa, no final, que eu realmente odiei deixar para trás foi meu amado jardim. Aqui, pensei agora com satisfação, era exatamente onde eu queria estar.

Tirei a panela de espaguete de molho, preparada de acordo com a receita secreta da minha avó, de onde estava cozinhando no fogão e pus uma panela enorme com água para ferver. Melhor cozinhar o macarrão aqui, onde a água fervente não vai ser um perigo para Edie. Espalhei azeite e alho picado no pão italiano — eu tinha ido até Little Italy, uma das poucas padarias autênticas que ainda existiam, para comprar — e depois cobri com papel alumínio e coloquei no forno. Peguei a salada na geladeira e misturei o vinagrete.

Agora era só esperar.

Voltei para a janela, olhando para a cidade branca de neve. Tão quieta, tão bonita, com a recente cobertura branca escondendo toda a imundice. Quase me senti no campo, sem o isolamento que eu agora considerava muito deprimente, desde que Diana ficou velha demais para passar todas as horas agarrada em volta do meu corpo. Eu estava tão sozinha naquela época, percebi, mesmo antes de Gary ir embora, mesmo antes de Diana partir, tão solitária, esperando em vão que eles prestassem atenção em mim.

Sentei-me à minha mesa, me preparando para desligar o computador, quando decidi checar meu e-mail uma última vez. Havia duas mensagens novas. A primeira era um e-mail curto de Lindsay desejando feliz Ano-Novo. Ela conseguira um trabalho no escritório francês de uma grande editora e se mudara para Paris, passando o meu livro a uma editora ainda mais jovem que, contudo, era incrivelmente astuta — outro lembrete para não julgar uma pessoa tendo como referência apenas a sua idade. Sorrindo com prazer ao ver a foto de Lindsay bebendo champanhe na Rive Gauche com seu novo namorado francês, quem ela já estava proclamando ser "o cara", eu rapidamente digitei votos de feliz Ano-Novo para ela também.

A segunda mensagem era de Josh. Era manhã do dia primeiro no Japão — eu tinha me acostumado a calcular a diferença do fuso horário, com Tóquio 13 horas à nossa frente — e, então, neste momento, eu e Josh estávamos vivendo em anos diferentes.

"Considere este o meu *nengajo* para você", escreveu ele,
> ... meu cartão de Ano-Novo. Todo mundo aqui envia um. Não teve festa na noite passada. A noite de Ano-Novo é considerada uma ocasião solene, caracterizada pela ceia de macarrão soba e pelos sinos dos templos sendo tocados — 108 vezes para dissipar os 108 desejos mundanos que provocam sofrimento. Neste momento, eu só consigo pensar

em um, e ele é ver você. Não há aonde ir e nada para fazer pelos próximos dias além de comer lula seca (uma iguaria de Ano-Novo) e ir a um templo e pensar em você.

Tenho lido, obviamente, sobre as tradições japonesas de Ano-Novo, e aqui tem uma na qual acho que você ficará interessada: Hatsu-Yume, que quer dizer Primeiro Sonho. A teoria é que o primeiro sonho que você tem em janeiro simboliza o tipo de ano que você terá. Noite passada e hoje de manhã, eu só sonhei com você. Você acha que esse sonho vai se tornar realidade?

Eu digitei uma única palavra como resposta: Sim.

Terminamos de comer e afastamos as cadeiras da mesa, saboreando a sensação de saciedade. Edie tinha dormido no meu colo, e seu corpo quente, pesado com o sono, estava quase me fazendo adormecer também.

— Vou colocá-la na cama — disse Diana. Mas ela não se moveu.

— Espere — disse Maggie. — Não quero correr o risco de acordá-la.

— Pode deixá-la aqui — falei.

Eu estava curtindo a sensação de estar sendo imobilizada por essa doce menina, a absoluta rendição que havia nisso. Era algo que eu realmente não tinha apreciado sobre ter uma criança pequena até a fase ter passado: quanto tempo você era forçada a não fazer nada além de ficar sentada, segurando uma criança enquanto ela comia ou dormia, observando de perto enquanto ela brincava. Quantas horas passadas em um mundo de prazer restrito a dois, muito como os primeiros dias de uma paixão.

— Eu poderia dormir neste segundo — disse Maggie. — Mas eu sei que no meio da noite esse bebê vai me fazer acordar e eu não vou conseguir voltar a dormir. Hoje de manhã, tinha acabado de adormecer de novo quando Edie acordou e começou a me chamar, Mama, Mama.

Podia parecer que ela estava reclamando, mas havia um enorme sorriso em seu rosto.

— Bom — disse Diana, se mexendo na cadeira. — Eu combinei com meus amigos de encontrá-los numa boate.

— E tenho que ir para a cama — anunciou Maggie.

— Espera aí, espera aí! — falei. — Não está nem perto da meia-noite.

— Eu não vou aguentar até lá — disse Maggie.

— Nem eu — disse Diana.

— Bom, pelo menos temos que fazer nossos pedidos — informei. — Nossos desejos de Ano-Novo.

— Você não aprendeu a lição? — perguntou Maggie, revirando os olhos.

— Não — respondi. — Na verdade, eu acho que no final deu muito certo. Vamos lá, Diana, você sempre gostou disso. O que você quer que aconteça este ano?

— Eu quero... — Diana olhou para o teto de latão do apartamento de Maggie. — Eu quero transar.

Maggie explodiu numa gargalhada, mas, apesar dos meus melhores esforços, eu sabia que parecia chocada.

— Para com isso, mãe, não venha me dar lição de moral. Eu sei tudo sobre você e seu namoradinho.

— Não estou sendo moralista — eu me defendi, mas sabia que estava dando importância demais àquilo. — É só que você só fala sobre enfermagem, e África, e querer fazer a diferença no mundo.

— Bom, eu quero essas coisas — confirmou Diana —, mas quero um pouco de ação também. Não, estou mentindo. O que quero mesmo é me apaixonar. Estrelas no céu, o chão tremendo, isso é o que eu quero este ano.

Agora que ela tinha falado, percebi como isso soava tão bom. Eu tive isso no ano passado, sem nem mesmo ter desejado, e *tinha* sido bom. Mais do que bom. Queria que minha filha fosse feliz assim.

— Ok — disse Maggie —, se é obrigatório, vou desejar um bebê saudável e um parto tranquilo. — Ela colocou a mão na barriga. — Ai, ele está chutando.

— Ele? — indagou Diana. — Você está querendo nos contar algo?

— Não — respondeu Maggie, que fizera todos os exames de pré-natal, mas se recusara terminantemente a saber o sexo do bebê. — Eu continuo sem saber. Mas meu pressentimento atual é de que é "ele".

— Ai — disse ela, colocando novamente a mão na barriga. — Ele está agitado essa noite.

— Ai, meu Deus — exclamei, subitamente alarmada. — Você não acha que já é a hora, acha?

Eu seria a acompanhante de Maggie durante o trabalho de parto, e sabia pela minha própria experiência — Diana nasceu no dia de Ação de Graças — que feriados, quando os hospitais estavam com menos funcionários, poderiam ser um período assustador para ter um filho. E, além disso, havia outras complicações: como Diana estar saindo e não estar aqui para tomar conta de Edie, a impossibilidade de conseguir um táxi na noite de Ano-Novo, durante uma nevasca para piorar.

— Não — respondeu Maggie. — Acho que não. O médico falou que o bebê ainda está muito alto. Só estou cansada, só isso.

Ela conseguiu se colocar de pé e se alongou, a barriga e os seios enormes por baixo da blusa de gola alta de veludo que combinava com sua chaise.

— Vou levar Edie para a cama — avisou Diana, se levantando também.

— Esperem aí! — chamei. — Vocês não ouviram o meu desejo.

As duas olharam para mim.

— Qual é, mãe? — perguntou Diana finalmente.

Mas eu tive de contar a elas a Verdade Verdadeira:

— Ainda não decidi.

Depois de Edie estar aconchegada em seu berço, depois de eu e Diana termos arrumado tudo e Maggie ter ido dormir, depois de Diana ter ido encontrar os amigos, eu decidi sair para dar uma volta. Continuava nevando, os flocos de neve cobriam as calçadas e as ruas com uma camada tão fina que parecia uma cobertura de açúcar, adoçando o mundo.

A neve fez com que muita gente ficasse em casa, então em vez de uma noite de festa parecia uma noite mais calma que o normal. Minha ideia era ir até o restaurante onde eu e Maggie fomos no ano passado e beber uma taça de champanhe, mas estava tão bonito do lado de fora, que decidi apenas continuar andando. Vestindo calças de veludo cotelê e botas de caminhada, uma velha jaqueta de esqui e o gorro com estampa de leopardo de Maggie, marchei pelas cercanias de Little Italy e a parte norte de Chinatown chegando até o Soho, onde as calçadas estavam sem neve e os restaurantes, cheios de gente.

Pensei novamente em parar para um drinque, mas, mais uma vez, só continuei andando. Virei em direção ao sul, lembrando de como peguei as botas de Maggie emprestadas naquela noite depois de meus sapatos de salto terem acabado com meus pés.

Foi quando me lembrei de Madame Aurora. Ela ainda estaria lá? Ainda oferecendo desejos de Ano-Novo? Tentei me concentrar, tentei pensar no que eu desejaria, como responderia à pergunta de Diana, o que eu poderia falar a Madame Aurora se eu a pagasse.

A primeira coisa que me veio à mente, ainda no loft de Maggie, tinha sido que eu desejava ter Josh de volta, que nós pudéssemos nos amar como antes, mais do que antes, para sempre. Mas, quase imediatamente, eu me questionei se aquilo era realmente o que eu queria, se era realmente o que ele queria.

Em seguida, um desejo para mim mesma: sucesso para o livro? Sim, eu desejava aquilo. Mas agora que estava escrevendo mesmo, eu encarava aquilo como algo que estava além do meu poder, não era algo que você pudesse pedir aos céus ao soprar as velas de um bolo ou vendo a primeira estrela brilhar.

O que então? Felicidade para Diana? Para Maggie? Sim, sim. Mas esse era realmente meu verdadeiro desejo de Ano-Novo?

Ao me aproximar da rua de Madame Aurora, avaliei se eu deveria continuar e ir ver a cigana. Quem sabe, talvez houvesse alguma energia em ir até lá afinal de contas, em pronunciar meu desejo em voz alta. Alguma coisa, alguém, que faz aquilo se realizar.

Senti um arrepio, sem querer. Eu não queria acreditar naquilo. Não queria nem mesmo pensar em me colocar naquela situação novamente. Eu caminharia por uma rua diferente. Não queria nem mesmo ver a loja da adivinha, não queria me colocar em seu campo de atração.

Mas assim que cheguei à rua de Madame Aurora, foi impossível resistir. Eu tinha apenas que saber, tinha apenas que olhar, que sentir novamente o que sentira um ano atrás, antes que nada tivesse acontecido, para tentar entender o quanto do poder para mudar tinha partido de mim, e o quanto tinha vindo da magia. Diminuí os passos ao me aproximar da fachada, o coração pulsando na garganta.

Eu parei, não acreditando no que estava diante de meus olhos. Não existia mais a loja da Madame Aurora. Em seu lugar, havia agora uma sapataria, com a vitrine repleta de botas, sapatilhas e tênis prateados. Olhei ao redor, pensando que eu pudesse estar na rua errada, no número errado. Mas não, era ali, todo o resto estava certo. A loja da Madame Aurora tinha desaparecido exatamente como a carruagem da Cinderela.

Cambaleando, eu me afastei dali e fui me arrastando para a frente, como se soubesse para onde, não tentando focar em nada à minha volta nem pensando para onde estava indo até me encontrar em Tribeca, perto das docas da balsa para Nova Jersey. Quando eu aterrissei aqui na noite de Ano-Novo passada, estava tão cheio de gente, mas hoje parecia quase abandonado, uns poucos retardatários caminhando vagarosamente para a doca coberta onde a balsa esperava, as luzes acenando.

Bom, por que não? Era lua cheia, a neve tinha parado de cair, e a Estátua da Liberdade brilhava deslumbrantemente à distância. Podia ser a viagem com que eu sonhara e não tinha conseguido realmente fazer no ano passado.

Paguei a passagem e entrei na balsa indo diretamente para o deque no andar de cima. Havia duas outras pessoas lá, mas não tive nenhuma dificuldade em conseguir o lugar na frente, exatamente onde ficara no ano anterior. Segurando-me enquanto os motores ligavam, pensei que talvez isso — essa viagem, essa vista — me inspiraria a desejar o que vinha me escapando ao longo de toda a noite.

O barco se afastou da doca, e eu sabia, como tinha acontecido no ano anterior, que ele daria a volta assim que se afastasse da costa. Eu apertei a barra de segurança e olhei para Nova Jersey, para o enorme relógio na doca de lá, os prédios altos e a escuridão além deles. Esse era o meu passado, pensei, e a qualquer segundo o barco daria a volta e eu estaria viajando para trás, mas encarando o meu futuro, os prédios de Nova York, minha nova casa.

Mas o barco não deu meia-volta desta vez, e de novo, eu fiquei adernando diretamente para Nova Jersey. Prendi a respiração frustrada, pensando que talvez isso fosse um sinal de que eu estava condenada a nunca escapar, que Nova Jersey era de fato meu destino inexorável. Mas, então, olhei por cima do meu ombro para os arranha-céus ao fundo e compreendi que para ter uma visão diferente bastava fazer algo tão simples quanto girar a cabeça. Se eu ficasse parada ali, e apenas ajustasse o ângulo um pouquinho, eu poderia ver ao mesmo tempo Nova York e Nova Jersey, meu passado e meu futuro.

Neste momento, espontâneo e impossível, o desejo surgiu na minha mente: eu desejo, pensei, que minha vida permaneça exatamente como está, agora neste minuto, para sempre.

Este livro foi composto na tipologia
Warnock Pro Light, em corpo 11,5/16, e impresso
em papel off-white no Sistema Cameron da
Divisão Gráfica da Distribuidora Record.